書下ろし

TACネーム アリス
デビル501突入せよ（上）

夏見正隆

JN100405

祥伝社文庫

目次

主な登場人物

■日本国政府

常念寺《じようねんじ》貴明《たかあき》　内閣総理大臣。四十七歳

乾《いぬい》光毅《みつき》　総理大臣首席秘書官。財務省出身

堤《つつみ》美和子《みわこ》　厚生労働大臣。国会議員ではなく民間人（元医療ジャーナリスト）

仮屋《かりや》真司《しんじ》　厚生労働省・医系技官。パンデミック対策担当

■国家安全保障局（NSS）

障子《しようじ》有美《ゆみ》　内閣府危機管理監

門《かど》篤郎《あつろう》　NSS情報班長。警察庁出身

依田《よだ》美奈子《みなこ》　同工作員（警察庁警備局・外事捜査官を兼務）

舞島《まいじま》ひかる　同工作員（航空自衛隊・政府専用機客室乗員を兼務）

■航空自衛隊

橋本《はしもと》繁晴《しげはる》　第六航空団（小松基地）司令。空将補

舞島茜《あかね》　同航空団・F15Jパイロット。二等空尉（航空学生出身）

白矢英一（しらや えいいち）　同パイロット。二等空尉（航空学生で舞島茜と同期）

工藤慎一郎（くどう しんいちろう）　航空総隊司令部・中央指揮所（CCP）先任指令官。二等空佐

音黒聡子（おとぐろ さとこ）　飛行開発実験団（ADTW）テストパイロット。一等空尉

■ 防衛省本省（市ヶ谷）

井ノ下和夫（いのした かずお）　防衛大臣。参議院議員（元商社員、元軍事ジャーナリスト）

弓本透（ゆみもと とおる）　統合幕僚長。空将（航空幕僚長を兼ねる）

■ 出雲医科大学附属病院

美田園明人（みたぞの あきと）　出雲医大研究センター主任。新型ウイルスの研究に携わる

田上総一（たがみ そういち）　出雲医大病院事務長

■ 台湾政府

楊子間（よう しぶん）　台湾国家安全局・情報班長。門のカウンターパート

■ マスコミ等

川玉哲太郎（せんぎょく てつたろう）　政治評論家。民放ワイドショーのコメンテーター

プロローグ

●福島《ふくしま》県　福島第一原子力発電所

正面ゲート

午前八時

「どういうことだっ」

正面ゲートは、三重の鉄条網付きスライドゲートだ。海に面した広大な原発施設内へ出入りするには、すべての人は、ゲート横の入退域管理施設でボディーチェックを受けなくてはならない。

ボディーチェックは、テロ対策の持ち物検査のほか、その人の体内にある放射線の量を計測する機器（ホールボディーカウンターと呼ばれる）によるチェックも行なわれる。発電所敷地内に滞在した間に、どのくらいの放射線に被曝したか。入域するときと退域するときにホールボディーカウンターによる計測を受ければ、正確に線量を出せ、管理できる（原発従事者の累積被曝線量の基準は五年間で一〇〇ミリシーベルト）。原発従事者でなくとも、自然界に普通に存在する放射性物質を食物と共に取り込むことで、人間は常に体内に一定量の放射線を有している（海藻《かいそう》を好んで食べる人には多い、と言われる）。

ＩＡＥＡ（国際原子力機関）による処理水プラントの視察が行なわれる、当日。

十一か国の委員により構成されるＩＡＥＡ視察団が、間もなく訪れる。

視察団は、わが国が行なおうと計画している福島原発からの処理水（原発廃炉作業に伴《ともな》い生じる大量の汚染水から放射性物質を取り除いた水）の『海洋放出』に先立ち、処理水からの放射性物質の除去状況、放出後の海洋モニタリング体制について視察を行なう。

福島原発の処理水には多核種除去設備（ＡＬＰＳ《アルプス》）では取り除ききれないトリチウム――三重水素《さんじゅうすいそ》が含まれている。三重水素は、もともと自然界の水にも含まれており、無害だが、福島原発ではこれを国の基準の四〇分の一（ＷＨＯの飲料水ガイドラインの七分の一）まで薄めて放出する。

近隣諸国をはじめとする国際社会からの厳しい目に応《こた》えるため、海洋放出に先立ってはＩＡＥＡ視察団を受け入れ、プラント施設を視察してもらい万全を期す計画だ。

だが――

「スマホを持ち込んじゃいけないって、どういうことだっ」

午前九時からの視察団来訪に先立ち、国内はじめ外国のマスコミ各社取材班の入域検査が始まっていた。

取材陣は先に入場して、視察団を待ち受けて報道しようというわけだったが。

最初の手荷物検査の金属探知機の手前で、早くもトラブルが起きていた。

「スマホを預けろ、だと——!?」

大声を出しているのは三十代と見られる男——左腕に腕章を巻いた記者らしき人物だ。

上着から摑《つか》み出したスマートフォンを手に、顔を赤くして唾《つば》を飛ばしている。

「馬鹿を言うなっ」

「——」

男に向き合っているのは、タブレット端末を手にした女——黒のパンツスーツに、髪を民間航空会社のＣＡのように結《ゆ》い上げている。顔を赤くして唾を飛ばす男に向き合って、その表情を覗《のぞ》き込むようにする。

眉《まゆ》を顰《ひそ》めるのは、男の唾が顔にかかるのを気にしているのか。

「事前の案内で、周知させて頂いておりますが」

女の胸には『資源《しげん》エネルギー庁《ちょう》　依田《よだ》』のネームプレート。

顔写真付きの身分証をストラップで下げている。

顔は小さく、狐《きつね》のように眼が細いのが印象的だ。

その女に
「おいっ」

記者らしい男は、女を睨《にら》みつけると左腕の腕章をその目の前へぐい、と突き出した。

「これを見ろ、と言うような動き。

「これが見えねえのかっ」

紅い腕章には〈中央新聞《ちゅうおうしんぶん》〉。

男は『どうだ』という表情をするが、

「──だから?」

女は表情を変えず、狐のような目で見返す。

「だから、何ですか」

入退域管理施設の中には、女のほかに、チェック作業を委託された警備会社スタッフたち十数人が詰めていたが、言い争いの空気に全員が注目する。

「俺は中央新聞だぞっ」

「中央新聞でも、預けてください」

「何ぃっ」

男は大声を出す。

「そんな規則は、普通の見学者向けだろうっ」

「いいえ」

女は頭《かぶり》を振る。

「撮影のできるスマートフォンは、持ち込み禁止です。テロ防止のためです」

「俺がテロをやるって言うのか⁉」

「はい」

「な」

男は顔をさらに赤くした。

「何ぃっ」


「核原料物質」

女は、表情も変えずに唇を動かす。

「核燃料物質、および原子炉の規制に関する法律、および関連法令に基づく特定核燃料物質の防護のために必要な措置として、外部へ情報が漏《も》れないよう管理することが求められています。従って」

「――――」

「新聞社もTV局も、特別扱いはしません。法に基づく措置です。さ」

女は、男の目の前に手のひらを差し出す。

「それをこちらへ」

がるるっ
野生動物が唸《うな》るような呼吸音をさせ、中央新聞の記者は女へスマートフォンを手渡した。

「ほらよ」

「それもです」

女はまた表情を変えず、男の足元を指す。

左足、くるぶしの辺りだ。

「足首に巻いてあるのも、出してください」

「――――！」

男は息を吞《の》んだ。

この女……⁉　とでも言いたげに、黒パンツスーツの女を見返す。

「ぬ、ぬう」

「ほら」

女は、男の背後にできている行列を指す。

撮影機材などを携《たずさ》えた取材陣だ。

ここ福島第一原発では、取材する者に対しては、あらかじめ届け出たビデオカメラ、スチルカメラ、ICレコーダー、個人用線量計、そして筆記用具のみが持ち込みを認められるが、隠し撮りした画像を即座に外部へ送ることのできるスマートフォン、ノートパソコン、タブレット端末の類《たぐい》は持ち込み禁止だ（ゲートで預けなければならない）。ビデオカメラやスチルカメラで撮影した動画や画像は、退域する際に内容をすべてチェックされ、発電所への出入口や防護フェンス、監視カメラなどセキュリティーに関わるものが映り込んでいたら、その場で削除を求められる。

女——『資源エネルギー庁』の名札を付けた案内職員の口にした通り、法律で決められた措置だ。

「ほら、ほかの皆さんが待っていらっしゃいます」

男は唸りながら、身を屈《かが》ませるとズボンの裾《すそ》をめくり、足首部分にマジックテープで括《くく》り付けてあったもう一台のスマートフォンを外《はず》し取った。

「ほらよ」

男は、それをエックス線探知機の手前に置かれた長方形のトレーへ、投げ出すように入れた。

そして、鼻から息を吹きながら、金属探知機（空港で使われているものと同じ）をくぐって行った。

「馬鹿だねぇ、あいつ」

検査場に並ぶ取材陣の列が流れ出し、緊張した空気で言い合いを注目していた警備スタッフたちも、動き出す。

中央新聞の記者の次に並んでいたジャンパー姿の男が、エックス線探知機係の警備スタッフに笑顔を見せた。

左腕の腕章は〈ＮＨＫ〉だ。

「あんな所にスマホ括り付けたって、金属探知機で分かっちゃうじゃない」

警備スタッフは、マニュアルで定められているのか、笑いかけられても応じずに、淡々とジャンパー姿の記者の手荷物をエックス線探知機へ流す。

チン
ジャンパー姿の男が金属探知機をくぐると、警告音と共にゲートの赤ランプが点灯した。

「すみません」

別の女の声がした。

金属探知機の陰から、制服姿の女子警備員が歩み出て来ると、ジャンパー姿の男の前に立った。

「すみません、何か金属物をお持ちではありませんか？」

「えっ」

男は笑顔のまま、怪訝《けげん》そうな表情になる。

「何か、持っていたかなぁ」

「すみません、規則ですので、これでチェックします」

髪を襟《えり》の高さで切りそろえた女子警備員は、手にした細長いパッドを男に示す。

平たく、細長い。バッテリーの電源が入っているらしく、握りのすぐ上に緑ランプが点灯している。

「両手を、上げてください」

手持ちの金属物センサー。

女子警備員は、ジャンパー姿の男を立たせ、服の上から全身を撫《な》でるようにパッドを這《は》わせた。

「く、くすぐったいなぁ、ははは」

「あ、これです」

ジャンパーのポケットを上から撫でると、センサーがピッ、と鳴った。

「ポケットに、何か入っていますか?」

「え」

男は意外そうにしたが、すぐに右のポケットから細長い、小さな物を取り出した。

黒い、細長いプラスチックカバーに覆《おお》われている。

「あぁ、ごめん。USBメモリなんだ。パソコンと一緒に車に置いて来るのを忘れていたよ」

「これも、エックス線探知機に通させて頂きます」

「ただのUSBメモリだよ?」

「すみません、規則ですので」

女子警備員は、男から預かった黒いUSBメモリを長方形のトレーに載《の》せ、あらためてエックス線探知機に通すと、返却して一礼した。

「ありがとうございます。どうぞ、お進みください」

●石川《いしかわ》県　小松《こまつ》市
航空自衛隊小松基地

『ＩＡＥＡ視察団が到着です』

がらんとした印象の空間の隅《すみ》から、ＴＶの音声。

『これは、先ほど番組取材班が撮った、現地での映像です。十一か国の委員からなる視察団――中国、韓国代表の姿も見えます。視察団はただちにＡＬＰＳ管制室へ向かった模様です』

「――――」

「――――」

大部屋の隅のＴＶは、見るともなく、点《つ》けられているようだ。午前中の民放ワイドショーの音声が流れるままにされている。

中央の革張りソファに、飛行服姿が二つ。そのほかに室内に人の姿は無い。

『廃炉作業に伴って出される、厖大《ぼうだい》な量の汚染水が、どれくらい浄化されているのか。あるいはされていないのか。外国の科学者たちの公平な目で確かめられるわけですが』

『そうですね』

ＴＶの音声ばかりが響く。

空自の基地では、どこでもそうだが。アラートハンガーに隣接するスタンバイルームは、待機任務につくパイロット二名が出来るだけリラックスして過ごせるよう配慮している。

ここは基地の司令部棟からも離れた場所（滑走路《ランウェイ》24の末端に近い）にある。

何事も無ければ静かだ。

スクランブル——緊急発進の指令が下るまでは、パイロットは何をして過ごしてもよい。ベルが鳴った瞬間に跳《は》ね起き、最小限の秒数で隣接するハンガーに駐機しているF15Jのコクピットへ駆け上がってエンジン・スタートできるのであれば、飛行服のままソファで寝ていたって構わない。

オリーブグリーンの飛行服姿は、片方が細身の女子、もう一方は反対に長身でスポーツ体型をした男子だ。二人とも飛行服の袖に二等空尉の階級章をつけている。

「——白矢《しらや》」

女子パイロットが、ふと気づいたように、膝に置いたタブレット端末から顔を上げた。

「最近、腹筋やらないね。待機中はずっとやっていたのに。やめちゃったの」

「いいんだよ、もう」

白矢と呼ばれた男——左胸にウイングマークを縫い付けた飛行服姿のパイロットは、一瞬だけふてくされたような表情になる。

「やってても、しょうがないんだ」

「ふうん」

「それより舞島《まいじま》。お前みたいに勉強だ」

若いパイロットは、手にした大判のムック本をめくる。

空自では現在、パイロット全員へタブレット端末を貸与《たいよ》し、規定類はすべて画面上で見られるよう配慮している。民間機で言うフライトマニュアルに相当するテクニカル・オーダーも、タブレットの画面で閲覧する（改訂時には即座に反映されるので便利）。

Ｆ15Ｊ戦闘機のテクニカル・オーダーは、特に最近、改訂事項が多い。旧式化しつつあるとはいえ優秀な航空機だから、様々な最新システムを後付けし、能力をアップデートしながら、まだしばらくはわが国の主力戦闘機として使われる予定だ。

新しく追加された機器やシステム――たとえばヘルメットマウント・ディスプレーや先進データリンクなど――を使いこなすため、Ｆ15のパイロットには不断の勉強が求められるのは言うまでもない。

「え。でも」

舞島、と呼ばれた女子パイロットは怪訝そうな表情で、右横を見る。

男子パイロットが手にしているのは支給されたタブレットではなく、カラー版の大型雑誌だ。

「白矢。それ、何」

「F35だ。35」

男子パイロットは、手にした雑誌の表紙を示した。〈F35ライトニングⅡ　徹底解説〉とある。

「新型機のテクニカル・オーダーなんて、機密だから閲覧できないし。概略を知るには、ちょうどいいんだ」

「え」

ウイングマークの下に〈A　MAIJIMA〉というネームをつけた女子パイロットは、目を見開く。

「白矢、『行け』って言われたの。F35」

「違うよ」男は頭を振る。「でも、いつ上から『行け』って言われるか、分からないじゃないか。だから見ておくんだ」

「ふうん」

「お前、見たことある？　こいつの実物」

「うーん」

髪を短く切りそろえた女子パイロットは、白い耳を出した横顔で視線を上げる。

「そう言えば、飛んでいるところは見たかな。Ｂ型だったけど」

「Ｂ型――？」

男が、訊《き》き返そうとした時。

『あっ、視察団から、早くも最初の中間報告です』

緊張した感じの声が響いた。

『先ほど、福島原発へ到着したＩＡＥＡ視察団ですが。真っ先にＡＬＰＳの管制室に入り、システムに記録されているデータなどを閲覧した模様です。早くも何かが見つかったのでしょうか。現地で取材している林《はやし》さんを呼んでみましょう。福島原発管制室の林さんっ』

「――あ」

福島原発、という言葉に反応したのか。

男は、テーブルに置かれたリモコンを取って、ＴＶに向けようとする。

しかし
「いいよ。白矢」

女子パイロットは、男の動作を止めた。

「消さなくて、いいよ」

「だけど、お前――」

気遣《きづか》うような表情の同僚を横に、細身の女子パイロットはするりとソファから立ち上がるとTVへ歩み寄った。体重が無いような、柔らかい動き。

「……………」

そばに立ち、画面を覗き込む。

画面下には『福島原発から緊急中継　処理水に問題か⁉』という赤いテロップ。

中継らしい画面のフレームには、フラッシュの白い光が連続して瞬《また》く。

映っているのは建物の屋内らしい。

『スタジオの木村《きむら》さんっ、こちらは福島第一原発の、ALPS管制室ですっ』

女性記者の声。

カメラが映し出す高い天井の空間。

人影は多い。

壁一面の表示スクリーンのほか、幾列か並んだ管制卓にも制御用なのか、コンピュータの画面とキーボードが並んでいる。

『今「汚染水を浄化できる」とうたわれているシステムの管制室で、視察団の委員たちが最初のデータ検査を行ないましたっ。早くも、何かが分かったようです。いま委員の代表から、中間報告が行なわれます』

「…………」

●東京　永田町《ながたちょう》
　総理官邸　玄関

「総理、来ていますよ」

　専用車の後部座席、左側の窓から外を見て、首席秘書官が言った。

「ずいぶん多いな」

「――――」

　常念寺貴明《じょうねんじたかあき》は、後部座席の右側で、手にした携帯電話から目を上げた。

　正門を入った車は、ちょうど総理官邸の正面玄関につく。

　警備員の制止を押しのける勢いで、人垣が膨《ふく》らむ。大勢が車寄せへ乗り出そうとする。

　VTRカメラ、竿《さお》につけられた蓑虫《みのむし》のような集音マイクが林立している。

　やはり、来ているか。

　報道陣が――

早朝から千鳥ヶ淵《ちどりがふち》のホテルで経済団体との朝食会をこなした常念寺が、官邸へ戻ると、正面玄関の車寄せには報道陣が待ち構えていた。

「どいて、どいて」

正面玄関の守衛が、車窓に取り付こうとする複数のカメラマンを押しのけ、左側のドアを開く。

首席秘書官の乾光毅《いぬいみつき》が先に降りる。

同時に前後の警備車両からダークスーツのSP五名がぱらぱらっ、と駆けてくると専用車の周りで位置につく。三名が黒塗りの車体を背に周囲を見張る。マスコミ取材班は正門から入場する際に全員、ボディーチェックは受けているはずだが、それでもSPのうち二名が人垣の外側からラフな服装のTVクルーたちを注視する。

「総理」

SPたちの配置を見て、安全を確認した乾が車内を呼んだ。

「大丈夫です」

「うん」

常念寺は携帯を上着へしまうと、運転士の開けてくれた右側ドアから降りた。

途端に、

「常念寺総理」

「総理っ」

二名のＳＰが〈壁〉になってくれなければ押し倒されそうな勢いで、マイクやＩＣレコーダーを手にしたレポーターたちが押し寄せた。

（――――）

ワイドショーか。

いつもと違う――通常、官邸に詰めている大手マスコミ政治部の〈総理番〉記者たちは、スーツにネクタイをしている。礼儀もわきまえている（カメラマンに専用車の内部を撮らせるようなことはしない）。正面玄関で車を待ち構えたりもしない。

「総理」

「総理っ」

常念寺貴明は中背で、年齢もようやく四十代後半、趣味のレスリングで身体《からだ》を鍛《きた》えているから贅肉《ぜいにく》もなく、着やせして見える。

貫禄もないから、マイクを突き出してくるレポーターたちを威圧して下がらせる、などと言うのは無理だ。

「総理、総理っ」

「あぁ、どいてください」

内閣総理大臣は、通常、いきなりマイクを向けられて記者の質問に答える、ということはしない（事前に申し込まれたインタビューにのみ対応する）。

国民に対して特に知らせなければならないことがある時は、公平な形をとって記者会見を開き、出来るだけ多くのマスコミへ発表する。

そのほか政府からの細かい発表、日頃の政府への様々な質問に対しては、官房長官が朝夕の定例会見で対応する。

マスコミが総理から直接『生《なま》の言質《げんち》』を取ろうとしたら、総理官邸で玄関から執務室へ向かう途中の本人を廊下などで待ち構え、声をかけて答えてもらうしかない。

「総理っ　IAEA視察団が福島へ入ったようですがっ」

「ＡＬＰＳから汚染物質が出たら、どうするんですかっ」

「重大な欠陥が見つかったら、どうするんですかっ」

「韓国や中国へ、どう謝罪するんですかっ」

「やめるんですかっ」

「――――」

立て続けに言葉をぶつけられる。

常念寺は、突き出されるマイクを右手で避けるようにしながら、

「あぁ、どいてください」

それだけ応えて、玄関へ進んだ。

今朝、報道陣が押し寄せている理由は分かる。

この度の福島原発処理水『海洋放出』は、政府の大きな方針転換だ。さきの震災で事故に遭《あ》った第一原発の六基の原子炉。それらの廃炉作業に伴い生じる大量の汚染水。これまで敷地内に設置したタンク群一千基にとりあえず貯蔵してきたが、これらは間もなく満杯になる。もう、保管しきれない。

汚染水は、浄化システムを使って処理すれば、トリチウム以外の核物質は取り除くことが出来る。浄化した上で海洋へ放出しても、科学的に危険はない（世界中の原発から同様の処理水放出がすでに実施されており、何も問題は起きていない）。

そこで、漁業補償など風評被害に対する施策を十分に行なう前提で、常念寺は『海洋放出』を決断した。

放出に先立ってＩＡＥＡ視察団を受け入れたのも、外国からの批判に対する措置だったが。

しかし視察団は、予定ではついさっき、福島県の現地へ入ったばかりではないのか。

SPに両側をガードされ玄関へ入る常念寺の背に、強い調子の声が浴びせられた。

「総理っ、重大な隠ぺいが発覚したら、どう責任を取るんですかっ」

「処理水に危険な核物質が含まれていたら⁉」

「韓国へどう謝罪するつもりですかっ」

「連中、何かまずいものが見つかる前提で話していないですか」

守衛が護《まも》る玄関を入ると、民放ワイドショーの取材班は屋内へ入れる許可はされていないらしく、ついて来ない。

左横で、首席秘書官の乾が外を振り返りながら言う。

「変ですね」

そこへ
「総理、おはようございます」

「おはようございます」

通路の両脇に、今度は大手マスコミ各社の政治部記者たちが立ち並んで、声をかけて来た。

ワイドショーのレポーターたちよりは、折り目正しい印象だ。

「総理」

一人の女性記者が会釈《えしゃく》し、代表するように訊いて来た。

「同友会《どうゆうかい》との朝食会は、いかがでしたか。何か有益なお話が？」

「――あぁ」

常念寺は、足を止めず、会釈を返した。

「緊急事態宣言の延長について、こっぴどく意見されたよ」

「宣言の解除はいつごろでしょう」

「それはまぁ、な」

●総理官邸　五階

総理執務室

「あ、総理」

五階の執務室は、青竹が立ち並ぶガラス張りの吹き抜けを背にしてデスクが置かれ、その左横に国旗。

部屋の中央には、来客と応対するためのソファセット（八人が座れる大きなもの）がある。

常念寺が首席秘書官を伴って入室すると、ソファでTVを見ていた若い次席秘書官が立ち上がった。

「民放が中継しています。福島第一で、IAEA視察団が最初の報告です」

「──?」

「?」

画面を見やると。

『中央に立つのはIAEA視察団のウィルソン団長です』

甲高《かんだか》い、女性レポーターの声。

『急きょ中間報告がなされます』

「………」

常念寺は立ったまま、眉を顰める。

もう、報告の会見……?

●小松基地
スタンバイルーム

『慌《あわ》ただしい報告です。何か、見つかったのでしょうかっ』

「――――」

「舞島」

若いパイロットは歩み寄って、女子パイロットの横で一緒にTV画面を見た。

民放の午前中のワイドショー。

画面下には『福島原発から緊急中継　処理水に問題か⁉』の赤いテロップが出たまま。

映っているのは、原発施設内の、何かの管制室らしい。

学校の教室くらいの広さの空間に、壁一面の表示ボード。そして管制卓が幾列も並ぶ。

ただし、現場の管制員などは一時的に席を空《あ》けているのか、管制卓はすべて空席だ。十名余りの外国人の科学者らしき人々が、表示ボードを背にして立ち並んでいる。

画面のフレームの手前にぎっしりと立ち並ぶのは報道陣か。

横一列の科学者たちへ向け、絶え間なく白いフラッシュが焚《た》かれる。

「海洋放出されるのか。福島の原発の処理水」

テロップを読んで、若いパイロットが言うと。

「…………」

女子パイロットは、それには応えずに画面を覗き込む。

中継されている空間の、右端の方だ。

「舞島？」

若いパイロットが、横を見る。

「どうしたんだ」

「うん」

白い耳の横顔で、女子パイロットはうなずく。

「さっき、見覚えのある顔が画面に映ったような気がして」

「え？」

「……気のせいかな」

●総理官邸　五階
総理執務室

『ウィルソン団長が報告をします。スタジオから同時通訳でお伝えします』

ワイドショーの画面は、中継の映像が少し奥へ退がり、手前にTV局のスタジオの司会席が映り込む形になった。

中央のフリーアナウンサーの司会者を挟《はさ》み、左右にコメンテーターらしき人物が並ぶ。

常念寺は普段から、地上波TVはほとんど見ないが、有名男性フリーアナ（主婦層に人気があるという）の名を冠《かんむり》にしたワイドショーの番組名は耳にしたことがある。

『今朝《けさ》はコメンテーターに政治評論家の川玉哲太郎《せんぎょくてったろう》さん、弁護士の九重秀樹《ここのえひでき》さん、それに宮城《みやぎ》県選出の石館《いしだて》みづえ衆議院議員にお越しいただいています。川玉さん』

『はい』

まず話を振られ、口ひげを蓄《たくわ》えた五十代らしい人物がうなずく。

『いや、驚きました。今朝早くに視察団が現地入りし、もう最初の発表というのは。異例の早さですね』

『そうですねっ』

その左横で、三十代らしい、若い容貌の女性議員が、発言を振られる前に大きくうなずいた。

『きっと、視察団がチェックしたら明らかにすぐわかるような何かが、見つかったに違いないわっ』

「総理」

常念寺の横で、首席秘書官が自分の携帯を手に、各局のワンセグ放送を順にチェックしている。

「民放のワイドショーは、どこも福島からの中継――あ、NHKもだ」

『――団長のウィルソンです』

画面の外から、アシスタントらしい女子アナウンサーの声がした。

英語に堪能なのか、現地からの音声を日本語へ訳している。

『メディアの皆さんからの強い要望もあり、この管制室のデータを閲覧してすぐに分かったことを取り急ぎ、世界の皆さんへお伝えします』

「――――」

「――――」

注目すると。

フラッシュの焚かれる中、横一列の中央で手にしたプリントアウトのペーパーを見ながら話すのは背の高い白人の男――視察団の団長か。

アメリカ人らしいその科学者は、カメラの放列へ視線を上げ、口を動かす。

さかんにフラッシュが焚かれ、マイクを手にしたレポーターたちは腕をさらに突き出す。報道陣の興奮ぶりは、科学者たちの列へ摑《つか》みかかるかのようだ――視察団の前には制服の警備スタッフたちが両手を後ろにして数メートルおきに立ち、不測の事態に備えている。女子の警備員の姿もある。

『まず、この発電所のALPSシステムにて浄化した処理水の成分ですが』

「――」

「――」

常念寺は、秘書たちと共に画面に注目した。

その画面で、アメリカ人科学者の顔がアップになる。

額《ひたい》の秀《ひい》でた視察団長はフラッシュの閃光《せんこう》に目をすがめながら、手にしたペーパーに目を落とす。

『早速、データをチェックしました。その結果、我々がエビデンスとして確認できたことは一つです』

本人の『ウィ・コンファームド、オンリー・ワン・エビデンス』という英語のしゃべりに、同時通訳の声が被《かぶ》さっている。

『ALPSすなわち多核種除去設備は、正常に稼働しております。敷地内タンクに貯蔵されている処理水の核種成分はトリチウムが一リットル当たり一五〇〇ベクレル。その他の核種――放射性物質は、検出されませんでし、た』

されませんでした、という語尾のところで、同時通訳する女子アナウンサーの声が、迷うような『えっ、何よこれ』と言いたげな調子に変わる。

同時に、スタジオ司会席中央に座るフリーアナウンサーが、目をしばたたかせる。

一瞬『何——!?』という意外そうな表情で、横目を画面の外へやる。

『繰り返します。ええ、現在この発電所の敷地内のタンク一〇〇〇基に貯蔵されている、ALPSで浄化した処理水にはわずかなトリチウム以外の放射性物質は無いと判断でき、これを直径二メートルの配管に毎秒四トンの流速で流れる海水の中へ、毎秒六リットルの割合で混ぜて放出すれば、WHO飲料水基準の四〇分の一の濃度で排出でき、環境への』

プツッ

ふいに同時通訳の音声が切れた。

「……?」

通訳が切れた……?

常念寺はまた眉を顰める。

しかし画面のスタジオには、中継の生の音声は依然として届いていて、アメリカ人科学者の『イッツ、コンプリートリー・ノープロブレム・フォー・ナチュラル・インバイアラメント』という言葉が聞こえてくる。

プツッ

だがその音声も、すぐに切れてしまった。

どこか、スタジオの外の制御室などで慌てて音声の接続を切った、という感じ。

『失礼しました』

フリーアナウンサーがカメラへ視線を向け直すと、視聴者に向けて言った。

『ちょっと、音声の調子が悪いようです。ウィルソン団長の報告の内容は、後で、まとめて整理してお知らせします』

あの管制室の様子――？

常念寺は画面の背景を注視した。

何か、起きているのか。

司会席の背景にまだ映し出されているＡＬＰＳ管制室の空間は、混乱し始めた。音声が消されていても、怒号《どごう》が飛び交う――報道陣から科学者たちへ罵声《ばせい》が浴びせられている様子が見て取れる。

韓国のＴＶ局の腕章をつけた記者らしい男が跳び出し、科学者の列の中の一人へ摑みかかろうとして、警備員に止められる。

混乱した様子を隠すように中継映像も途切れ、司会テーブルがアップになる。

『い、いやぁ』

司会席の横で、政治評論家の男が大きな声を出した。

場を取りつくろうような感じだ。

『福島は、どうなるか分からないからねぇ。福島に住んでいる私の知り合いも、もう住めなくなるんじゃないか、怖い怖いって言っているよ』

『え』

するど隣の席で、弁護士の男が怪訝そうな表情をする。

『でも川玉さん。今、中継の音声を聞いていたら、視察団の団長は「環境への心配はない」って言っていませんでした？』

『――――』

『――――』

一瞬、スタジオの空気が凍り付くように見えた。

常念寺は知らなかったが。テーブルに着席しているこの四十代の弁護士は『空気を読まない発言』をすることで知られており、番組としては爆弾にもなるのだが、出すと視聴率が取れるのでレギュラー・コメンテーターとして毎週呼ばれているのだった。

『川玉さん、お知り合いが「怖い、怖い」と言っておられるそうですが』

弁護士は続けた。

『確かに、お気の毒ですが。しかし〈帰還困難地域〉は、確か福島県の総面積の二パーセント余りのはずですし。全量全袋検査をされている福島県産のコメからは、ここ数年、放射性物質の検出はゼロだそうですし。いったい何がそんなに「怖い」んでしょう』

『う、うるさい』

政治評論家は目を剝《む》くと、弁護士の男を睨みつけた。

『チェルノブイリを見ろ。危ないぞ。危ないに決まっているんだ』

『そうよっ』

画面の中で、政治評論家と宮城県選出の野党国会議員の女が、弁護士と言い合いを始めた。

『常念寺政権は、きっと危ない何かを、隠しているに違いないわっ。政権の言うとおりに汚染水の海洋放出なんか許したら、韓国と中国の海が全滅してしまうわっ』

『いや、僕は』

弁護士は頭を振る。

『この問題については、科学的なデータに基づいて冷静に話をしてはどうか、と言っているんです』

『放射能は目に見えないんだぞ』

『そうよっ。だから危ないに決まっているわっ』

『しかし、あなた方のようになんでも〈反対〉ありきで、非科学的なことを言われても
――』

『非科学的とは何だ』

カメラは、喧嘩を始めたコメンテーター三人を交互に大写しにする。

司会のフリーアナウンサーが、画面に映らなくなった。

そうか。

ひょっとして、画面に映らないどこかでプロデューサーやディレクターと緊急に相談でもしているのか——？

常念寺がそう思った時

プルルッ

上着の中で携帯が振動した。

「——」

常念寺は立ったまま、取り出した携帯の画面に表示された名前を確認すると、〈応答〉にした。

「私だ」

『総理』

低い男の声が告げた。

第Ⅰ章　緊急発進《スクランブル》

1

●総理官邸　地下
ＮＳＳ（国家安全保障局）オペレーションルーム

「総理」

黒スーツを着た細身の男が、立ったまま、手にした携帯へぼそっ、と言う。

ネクタイはなく、不精《ぶしょう》ひげ。

「門《かど》です。ご報告します」

ＮＳＳオペレーションルーム――官邸地下六階に位置する、この白い空間は別名〈地球防衛軍作戦室〉と呼ばれる。

非公表だが『核の直撃に耐える』設計の地下空間。その中央には、九人が着席できるドーナツ型の情報会議テーブルが置かれ、その卓上には情報端末、周りを取り囲む壁面には大小の情報スクリーンがある。テーブルを囲うように多数の補助席、壁に向かっては情報オペレーター席が並び、十数名のNSSスタッフが二十四時間、常駐する。

ひとたび災害やテロ、防衛上の有事などが起これば、総理はじめ九人の閣僚がドーナツ型のテーブルにつき、ここで〈国家安全保障会議〉が開かれる。

国の非常事態に対し、総理の下で政府各組織の指揮を執《と》るのは内閣府危機管理監。そして危機管理監をサポートするのが警察官僚出身のNSS情報班長——この黒服の男だ。

「作戦は成功です」

黒服の男——門篤郎《あつろう》は、携帯へ告げた。

横目で、壁際の情報オペレーター席を見たままだ。

「福島での〈敵〉のデータ改ざん工作は阻止《そし》しました——と言うか」

●総理官邸　五階
総理執務室

『と言うか、何とか阻止できました』

通話の向こうで男の声は告げる。

口調がやるせない感じなのは、いつものことだ。

『ご安心ください、ひとまずは』


「――そうか」

常念寺はうなずく。

思わず、息をつきたいのをこらえた。

「ご苦労だ。さすがだな」

『いえ』

通話の向こうで、苦笑するような気配。

『総理のおかげです』

「私の？」

『詳しくは後ほど』

声――NSS情報班長の男の声は続ける。

『これより〈敵〉の行動を、映像でチェックします。詳しいご報告は後ほど』

「わかった」

通話を切ると
「あれ、どうしたのかな」

常念寺の横で、首席秘書官がワンセグの画面を見ながら首を傾《かし》げる。

「どこの局も、混乱していますね。急にCMに変わったり」

「一番、困っているのはNHKみたいですよ」

次席秘書官がソファで言う。

手にしたリモコンで、執務室のTVを民放からNHKへ変えたようだ。

「見てください。臨時ニュースは、ワイドショーみたいにコメンテーターも居ないし。CMに変えるわけにもいかないから――」

「――?」

常念寺が見やると。

確かに、臨時ニュースを報じていたらしいNHKのスタジオは、固定カメラのフレームの中で男性アナウンサーが画面の外へ顔を向け、視線を泳がせる（うろたえているようにも見える）。誰かの指示でも仰《あお》いでいるのか。

背景に「おい、どうした」「原稿が」「別の何かで何とかしろ」という速い口調の声が飛び交う。

その直後
『〈明るいシルクロード〉』

急に画面が切り替わって、報道とは関係のない、別の番組（録画だろう）が流れ始めた。

『――はぁいみなさん』女子アナウンサーらしい、甲高《かんだか》い声。『ここは中国の新疆《しんきょう》ウイグル自治区です。ご覧ください、山々がとってもきれいです』

「まぁ、いい」

常念寺は携帯を上着へしまいながら言った。

「諸君。ＩＡＥＡの視察は、どうやら順調に――」

そこへ
「総理」

もう一人の秘書官が、執務室の扉を開け、顔を出した。

「厚労大臣が、定例の報告にお見えですが。お通ししてよろしいですか」
●総理官邸地下
ＮＳＳオペレーションルーム

「来てください、危機管理監、班長」

門が通話を終えると同時に。

壁際の情報オペレーター席から、NSSスタッフの湯川雅彦《ゆかわまさひこ》が呼んだ。

「犯人が分かりました」


(――――)

ネズミが引っかかったか。

NSS情報班長の門篤郎は、早朝からオペレーションルームに降り、〈作戦〉の指揮を執っていた。

今回、情報班が主体となって実施する〈作戦〉――外国勢力による情報工作を阻止するオペレーションは、福島第一原発が舞台だ。

「分かったの。湯川君」

内閣府危機管理監の障子有美《しょうじゆみ》も、門と共にこの地下空間へ降り、フロアに立ったままオペレーションの進行を見守っていた。

パンツスーツの女性官僚は、門よりも先に情報席へ歩み寄ると、ディスプレー画面を覗《のぞ》き込む。

「見せて」

「――――」

門篤郎も、ヒールをはくと同じくらいの背丈になる有美に続き、情報席の後方から画面を見やる。

浮かび出ているのは、白黒の動画。

原発の管制室内部の様子が、ストップモーションになっている。

やはり。

眉《まゆ》を顰《ひそ》める。

〈敵〉の動きを捉《とら》えたのは、このカメラか……。

「危機管理監、班長」

湯川は画面を指す。

「ご覧ください。この画面は、未登録の監視カメラです。今回の視察団来訪に先立ち、我々が秘かに管制室に設置しました。ほかのカメラとは違い、低いアングルから管制席の周辺を捉えます」

「――うん」

門はうなずいた。

〈敵〉は、ＡＬＰＳ管制室に設置されている監視カメラの配置はすでに摑《つか》んでいるだろう。セキュリティーを徹底しても、その程度の情報は多分、漏《も》れている。

しかしＮＳＳ情報班の手で秘かに設置した、ロー・アングルからの監視カメラ。このカメラの存在には奴《やつ》らも気づいていない。

「犯行の瞬間が、映っていました」

湯川はキーボードを操作する。

「巻き戻します。ご覧ください」

「――」

「――」

低い位置から室内空間を捉えている白黒の動画が、巻き戻される。

速い動作で、人影が画面をよぎった。

「ここです」

メタルフレームの眼鏡《めがね》のレンズを光らせ、湯川が画像を止める。

先ほどからＮＨＫをはじめ民放各局でも中継が行なわれていた、福島第一原発のＡＬＰＳ管制室――管制卓の並ぶ、学校の教室ほどの広さの空間だ。

人間の膝《ひざ》くらいの高さの視点で、管制卓の列が横から捉えられている。

ストップモーションの画面に映り込んでいるのは、人間の胸から下の部分だ。横向き
――上半身はジャンパー。ポケットに右手を突っ込んでいる。

「動かします」

「――」

「――」

カチャカチャッ、とキーボードが操作されると、画像が動き出す。

門は腕組みをする。

画面の中の人物――顔はフレームに入っていない――は、管制卓の一つに身体《からだ》を寄せると、右手を素早くポケットから出し、コンソールの端の方に何かを差し込んだ。

「時刻、八時三十二分、四十三秒」

湯川は画面をストップさせ、タイムカウンターを読み上げる。

「今朝はIAEA視察団の来訪に先立って、ALPS管制室が報道陣へ公開されました。これは、そのときのものです。音声も記録されていますが、この動作がなされる数秒前、中央新聞の記者が大声で『放射能は目に見えないんだぞ』と叫び、室内の人々の注意を惹《ひ》きました。その隙に画面の人物が、管制卓の一つに素早く身を寄せ、コンピュータのスロ

ットにUSBメモリを差し込んでいます」

「――――」

「――――」

「福島原発のALPS管制システムは、外部からのサイバー攻撃を防ぐため『完全スタンドアローン』になっています。ネット経由でシステム、侵入するのは物理的に不可能です」

湯川は説明を続ける。

「ですから、何者かがALPSシステムの処理水のデータを改ざんしようと思ったら、人間の手でデータを持ち込んで、直接、書き換えるしかありません。画面のこの人物が行なったのは、前にアメリカCIAがイランの核施設で取ったのと同じ方法です」

やはり。

門は小さくうなずいた。

もたらされた『情報』の通りか――

(――――)

画面に目を凝《こ》らす。

ウイルスを仕込んだUSBメモリを持ち込んで、じかにシステムへ挿入する――

動作をストップさせた、ジャンパーの上半身。その左の袖に〈ＮＨＫ〉の腕章。

「お待ちください」

湯川は、キーボードをさらに叩《たた》く。画面に別ウインドーが複数、開く。

「この人物の素性《すじょう》を、確認します」

「――」


ウインドーの一つには、管制室を俯瞰《ふかん》している別の監視カメラの画像が出る。枠の下側でタイムカウンターが目まぐるしく動き、『犯行の瞬間』の時刻で止まる。

「別角度からの画像です。同じ人物が、ここに――右手の動きは巧妙に隠され、見えませんが、顔が映っています」

「……………」

同じ腕章と、ジャンパーだ。

ＮＨＫの記者……？

門は眉を顰める。

「顔を、総務省経由でデータベースと照合します」

カチャカチャッ、とキーボードが操作される。

また別のウインドーに、何か浮かび出る。

速いスピードでスクロールされるのは、写真付きのデータファイルのようだ。

人事ファイルか――

目を凝らす。

画面でストップしている男。こいつがNHK――日本放送協会の人間であるなら、監督官庁は総務省だから、総務省経由で人事ファイルへもアクセスは可能だ。

「出ました」

湯川の声と共に、スクロールしていたファイルが止まる。

画面に〈MATCH〉の赤い文字。

「顔認証、適合――この人物はNHKに在籍しています。今日、福島原発へ取材に出ている社会部の報道記者です」

「NHKの記者が」

障子有美が、画面を覗き込みながら訊《き》く。

「工作を働いたの?」

「この人物が、管制卓のコンピュータにUSBを差し込みました」

湯川がうなずく。

「CIAがイランの核施設で行なった手法と同様であるなら。三秒間差し込んだだけでマルウェアがシステムへロードされ、データを書き換えてしまいます。例えば、本当は処理水には無害なトリチウムがわずかに残っているだけなのが、高濃度のセシウムや毒性の高いストロンチウムが大量に含まれていることにされてしまう」

「――――」

息を呑《の》む有美に、

「心配するな」

門は言う。

大学時代の同級生なので、上司にはあたるが、有美に対しては時々つい対等の話し方になる。

「マスコミの連中が所持していた、コンピュータに差し込めるタイプのメモリについては、入退域管理施設のエックス線探知機に仕込んだ高出力電磁波シャワーで全部焼いてしまった。ＩＡＥＡ視察団が確認し、マスコミが全世界へ中継で報じたのは正しいデータだ」

「門君――」

「事前に『情報』を、もらえたお陰だ」

門は肩をすくめる。

「礼なら総理に言うんだな」

「──総理に？」

「実は」

門が説明しようとすると。

上着の中で、携帯が振動した。

「失礼」

不精ひげの目立つ門は、そのコールを待っていたのか。

同い年の女性危機管理監に断ると、スマートフォンを取り出して画面を一瞥《いちべつ》し〈応答〉にした。

「俺だ」

●福島県　富岡町《とみおかまち》

国道六号線

福島原発から南へ向かう、国道の路上。

「班長」

この路線では、警察の指導により、通行する車は窓を閉め、指定された区域を出来るだけ早く通過しなければならない。途中で停車したり横道へ入ることは原則禁止だ。

バリケードでブロックした横道の入口にパトカーが停《と》まっている。

その前を、警備会社のロゴを横腹に描いた2ボックスのバンは時速六〇キロで通過する。

運転席の窓の頭上に『一・七〇マイクロシーベルト毎時』の電光表示。その表示板の下もたちまち通り抜ける（原発施設からすでに数キロ離れた）。

「任務、完了しました。撤収します」

助手席の依田美奈子《みなこ》は、手にした携帯へ報告した。

黒のパンツスーツ姿のままだが、まとめていた髪は下ろしている。

「二名とも異状なし」

狐《きつね》のよう、と人に言われる細い横目で運転席を見やる。

ハンドルを握っている舞島《まいじま》ひかるは、まだ女子警備員の制服のままだ。原発から速《すみ》やかに撤収したので、着替える暇はなかった。

「これより、回収ポイントへ向かいます」

『ご苦労』

通話の向こうで、門篤郎の声がうなずく。

『予定の海岸で、空自のヘリに拾《ひろ》わせる。速やかに帰って来い』

「了解」

「窓、開けたいですね。美奈子さん」

舞島ひかるは、運転席の前方を見ながら言った。

「風が気持ちよさそう」

天気が良いせいか。

あるいは〈任務〉をやり終えた気分からか、美奈子にも外の空気がきらきらして見える。

しかし
「もう少し我慢して」

美奈子は頭《かぶり》を振る。

「もうちょっとで、海岸だから」

●総理官邸　五階
総理執務室

「そうか」

秘書官の報告に、常念寺貴明はうなずく。

そういうタイミングか。

「今朝は、厚労大臣から定例の報告を受ける予定だったな」

「総理」

執務室の入口に顔を出した秘書官は、待合場所を兼ねた前室を振り向いて言う。

「今朝は、厚労省の技官二名も同行しています。二名ともセキュリティー・カードは取得済み。通してよろしいですか」

「うん」

常念寺は身ぶりで次席秘書官へ『TVなんか消せ』と指示すると、うなずいた。

「通してくれ」

2

●総理官邸　五階

総理執務室

「おはようございます総理」

常念寺内閣の厚生労働大臣は、堤美和子《つつみみわこ》だ。

国会議員ではない。年齢もまだ四十代前半、常念寺より若い。

常念寺が彼女――美和子に目を付けたのは、わが国がTPP（環太平洋パートナーシップ協定）に加入しようとした時のこと。

TPPの目的は、文字通り、太平洋を囲む民主主義国家によって経済や国の制度を含む包括的な協定を組み、中国が台頭してくる前にしっかりした国際ルールの枠組みを作ってしまおう、ということだ。

しかし当時、医療ジャーナリストだった堤美和子が『このままではTPPに付属するISD条項により、わが国の製薬業界が外資製薬会社に征服されてしまう』『国民皆《かい》保険制度が外資により壊滅させられる』と雑誌の記事に書き、TPPの危ない一面について警鐘を鳴らした。

ちょうど内閣改造の時機だった。常念寺は、鋭《するど》い視点から危機を指摘したジャーナリストを専門家として閣内へ引き入れよう――そう思い立った。

大臣になってくれ、という唐突な依頼を、色白で知的なタイプの女性ジャーナリストは驚いて固辞したが。常念寺は『君の指摘した危機だろう、君が防ぐんだ』と説得した。

人事は功を奏し、アメリカがTPPの結成時に抜けたことも相まって、わが国の製薬業界も医療保険体制も現在まで侵害されることなく運営されている。

さらに、さきに起きた〈天然痘《てんねんとう》テロ事件〉では堤美和子は国の防疫《ぼうえき》の最前線で自ら指揮を執り、手腕を発揮してくれた。

わが国を狙《ねら》った初の『バイオテロ』事案は、中国の軍事研究施設から持ち出されたとみられる天然痘ウイルスを国内へ持ち込ませることなく、最小限の犠牲で終息したのだが
――

「定例の報告に参りました」

「おう」

常念寺は、ほっそりしたジャーナリスト出身の女性閣僚を、ソファへ招いた。

「ご苦労です、厚労大臣」

「総理。ご報告と」

白いスーツ姿の厚労大臣は、肩までの髪を手でよけながら、上目遣《づか》いに常念寺を見た。

目力は強いが、肩で息をする感じ。

「併《あわ》せて、少しお話が」

激務が続いている。

〈天然痘テロ事件〉が片付いた直後、別の災厄《さいやく》——新型コロナウイルスの全世界パンデミックが、続けて起きていた。せっかくテロは防いだのに……。

「うん」常念寺はうなずく。「とにかく、立っていないで掛けてくれ」

厚労大臣は、国内のコロナウイルス感染者数の推移や、全国民に対して進めているワクチン接種の進行状況を逐次《ちくじ》、報告してくれる。

今朝は、技官らしい若い男性職員を二名、従えている。二名とも、ノートPCを抱えている（報告と説明のためか）。

「話を聞こう」

●総理官邸地下

ＮＳＳオペレーションルーム

「門君」

通話を終えて携帯をしまっている男に、障子有美は訊いた。

有美は、年齢は三十代の終わり。ＮＳＳでは、初めは防衛省キャリア官僚として戦略企画班長を務めていたが。

内閣府危機管理監へ登用されたのは、かつて起きた〈もんじゅプルトニウム強奪事件〉のさなかのことだ。外国工作員のハニートラップにからめとられていた前任者に代わり、常念寺総理から緊急に抜擢《ばってき》された。

それ以来、〈政府専用機乗っ取り事件〉、〈天然痘テロ事件〉と立て続けに襲って来た国の危機に対応した。

しかし正直、自分では『能力不足』と感じている。

いくつもの国の危機をかろうじて乗り越えて来られたのは、有能なパートナーとスタッフたちに恵まれていたおかげだ。

そうだ。

もっとも自分を助けてくれているのが、この男――

「門君。『総理に感謝しろ』――って」

つい今しがた、黒服の元同級生――法学部のゼミでは異色の存在だった――が口にした言葉。

福島原発を舞台に、何者かがわが国へ攻撃を仕掛けてきた。ＡＬＰＳシステムのデータを改ざんし、『日本政府が核物質に汚染された処理水を太平洋へ流そうとしている』と全世界へ向け報道させる。

そんなことをされたら——

しかし、門の率いるNSS情報班が、攻撃の行なわれることを知り、ただちに対抗措置を取った。

NSS工作員の二名が、攻撃を防いでくれたのだ。

うまくやってくれた。

だが
「実はな」

門は頭を振る。

「今回、〈敵〉の攻撃について察知したのは我々ではないんだ」

「——？」

「教えてもらえなければ。我々は、対抗措置を取ることは出来なかった。考えてもみてくれ」

黒服の男は、不精ひげの横顔で天井を仰いだ。

「外国によるハニートラップに対抗するため、独自に工作員も養成した。前回の〈天然痘テロ事件〉においては、多少の攻勢に出ることも出来た。だがわが国には〈スパイ防止法〉も無い。怪しい奴を片っ端からつかまえて尋問するようなことは出来ない。敵側の情報や動きについては、たまたま知りえたこと以外、分からないんだ」

「――――」

「分からないんだよ」

黒服の男は息をつき、やるせなさそうに頭を振った。

「今回、攻撃について教えてくれたのは」

その時

ブーッ

また男の懐《ふところ》で振動音がした。

●総理官邸　五階

総理執務室

「総理」

執務室のソファにスーツ姿でおさまった女性閣僚は、差し向かいの常念寺を見た。

理科系の研究者のような、知的でおとなしいタイプの女性が、意志を奮《ふる》い立たせて働いている――

そんな印象だ。

激務にさらされているのか、ソファに座っているのに肩で息をするような感じ。

「現在のこの情況は、ご承知の通りです」

「うん」

常念寺はうなずく。

自分自身も、ひょっとしたら目の前の堤美和子のように疲れ切って見えるかもしれない、と思う。

何とか体力は維持しているが、ここ数か月、休みは一日も取っていない。

つい先週もアメリカまで出かけ、大手製薬会社のトップと面会して、追加のワクチンを日本へ回してくれるよう直談判《じかだんぱん》して来た。

新型コロナウイルスに対しては海外の数社がワクチンを開発し、世界へ供給し始めてはいるが。

中には問題が見つかって、わが国では使えなくなった製品もある。国民へ供給すべきワクチンは不足している。この情況に変わりはない――

「国民へのワクチン接種は、何とか進んでいる。君のおかげだ」

常念寺がねぎらうように言うと。

ソファを囲んで立つ秘書たちの視線が、白スーツの女性閣僚に集まった。

数日おきに、堤美和子はこの執務室へ訪れる。

普段は厚労省の庁舎に詰めていて、あまり帰宅もしていない、と聞いている。

「総理」

女性閣僚は、ねぎらいには反応を見せず、上目遣いに常念寺へ続けた。

「ご承知の通りです。今回の、中国武漢《ぶかん》市に端《たん》を発する新型コロナウイルスの爆発的な広がり。すでに全世界で三億人が感染し、五〇〇万人を超す犠牲者が出ています」

「――」

「――」


そうだ。

この情況は、いつ終息するのか。

常念寺は思った。

全世界で三億人の感染者。五〇〇万人を超す犠牲者――

これを深刻ととらえるか、あるいは世界的な伝染病の蔓延《まんえん》としては『まだましな情況』と考えるか。

各国は感染対策を取っている。うまくいっている国も、そうでない国もある。初めのうちはうまくいっていたように見えたが、その後、そうでなくなったところも。

わが国の情況は、その中で、ひどいのか。『まし』な方なのか。

問題は、日本国憲法に〈非常事態条項〉が無いことだ。

わが国では、非常の場合に国民の私的な権利を制限することが、法的に出来ない。憲法に根拠となる条項が無いからだ。政府や自治体は国民へ『外出するな』とか『店を営業するな』とか命ずることは出来ず、〈自粛〉を呼びかけるしかない。代わりに法的な根拠のない〈緊急事態宣言〉を出し、行動の制限を国民へ「お願い」するのが精いっぱいだ。

それでも真面目に応じてくれる国民のおかげで、コロナウイルスの感染者数は、諸外国に比べれば少ない。私権の制限が出来ない割には感染は抑えられている——そう評価する見方もある。

経済的には苦しい状態が続いている。しかし、国民へのワクチン接種が進んでくれれば。

あと少しの辛抱で、国民がみな免疫を獲得して、情況は終焉《しゅうえん》に向かってくれるのかもしれない。

しかし
「総理。実は」

堤美和子は続けた。

「ワクチンは、効いていないのかもしれません」

「？」

何だ。

見返す常念寺へ、

「よろしいですか」

美和子は続けた。

視線がまっすぐに向く。

「この情況――今の情況はひょっとしたら、終わらせられない」

「ど」

常念寺は目をしばたたいた。

どういうことだ。

今、堤美和子は何と言った……？

ワクチンは効いていない？

「効いていないとは、どういうことだね」

「ご覧ください」

堤美和子が視線を横へやると。

ソファの横に立っていた三十代らしい技官の一人が、抱えていたノートPCを応接セットのテーブルに置き、モニタを開いた。

「総理。お見せする最初の画像は、全国民へのワクチン接種の進捗《しんちょく》状況です。間もなく、全人口の六割が二回目の接種を終えます」

「うん」

常念寺は、画面に現われた円グラフを見やる。

「理論的には、そろそろ〈集団免疫〉の効果が出始めても、おかしくはない」

ワクチン接種で免疫を持つ者が全体の六割を超えると、集団の中で人から人への伝染が起きにくくなり、流行が収束していく。いわゆる〈集団免疫〉が獲得できる。

今回の感染騒ぎが起きた当初から、そう言われ続けてきた。

常念寺自身も、〈集団免疫〉獲得を目指してみずからワクチン確保に世界を駆け回った。日本のためだけではなく、国内で使用できないとされた製品については、不足している国へ積極的に譲り渡すこともしてきた。

しかし
「〈集団免疫〉、無理かもしれません」

堤美和子は頭を振る。

「次を見てください」

「？」


眉を顰める常念寺に。

技官が屈《かが》んで、ＰＣのモニタに次の画像を出した。

グラフではなく、エクセルの表のようだ（細かい文字と数字が並ぶ）。

「これは、私のところへ集められた報告——事例のうちの、ほんの一部です。いくつかをご紹介します」

美和子はモニタの表を指す。

「まず一行目。群馬県の病院でクラスター感染が発生。二十五名の感染者のうち二十四名が、ワクチンの二回目接種を終えていました。それでも感染した」

「——？」

「国内の各地で、クラスター感染が発生し続けています。画面に表示された例ではすべて、ワクチン二回接種者が過半数を占めます」

「——」

「確かに『ワクチンを打っていても感染はする。でも重篤《じゅうとく》化はしない』そのように言われてきました。でも、次の行をご覧ください。外国の事例ですが。イタリアで、ある病院の集中治療施設に収容されている重篤患者のすべてがワクチン接種済みでした。効いていないんです」

「…………」

「…………」

「今、世界的に『ワクチンは効かない』という考えが主流になりつつあります。考えが変わりつつある。これまでは、国民に行動制限を課し、その間にワクチン接種を進めれば〈集団免疫〉が獲得でき、事態が収拾できる——コロナウイルスのパンデミックは終息する。そのように信じられてきましたが」

美和子は視線を上げ、また常念寺を見返した。

「それは〈嘘〉かもしれない」

「ちょ」

ちょっと待ってくれ。

常念寺は言いかけ、口をつぐんだ。

コロナウイルス感染対策の実質的な責任者として、厚労省ですべての情報を集め、リアルタイムで世界を見ている堤美和子。

女性閣僚の視線は、冗談を言っているようには見えない。

「では。どうすれば」

「総理」

美和子は続ける。

「わが国のマスコミは、まだあまり報道していませんが。感染対策をあきらめて放棄する国が出始めています。『ワクチンは効かない』として、すでにコロナ規制を撤廃した国はデンマーク、ブラジル、ルーマニア、ノルウェー、アイスランド、クロアチア、ハイチ、タンザニア、コートジボワール。感染対策のため国民へ行動規制を強《し》い続けるのはかえって自殺行為だとして、対策そのものを止めてしまいました」

「――――」

「世界的に、この傾向は強まりつつあります。主要国から対策放棄を宣言する国が出るのも時間の問題です」

「では」

常念寺は唾《つば》を呑み込む。

「どうすればいい――というか、どうなるのだ」

「ずっとこのまま」

美和子は言った。

「このままです」

「？」

「世界は、ずっとこのまま」美和子は繰り返した。「今の状態が、未来永劫《えいごう》続きます」

「――」

「――」

常念寺をはじめ、秘書官たちも息を呑む。

ずっとこのまま……？

今の状態が？

「もともと」

美和子は続ける。

「コロナウイルスに対抗する〈メッセンジャーRNA〉型ワクチン。これは今回のパンデミックにあたって、急きょ軍事技術を転用して造られました。人体がこれを受け入れるのは歴史上初めてであり、効果は未知数でした。確かに、打った直後にはある程度の免疫効果は得られる。でも長続きしないので二回目を打つ必要がある」

「――」

「――」

「最近では、二回目を打っても免疫効果は薄れて行くので、製薬会社は『三回目を打て』と言い出しています。しかし三回も打ったら、人体に〈免疫疲労〉という影響が現われて危険だ、とする見方があります。三回目を打ったところで免疫効果が持続する保証もありません」

「新型コロナウイルスは。コレラやペスト、天然痘とは違います」

女性閣僚は常念寺や秘書官たちを見回し、続けた。

「仮に感染をしても。重篤化するのは高齢者や、基礎疾患を持つ人たちに限られる。それ以外の人たちは軽症で回復する可能性が高い。ならばウイルスの存在を仕方ないものとして、対策はせずに社会を常態化して経済を回す。今、経済力のない国から、徐々にそのような考えに変わっています」

「――堤大臣」

常念寺は、訊き返した。

「世界の情況は分かった。分かったが」

●総理官邸　地下

NSSオペレーションルーム

「――俺だ」

門篤郎が携帯の画面を一瞥して発信者を確認し、耳に当てた。

また、誰かから連絡か。

門の呼吸は珍しく、少しほっとした感じだ。

「礼を言う。何とか、うまく行った」


門篤郎が礼を言っている――

誰からの通話だろう。

有美は横目で、黒服の男を見る。

ついさっき、情報班の作戦は成功したが『自分たちでは〈敵〉の攻撃を察知できなかった』『教えてもらえなければ』――そう口にしていた。

福島原発での事態を回避できたのは、どこかから情報の提供を得たのか。

通知してくれる組織や個人があったのか……？

だが
（………？）

次の瞬間。

男の横顔が、ふいに不審そうな表情に変わったので有美は『何だろう』と思った。

「――何だ？」

門は通話相手に、確かめるように繰り返した。

「何と言った？　いま何と言った。楊《よう》」

●総理官邸　五階
総理執務室

「うぅむ」

常念寺はソファで腕組みをした。

息をつき、『頭を整理しよう』と考えた。

堤美和子が、たったいま口にした事実――そして予測。

それによると。

今のこの情況が、未来永劫続く……？

まさか――

「それでは」

常念寺は、目の前の女性閣僚に訊いた。

「これから世界はどうなるんだ。堤大臣」

「ですから」

堤美和子は続けた。

「六十五歳以上の高齢者と基礎疾患を持つ者を選択的に重篤化させる、ワクチンの効かないウイルスが恒常的に存在し続ける――そういう世界になるのです」

「…………」

「…………」

息を呑む常念寺に、

「総理」

美和子はさらに続けた。

「私から、厚労大臣の立場ではなく、一人の医療ジャーナリストとして〈私見〉を述べさせていただいても、よろしいでしょうか」

「う、うむ」

常念寺はうなずいた。

「聞こう」

「総理、中国です」

「中国？」

「そうです」美和子はうなずく。「中国では今、〈少子高齢化〉が急速に進んでいます」

3

●総理官邸地下
NSSオペレーションルーム

「楊。どういうことだ」

門篤郎は、手にした携帯の向こうへ訊きただした。

急にかかって来た通話。

たった今告げられたことを、確かめるように繰り返す。

「ただちに撃墜しろ——だと⁉」

『そうだ門』

見た目は普通のスマートフォンだが、秘話回線を通している。

その向こうで通話相手は続けた。

男の声は、日本語だ。

『言った通りだ。日本海に未確認機が出現する。今すぐ空軍を出して、すべて撃墜しろ。今すぐにだ』

「な──」


同時刻。

●日本海　洋上
海上自衛隊イージス艦　ＤＤＧ１７５〈みょうこう〉

「──ん。何だ」

ＤＤＧという艦種分類は国際的には『駆逐艦』だが、基準排水量七二〇〇トンを超す艦体は『巡洋艦』と呼ぶのがふさわしい。

海面を押し分けて進む要塞のようなイージス艦。

その〈みょうこう〉上部構造の奥深くに位置するＣＩＣ（戦闘情報センター）。

窓のない、天井の低い空間は薄暗く、大小の情報スクリーンに囲まれている。十数の管制卓には通信ヘッドセットをつけた管制員が着席している。

今、第二対空監視席の画面に、ポツンと何かが現われた。

長方形の画面は艦の浮かぶ位置を中心に、下側――南方に山陰《さんいん》地方の海岸線が緑の輪郭線で描かれ、フェーズドアレイ・レーダーが探知する空中目標（飛行物体）はすべてデジタル処理されて、三角形のシンボルとして表示される。

「先任」

第二対空監視員は、画面から目を離さないようにしながら、薄暗い空間中央の指令席にいる当直幹部を呼んだ。

「何か出ました。イレギュラーです」

イレギュラー――不確実目標。すなわちレーダー・システムのエラーによって、本当は存在しない飛行物体が表示されたのかもしれない。

何も無かったはずの海面上に、ふいに一個の空中目標が浮かび出たのだ。

「ラディアル一六〇、レンジ五〇、エンジェル三」

エンジェル・スリー、すなわち空中目標の海面からの推定高度は三〇〇〇フィート（約九一四メートル）だ。

低い。


「どうした」

　ワイヤレスのヘッドセットをつけた当直幹部の一尉が歩み寄ると、暗がりの中で第二対空監視席の画面を覗き込んだ。

「そんなところに、何か出たのか」

「単一目標、海面上三〇〇〇フィートです——本艦の南東五〇マイル、島根《しまね》県沖の領空線まで三〇マイルの位置」

　こいつは、どこから来た——？

　ゴーストではないのか。

　航空機なのか。

　対空監視員が眉を顰める前で、画面上の三角形シンボルの脇にさらに数字が現われる。

〈みょうこう〉上部構造側面に貼り付いた六角形のフェーズドアレイ・レーダーが、空中目標の三次元の動きを測定し、飛行諸元を出した。数字は『200』——

「対地速度、出ました。二〇〇ノット——さらに増えます、二二〇」

●日本海　上空

航空自衛隊E767早期警戒管制機　スカイネット・ワン

同時刻。

高度三〇〇〇〇フィート。

「何か出ました」

ボーイング767旅客機の胴体の背に、円盤型のロートドームを背負わせた早期警戒管制機（AWACS《エイワックス》）。

警戒航空隊所属のこのE767は、高度三〇〇〇〇フィートに滞空すれば、自機から半径二〇〇マイル（約三七〇キロメートル）の空間を監視することが出来る（日本海中央部に居れば、朝鮮半島東岸からロシア沿海州南岸、本州の西半分が視野に入る）。

任務は、わが国の領空へ近づく不審な飛行物体を探知すること。飛行物体は、高高度を飛行する航空機だけでなく、万一巡航ミサイルが海面近くの低空を這《は》うように飛来しても探知することが可能だ。

原型が旅客機なので、機内空間に余裕がある。窓のない円筒状の空間には機首方向へ向かって十四席の対空監視／指揮席が並ぶ。

「先任、海面上に何か出ました。近いです」

「何」

幸い、静穏な気流の状態だ。機内の指揮を執る先任要撃管制官の一尉は、立ったままで各管制席の様子をウォッチしていた。

山陰沖の日本海第四セクターを担当する要撃管制員が驚きの声を上げたので、すぐに歩み寄る。

「どうした」

「アンノンです」

アンノン――未確認飛行物体。

通話用ヘッドセットを頭に掛けた要撃管制員は、コンソールのディスプレー画面に現われた一個のシンボルを指す。

監視席の長方形の画面は、機体の背で回転するAN/APY2パルスドップラー・レーダーが捉えた空中目標をデジタル処理し、シンボルで表示する。

「山陰沖、領空線へ三〇マイル」

「――!?」

先任管制官が眉を顰める前で、ポツンと海面上に出現した三角形シンボルの脇に、数値が現われる。

「低いな」

「はい」

　第四セクター担当管制員は、卓上のトラックボールを指で回し、画面上で三角形シンボルへカーソルを合わせる。ボールを押し下げる。

　敵味方識別操作。

「ＩＦＦに、反応なし」

　反応なし――このＥ７６７から質問波を放ったが、応答が返って来ない。

　ＩＦＦ（敵味方識別）システムは、自衛隊機、アメリカ軍機など友軍であれば、質問波に対して自動的に応答信号が返って来て、機種やコールサインが表示される。相手が民間機であっても、民間機の装備するトランスポンダ（航空交通管制用自動応答装置）に自動的に応答信号を返す機能がある。管制機関へフライトプランを提出して飛行している機であれば、システムは応答を瞬時に受け取って、東京管制部のデータベースに照合し、便名あるいは機体番号を表示させる。

　何も出てこない、ということは――

「南東へ向かっています。高度三〇〇〇、増速中」

「貸せ」

先任要撃管制官は、第四セクター席の後ろから右手を伸ばし、コンソールにある赤い受話器を摑み取った。

●小松基地
アラートハンガー

ベルが鳴った。

(―――!?)

ソファでタブレットを眺めていた舞島茜《あかね》の視野の上側で、赤い光が瞬《またた》いた。
〈SC《スクランブル》〉
目を見開く。
ホットか……!?
思うのと同時に身体は反応し、ソファから跳び上がる。
同期生の白矢英一《えいいち》が同じように跳び起きるのを視野の右横に捉えながら、駆け出した。

床を蹴《け》る。

ハンガーへ――

スタンバイルームから隣接する格納庫へ通じる両開き扉が、目の前に迫る。

「――！」

左肩を前へ出し、体当たりして開けた（ハンガーへ抜ける扉はパイロットが体当たりしても怪我《けが》をせぬよう黒いゴムが貼られている）。

うわぁああんっ
駆け込んだのは、体育館のような湾曲《わんきょく》した天井から水銀灯が照らす空間。

充満するのはホット・スクランブルを知らせるベルの金属音と、大勢の人員が一斉に動き出した呼吸の気配だ。

『スクランブル』

さらに天井から大音量の声。

『ゼロワン・スクランブル』

「くっ」

走る。

天井の下に駐機する二機の、手前の機体へ――

今日は一番機だ。

ペアを組む白矢は航空学生の同期だから、こうして一緒の出動の時、前もってじゃんけんで編隊長を決めている。今日は自分がリーダーだ。

茜の目の前に、銀色に照らされた流線形のシルエットが迫る。双尾翼の戦闘機。全力疾走で近づくほど大きくなり、視野いっぱいになる。

機首の日の丸。

搭乗梯子《ばしご》が目の前に来る。

飛びつく。

昇る。


「はっ」

普段から合気道で身体を鍛《きた》えている。

このくらいの全力疾走と梯子昇りで呼吸が乱れるはずはない。だが、突然のベルで発進を命じられる『ホット・スクランブル』は珍しい。国籍不明機がわが国の領空へ接近して来る場合、それらは遠方から探知出来ていることが多い。実は〈対領空侵犯措置〉へ出動する場合も、前もって準備を指示されることがほとんどだ。

それを――

いきなりか。

何が来たのだろう。

搭乗梯子を駆け昇りながら、脳裏にその疑問が浮かぶが、
どさり。

最後の一段を省略して飛び越し、コクピットの射出座席の座面に跳び込むと、余計な考えは吹っ飛ぶ。

「――はっ、はっ」

呼吸を整えながら、右手を操縦席の計器パネルの下側へやり、ジェットフューエル・スターター（エンジン始動用の小型タービンエンジン）のT字型ハンドルを引く。

ぐんっ
右手の動きを無駄にせぬよう、そのまま座席のハーネスを摑み取って右、左、股下のベルトをカチ、カチと留める。

「二尉、やります」

続いて駆け上がって来た機付き整備員が、一六二センチの細い体型の茜の両肩にハーネスを掛ける。

「ありがと」

茜はみぞおちの前のバックルに、左右の肩のハーネスを引っ張って留め、五本のベルトで身体を固定すると同時に左手を風防へ。

風防の枠には〈ALICE〉と自分のTACネームを描き込んだ、赤いヘルメットを掛けてある。

摑み取って、被《かぶ》る。

ヒュイイイイッ

ようやく背中で、ジェットフューエル・スターターが点火されて回転音を上げた。

笛のような響きが体育館のようなアラートハンガーに充満する。

●横田《よこた》基地　地下

航空自衛隊総隊司令部　中央指揮所（CCP）

「先任」

静かなざわめき。

天井の高い、劇場のような地下空間がざわめいている。

暗がりの底に着席する数十名の要撃管制官たちの、呼吸の音か。

工藤慎一郎《くどうしんいちろう》は地下空間を後方から見渡す先任指令官席から立ち上がり、頭上を仰いでいた。

覆《おお》いかぶさるような正面スクリーン。そこには黒を背景に、ピンク色の龍のような日本列島が浮き上がっている。

今、その龍の腰――山陰地方の海岸線へ斜めに刺さるように、小さなオレンジの三角形がぽつんと一つ。

あれは、何だ――

「先任、対地速度二八〇ノットです。あれはヘリではありません」

「――――」

工藤は三十代の後半。二等空佐。

ここ横田基地の地下深くにある総隊司令部中央指揮所で、先任指令官を務めている。

指令官は、組織の長である『司令』官ではなく、現場で要撃の指揮を執る中堅幹部だ。同僚と交替で、二十四時間体制でＣＣＰに詰め、わが国周辺の空域の監視に当たっている。

頭上の大スクリーンには、日本列島の沿岸に配置された二十八か所の防空レーダーサイト、上空で監視に当たる複数の早期警戒管制機Ｅ７６７からの情報が統合され、表示される。

わが国の領空へ近づこうとする未確認機——国籍不明機を発見して、国民へ脅威が及ばぬよう対処を行なうのがCCPの任務だ。

航空自衛隊の各基地でアラート待機についている要撃戦闘機へ緊急発進（スクランブル）を命じ、〈対領空侵犯措置〉に当たらせる。その指示を出すのが工藤の役目だ。

二八〇ノット（時速約五二〇キロメートル）出ている……？

確かにヘリではない。

最初に探知したE767の要撃管制官から、わざわざ音声回線で『変です』と告げてきた。

アンノンです。何か変です、スクランブルを——そう上申されたのだ。

船舶の甲板から飛行計画未提出の民間ヘリが飛び上がったのではなさそうだ。また、海保の巡視船搭載ヘリならばIFFに反応する。海保でもない。

第一、二八〇ノットもスピードを出せるヘリは存在しない——

「——拡大しろ」

「はっ」

左横の席で、情報担当の明比正行《あけびまさゆき》二尉がうなずき、管制卓で操作する。

大スクリーンの中にウインドーが開き、山陰沖の空域を拡大する。

島根県の、沖か。

そこへ、

「先任」

前方の管制卓から日本海第四セクター担当の要撃管制官が振り向き、報告する。

ＣＣＰでは全員が通話用ヘッドセットをつけているので、インターコム機能を使って報告すれば済むのだが、思わず振り向いた、という感じだ。

「小松のＦ《エフ》、上がります」

「うん」


工藤はうなずく。

一分前。Ｅ７６７からの音声回線での報告と同時に、ここＣＣＰの大スクリーンにもオレンジの三角形シンボルが一つ、山陰沖の洋上に出現した。

工藤は直ちに最も近い小松基地からＦ――要撃戦闘機の発進を命じた。

スクランブルだ。

「間に合いますかね」

右横の席から副指令官の笹《ささ》一尉が立ち上がると、工藤と並んでスクリーンを仰ぐ。

「あんなところへ、いきなり」

「────」

「何なのでしょう」

●小松基地　アラートハンガー
F15ブロッケン編隊一番機

（ナンバーワン、異状なし）

双発のF15戦闘機では右エンジンをナンバーツー、左エンジンをナンバーワンと呼称する。通常、機首の左側に搭乗梯子をかけているので、エンジン・スタートは右のナンバーツーから順に行なう（右を始動し、梯子を外してから左を始動する）。

後からスタートさせた左──ナンバーワン・エンジンの排気温度計の針が六五〇℃のピーク値を指《さ》してから下がり、四四〇℃のアイドリング出力で落ち着いた。

ジェネレーター、油圧ポンプが自動的に起動してF15の機体へ電力、油圧のパワーを供給し始め、計器パネルのシステム警告ライトが次々に消灯していく。

同時にジェットフューエル・スターターが自動的にタービン・シャフトから切り離され、シャットダウンする。

代わりに双発のP《プラット》&W《ホイットニー》－F100－220Eターボファンエンジンの排気音がア

ラートハンガーの壁に反響して何も聞こえない。

舞島茜は右手をコンソールの横へやり、キャノピー開閉レバーを前方へ押す。

頭上から涙滴型《るいてきがた》キャノピーが下りる。

プシッ
気密がかかり、耳に圧力を感じるのと同時にコクピットの計器パネル右側で、縦二列に並んだアナログ式のエンジン計器（上からファン回転数、タービン回転数、排気温度、燃料流量）がすべてアイドリングの数値に落ち着き、左右ともそれぞれ同じ針の角度になる。

異状なし――

車輪止め、外せ。

両手をヘルメットの頭の上へやり、左右の親指を外側へ向けて合図。

茜の合図で、二名の整備員が左右の主車輪から車輪止め（チョーク）を外し取り、走って退避。機付き整備員たちは全員、機首左側へ駆け集まって整列する。コクピットの茜へ向け一斉に敬礼。

その中の一名は赤い帯状の布を二枚、頭の上に横向きに掲げ『ミサイルの安全ピンは抜きました』と示している。

（了解）

茜は右手をさっ、とヘルメットの目庇《まびさし》に当てると整備員たちへ答礼し、そのまま視線を前方へ向ける。

と

(⁉)

前面扉を全開したアラートハンガーの外は、午前中の陽光だ。

眩《まぶ》しさに、目をすがめるようにした瞬間。

まずい。

茜は何かに気づいたように、右手を上げ、今度は右横に並ぶF15二番機のコクピットから見えるように前方へ振った(『出るぞ』という合図)。

前方――ハンガーの外から視線は外さない。視野の右横、二番機の涙滴型キャノピーの下で操縦席につくグレーのヘルメットのパイロットが『えっ』と驚くのが仕草で分かる。

構わずに、茜は両足を踏み込み、パーキングブレーキをリリース。

ぐんっ

4

●小松基地　エプロン
F15　ブロッケン編隊一番機

舞島茜が『戦闘機パイロットになろう』と思ったのは、小学四年生のときだ。

生まれてから高校三年までを、茜は福島県の海沿いの街で過ごしている。

家は、自動車整備工場の傍《かたわ》ら、代々続く合気道の道場を経営していた。二人姉妹の長女の茜は、物心つく頃にはもう道着を着ていた。自分は将来、合気道の先生になるんだ——

そう思っていた。

ところが。

小四の秋、当時の同級生たち（男子とばかり遊んでいた）と出かけた百里《ひゃくり》基地航空祭で〈衝撃〉を受けた。

頭上を通過する、蒼空《そうくう》を切り裂くような影。

あれは、何だ……!?

続いて降って来た轟音《ごうおん》が、見上げている茜の髪の毛をなぶり、逆立てた。

「あれ、何」

茜は頭上を指した。

「いま飛んで行ったの、何⁉」

「F15だよ」

「F——」

「ほら、また来たっ」

「——」

こんなものが、この世にあるのか。

気づくと、走って追いかけていた。夢中で、機影を見上げながら走った（会場について来ていた小さな妹をほったらかして、迷子にしてしまった）。

基地の広報が、航空学生の募集案内冊子を配っていた。茜はもらって帰り、勉強机に置いて、擦り切れるほど眺めた。

空を切り裂く影。

ヘルメットを被り、コクピットに収まったパイロット——

こうなりたい。

わたしも、こうなるんだ——

ぐんっ
爪先で踏み込むとパーキングブレーキは外れ、F15の機体はのめるように動き出す。

アイドリング推力で、前方へ。

するするとアラートハンガーを出る。

午前中の陽光の下へ──

「────」

茜は視線を前方へ向けたまま、左手はスロットルに置き、右手は操縦桿《かん》を握り、右の中指で操縦桿前面の前車輪操向スイッチを軽く引いている。

ラダーを軽く左──黄色いセンターラインを右に見つつ、滑走路へと向かう誘導路に乗る。


もう少し、速く走りたい。

二本が一体となったスロットルレバーを左手でほんの数ミリ、前へ出すと、背中で双発エンジンが回転を上げ、イーグルの機体を前方へ推し進める。

やや速めのタキシング・スピードへ加速させ、その時になって左の親指でスロットルレバーの横についた無線送信ボタンを握る。

「ブロッケン・フライト、チェックイン」

『ツ、ツー』

声が応《こた》える。

白矢だ。

視野の右、風防のフレームについた楕円形バックミラーの中で、右斜め後方のポジションを保ちながらついて来ている二番機。

双尾翼、淡いグレーの流線形の機体――そのコクピットで、ヘルメットに酸素マスクをつけたパイロットが応答する。しかし『ツー』と応える声は『おい、どういうつもりだ』と問うような感じ。

構わずに茜は無線の送信選択を、編隊指揮周波数から小松管制塔へ切り替える。

「小松タワー」

再び左の親指で送信ボタンを握り、酸素マスクの内蔵マイクに告げる。

「ブロッケン・フライト、スクランブル。リクエスト、イミーディエイト・テイクオフ」

『――――!?』

無線の向こうで、小松管制塔の管制官が一瞬「えっ」と戸惑うような呼吸をした。

やはり。

(あの民航機に、先に離陸許可を出していたか)

視線の先には、白い流線形のシルエットが小さく見えている。

滑走路の向こう側だ。

小松基地は『軍民共用』だ。アラートハンガーから滑走路を隔《へだ》てて向こう側には民間ターミナル——小松空港のターミナルがある。一本の滑走路を自衛隊と民間エアラインで共用している。

さっきエンジン・スタートを終え、ハンガーの外を見やった時。白い中型の旅客機がスポットを出て、民間側誘導路を横向きに進んでいるのが見えた。出発便だ。滑走路へ向かっている。

やはり小松タワー——管制塔は、向こうへすでに離陸の許可を出していたか。

『ラ、ラジャー。スタンバイ』

管制塔の管制官は驚いたようだったが、茜に『ちょっと待て』と断ると、すぐに別の航空機へ向けて指示を出し直す。

『アー、ジャパンエア・ワンエイトツー、ホールド・ポジション、ホールド・ポジション。離陸許可はキャンセル。繰り返す、離陸許可はキャンセル。スクランブルが上がる、すまないが譲ってくれ』

●小松基地　司令部棟

防衛部長室

「あいつめ」

司令部棟二階にある防衛部長室は、窓から基地の駐機場《エプロン》を見渡すことが出来る。

窓際には双眼鏡と、航空無線を聞けるエアバンド・ラジオが置かれ、小松管制塔の音声をモニターすることが出来る。

双眼鏡は、エプロンや滑走路の様子を見たい時に使う。

突然のホット・スクランブルのベルの音に、執務机から立ち上がり、双眼鏡を覗いていた亘理《わたり》二佐は『しょうがないな』という感じで息をついた。

双眼鏡の視野の中、滑走路24の向こう側——民間ターミナル側から滑走路へ進入しようとしていた白いボーイング737が、停止線ぎりぎりで止まる。

代わりに、視野の手前から二機のF15イーグルが割り込むように滑走路へ入って行く。

「あいつ。民航機から離陸の順番をぶん捕りやがった」

通常、スクランブル編隊が発進する場合。エンジン・スタートを終えたならばまず格納庫——アラートハンガーの中で、編隊長は無線で僚機を点呼し、通信が出来ることを確認(チェックイン)する。それから管制塔を呼び、滑走路までの地上滑走をリクエストする。滑走路まで進む許可を得たうえで、初めてパーキングブレーキを外して走り出すのが手順だ。

管制塔の管制官も、ホット・スクランブルがかかったことは承知している。

しかし、今のタイミングであれば。いったん離陸の許可を出していた東京行きの民航機をそのまま先に離陸させても、スクランブル編隊の発進に支障はないだろう――そのように判断したのだ。

だがスクランブル編隊が出て来るのが、思いのほか早かった。

通常の手順をすっ飛ばし、ハンガーを走り出ながら離陸許可をリクエストして来たので、管制官は驚いて民航機を止めた。


「――」

亘理が目で追うと。

双眼鏡の視野の中、斜め雁行隊形《がんこうたいけい》を保ち、滑走路24へ進入する二機のF15イーグル。その一番機のキャノピーの下で、赤いヘルメットのパイロットが右手を軽く挙げ、順番を譲ってくれたボーイング737のコクピットへ短く敬礼する。

二機は、そのまま一番機が滑走路中心線の左側、二番機がその斜め後ろ、中心線右側の離陸ポジションにつく。

そこへ

『ブロッケン・フライト』

窓際のラジオから、管制官の声。

『スクランブル・オーダー。アフター・エアボーン、ヘディング・ツーシックスゼロ、エンジェル・ファイブ・バイゲイト。クリア・フォー・テイクオフ』

「…………?」

思わず、双眼鏡を目から離し、ラジオを見た。

防衛部長という職にあり、小松基地に居《きょ》を置く第六航空団の実務を仕切る立場だが、亘理は自らもパイロットであり、スケジュールが許せばF15でフライトもする。

しかし

今、管制官は何と言った。

眉を顰める。

このスクランブル・オーダーは、何だ…………？

たった今耳にした内容を、反芻《はんすう》しようとした時。

「ホットか。珍しいな」

背中から声がした。

「――――？」

声に、振り向くと。

いつのまにか、制服の幹部が室内に立っている。

一見、ブルドッグのような風貌《ふうぼう》は、少し目じりが垂《た》れているせいで愛嬌《あいきょう》がある。

橋本繁晴《はしもとしげはる》空将補。第六航空団の団司令だ。

「これは。司令」

亘理が双眼鏡を置いて敬礼すると。

「うん」

橋本は緩《ゆる》く答礼した。

「邪魔をして、すまんが」

「いえ」

「ちょっとそこで、会議をしていてな」

橋本は親指で背中を指した。

「ホットのベルが鳴ったので、見に来た。ここは外が見えるからな」

「はい」

組織の風通しを良くするため、防衛部長室の扉は常時開けている。

橋本空将補は、アラートハンガーで響いていたベルを耳にして、見に来られたのか。

その空将補も左胸にウイングマークをつけている。

飛行隊の現役からはとうに離れた、Ｆ４ファントム時代のパイロットだが。現在でも月に一度はＴ４練習機で慣熟《かんじゆく》飛行をしているらしい。飛行資格を維持し続けているのは『いつでも自分が先頭に立つ』という気概《きがい》の表われか――

「今朝《けさ》のアラートのペアは」

空将補は、窓の外へ視線をやる。

「例のあの二人か」

「？」

亘理は軽く驚いて、五十代の先輩幹部を見返す。

「ご存じでしたか」

「うん」

団司令は『人員の配置はすべて頭に入っている』と言うように、こめかみのあたりを指で指した。

「舞島と白矢。ついこの間、航空学生から上がったばかりの新人と思っていたが――

中々、やるじゃないか」

「――――」

橋本空将補にも、スクランブルの二機が民航機を無理やり押しのけるように滑走路へ割り込む様子が見えていたのだ。

中々、やるじゃないか――か。

しかし、あの二人は、たぶんマニュアルに定めた手順をすっ飛ばしている。

でなければ、あんなに早く滑走路へ滑《すべ》り込めはしない。防衛部長として、戻って来たら規定違反を叱《しか》らなければいけないか、と思っていた。

ホット・スクランブルは一刻も早く離陸しなければいけない、しかし規定を無視していいというわけではない。

だが団司令の空将補は「やるじゃないか」と口にした。つまり『叱らなくてよい』という意味か。

そこへ

『スクランブル・オーダー』

女子パイロット――舞島茜《まい》二尉の復唱する声が、エアバンド・ラジオから聞こえた。

酸素マスクのエアを吸う音に交じり、管制塔からの指示を復唱する。

『アフター・エアボーン、ヘディング・ツーシックスゼロ、エンジェル・ファイブ・バイゲイト。クリア・フォー・テイクオフ』

「──妙だな」

橋本空将補が眉を顰める。

「たった五〇〇フィートへ上がるのに、バイゲイトか」

『行くよ』

舞島茜の声が重なる。

タワー周波数だが、構わず僚機に向けて言っている。

『マックスパワー・チェックは省略っ』

「う」

亘理は思わず、滑走路上を離陸しようとする二機に目を剝《む》く。

管制塔の周波数で僚機へ指示？

マックスパワー・チェックを省略………？

やっぱり、戻ったら少し叱らないと駄目か。

●F15　ブロッケン編隊一番機

（――――）

いったい、このスクランブル・オーダーは何だ……!?

滑走路上の離陸ポジションで、両足を踏み込んだまま舞島茜は眉を顰めた。

たった今復唱したスクランブル・オーダー。

緊急発進する際、管制塔からは離陸の許可と共に、最初に飛ぶべき方向と上昇すべき高度が概略で告げられる。

飛び上がったら、とりあえずこの方向、この高度まで上がれ――

今の指示は、離陸したならば機首方位二六〇度、高度五〇〇〇フィート――エンジェルは高度（アルチチュード）の頭文字――へ上昇せよ。ただし『バイゲイト』という用語が付け加えられた。これは『アフターバーナーを使用せよ』という意味だ。

五〇〇〇フィートは低い。

通常、〈対領空侵犯措置〉へ向かう時は、高高度を飛来する国籍不明機へ会合するため三〇〇〇〇フィートや四〇〇〇〇フィートへの上昇を指示される。その場合、一刻も早く高度を取るためアフターバーナー使用離陸が指定される。

まれに、低高度に国籍不明機がいて、その正体を確認するため出動させられることもある。低空を飛んでいるのはたいていプロペラ機やヘリなので、速度は遅い。それほど急ぐ必要はない。

たった五〇〇〇フィートの低空へ上がるのに『アフターバーナーを焚《た》け』……？

（考えている暇はない、行こう）

すべての指示を出しているのはＣＣＰ——総隊司令部中央指揮所だ。

管制塔は、遠く横田基地の地下にあるＣＣＰから出された指示を、リレーして伝えて来るだけだ。

管制塔の管制官にも、何が起きているのかなんて分からない。

指示通りに行くしかない——

そこへ、

『お、おい』

白矢英一の声。

右後ろの位置にいる二番機からだ。

『いいのか』

茜がたった今『マックスパワー・チェックは省略』と告げたので、驚いている。

通常、戦闘機が離陸する際は、必ずその前にマックスパワー・チェック——ブレーキで機を停止させた状態でエンジンをふかし、タービンが最大回転数までスムーズに加速するかどうか確かめてから、滑走に入る（F15のような双発機ならば、ブレーキを踏んだまま片側ずつスロットルを最大出力まで進めてからいったんアイドルへ戻し、僚機同士で異状が無いことを確認し合ってからあらためて離陸滑走に入る）。これは大推力のエンジンに最大出力を出させる前の、安全確認だ。

しかし茜は、その手順は省略することにした。

根拠のない無茶ではない。

ちゃんと、今朝の待機に入る前、使用機材二機の整備ログを二週間分ほど遡《さかのぼ》って詳しく読んである。ここ二週間、二機ともエンジンに関わる不具合は何も出していない。

「大丈夫、壊れない」

急いだほうがいい――

茜の中で〈勘〉のようなものが教えている。

突然のホット・スクランブル。上昇高度はたった五〇〇〇、なのにアフターバーナーを焚け。

何か、おかしい。

離陸したら、上空でＣＣＰに直接、無線でコンタクトする。その際にひょっとしたら『五〇〇〇フィートの低空を音速で行け』とか、無茶を言われる可能性もある――

「行くぞ」

茜は無線に短く断ると、両足でブレーキを踏んだまま左手でスロットルを前方へ出す。背中で双発のエンジンが回転を上げ、計器パネル右側のN1——左右のファン回転数の針が立ち上がって七〇パーセントを超える。

「ブロッケン・ワン、テイクオフ」

無線に告げながら両足のブレーキを放す。

同時に左手のスロットルをさらに進めてミリタリー・パワーのノッチを越え、最前方のアフターバーナー全開の位置へカチン、と叩き込む。

ドンッ

●横田基地　地下

総隊司令部中央指揮所

「小松のF、上がりました」

日本海第四セクター担当の要撃管制官が、最前列の管制卓から報告した。

同時に、頭上の正面スクリーンで、能登《のと》半島の付け根の海岸線に緑の三角形シンボルがポツ、ポツと現われる。

二つの三角形は、そろって尖端《せんたん》を真西よりもやや南寄りに向けている。

「ブロッケン・ワンおよびツー。五〇〇〇へ上がらせ、山陰沖へ指向します」

「――――」

工藤慎一郎は先任席から立ち上がったまま、腕組みした左の手首をちらと見た。

思ったより、早い。

腕のいいパイロットか。

しかし
「先任」

左横で明比二尉が言う。

「あれを――間に合いません、アンノンは島根沖の領空線をクロスします」

「――――」

工藤も頭上の正面スクリーンへ視線を戻す。

くそっ……。

唇を噛《か》む。

指摘されるまでもない。

オレンジの小さな三角形は、斜め右下——南東方向へ尖端を向けジリッ、とまた少し山陰の海岸へ近づく（レーダーがスイープする度に位置情報が更新されるので、シンボルの動きは滑《なめ》らかにはならない）。

まずい。

三角形シンボルの脇に付き従う数字——測定された高度と速度を示す数値は『030』『280』。

あれは、三〇〇〇フィートの低空を、二八〇ノットの速度で移動中だ。発見された時から移動方向も数値も変わらない（ヘリやプロペラ機にしては速過ぎる）。

このままでは——

「第四セクター」

工藤は、頭に掛けたヘッドセットのインカムに命じた。

「小松の二機に、超音速を出させろ。海面上だから構わん、増槽《ぞうそう》も捨てて構わん」

「は、はっ」

●小松基地　防衛部長室

「行ったな」

二機のF15が、そろって滑走路上を弾かれたように走り出し、路面全長の四分の一も使わずに引き起こして機首を天に向け、蒼穹《そうきゅう》の奥へ吸い込まれるように消えてしまうと。

橋本空将補が視線を上空へ向けたままで言った。

「まだ若いが。あの二人が、この基地では最も実戦経験を積んだパイロットだ」

「は」

並んで窓外を見ながら、亘理もうなずく。

「二度も、わが国を救っています――非公式ですが」

「だからと言って、天狗《てんぐ》にしてはいけない」

橋本空将補は腕組みをする。

「防衛部長なら、そう考えて当然だ。特に舞島」

「はい」

「だが、心配はいらんよ」

空将補は、垂れた目尻を苦笑のような表情にする。

「舞島茜は、私とは町中の道場で『兄妹弟子』だ。あいつのことなら分かる。合気道六段、自分を律して謙虚さは忘れない。心配はいらんよ」

「あ」

亘理は、二機の飛び去った空を指す。

「あれで、ですか」


「はは」

橋本空将補は笑うと、亘理の執務机の方を見やった。

机上のトレーに書類が積み重なっている。

「ところで、舞島二尉へは、例の辞令について告げたのか」

「いえ」

亘理は頭を振る。

「今朝は、アラート待機でしたから。戻ってから通知しようと思っていたところです」

「そうか」

橋本空将補はうなずく。

「あいつが居なくなると、師範代が一人減るから、道場は大変なのだが」

5

●日本海上空
F15　ブロッケン編隊一番機

(――くっ)

五〇〇〇フィートへは、一瞬だった。

アフターバーナー全開で離陸滑走し、一二〇ノットの速度で操縦桿を引くと、前方に見えていた地平線は吹っ飛ぶように機首の下側へ消え、視界は蒼《あお》一色になる。

ざぁああっ
血液を全部、下へ持って行かれるような下向きG――顎《あご》を引いてこらえ、そのまま機首上げ四〇度のピッチ姿勢へ引き起こすと、目の前のHUD(ヘッドアップ・ディスプレー)右端の高度スケールがたちまち『3000』を超す。

すかさず右手を戻し、ピッチ姿勢四〇度で止め、同時に右手首を捻《ひね》るようにして操縦桿を左へ倒す。

ぐるっ

「…………!?」

茜はヘルメットの目庇の下で目を見開く。

低空で空気が濃い、舵《かじ》の反応が凄《すご》くいい——

こんな低い高度で、F15の機体をロールさせた経験がこれまでにない。

だが感心する暇はない、目の前の空が一八〇度回転する瞬間を捉えて右手首を返し、機体のロールを止め、同時に操縦桿を引きつける。

ざぁあっ
下向きG——風切り音と共に、今度は頭の上から逆さまの海原《うなばら》が蒼黒い天井のように降って来ると、キャノピーの上に被さった。

右手首で、逆さまの水平線が眉間《みけん》の先に来るように、機首を止める。

上昇が止まった。

肩を上下させ、マスクのエアを吸う。

アフターバーナーの大推力を維持して、低空で上昇を止め《や》、水平飛行へ移行するにはこの方法——機体を裏返し（背面姿勢）にしてから『機首上げによって上昇を止める』やり方しかない（普通に機首下げで水平飛行にしようとすれば、マイナスGで頭に血が上り意識を失う）。

何とか、上昇を止めた――

しかし、

(――あ)

その時点で、ＨＭＤ（ヘルメットマウント・ディスプレー）のバイザーをまだ下ろしていないのに気付いた。

茜は左手をスロットルから離すと、自分のヘルメットの上に後付けした大型バイザーを素早く下ろす。

途端に、世界が青みがかった視野に変わる。

茜の眉間の先にポツン、と白い小さな円が浮かぶ。

白い円は、細い線が横向きに段になったピッチ・ラダーの『０度』の線に、ぴたりと乗っている。

青みがかった視野の右端には高度、左端に速度を示す縦型スケールが浮かぶ。下側には分度器のような方位スケール（ＨＵＤと同様の表示）。

ヘルメットマウント・ディスプレーは、パイロットのバイザーの内側に飛行諸元や、戦術に必要な情報を投影する。パイロットがどちらへ頭を向けていても、機の飛行状態が分かる仕組みだ。

今、高度スケールは『5000』で止まり、速度スケールはするする下向きに動いて数字が増していく。『250』『280』『310』──

「────」

茜はちら、と右横のミラーを見る（見るというより、視野の中で注意を向ける）。

まだ背面──世界は逆さまだ。蒼黒い天井のような海面の下、同じように背面姿勢になったもう一機のF15が浮いている。

（…………）

白矢、腕を上げた……。

一瞬、そう思った。

わたしの動きについて来ている。

たった今の離陸は慌《あわ》ただしく、細かい指示をする暇がなかった──しかし白矢機は右後ろの位置をキープしたまま同じタイミングで背面にし、高度も同じ五〇〇〇フィートでぴたりと止めた。

茜はうなずくと、ミラーを視野に入れたまま、今度は右手首を外向きに捻った。

ぐるっ

世界はまた回転、青黒い天井が左回りに視野の下側へ消えて、キャノピーの上に空が戻って来る――

（――――）

いい。こちらの動きを摑み、二番機もミラーの中で同じ位置を保ったまま、追従して順面姿勢になる。

その二番機の姿を視野に入れたまま、茜はロールを止める。

五〇〇〇フィート、水平飛行。

（よし）


白矢が、少し変わった。

茜は最近、ときどき感じる。

同期生の間でも、きれいごとではなく『腕の差』はある。『自分はあいつより上手《うま》い』あるいは『自分はあいつにはどうしてもかなわない』――

同期の中でも、操縦の上手い者は自然と態度が大きくなるし、並の腕の者は何となくおとなしくなるものだ。

白矢英一は、おとなしい方だった。初級課程の頃から同期生の中で頭一つ抜けていた茜に比べると、白矢は、やっとのことでついて来ている組だった。F15への機種転換課程でもぎりぎりの成績で合格している（一緒に訓練を受けていたのだから分かる）。

手助けしようと、操縦のコツをレクチャーしても。茜には自然に出来ることが、あの大男にはなかなかその通りにいかない。

それが。

きっかけは、あれか。

半年前の〈天然痘テロ事件〉。

あの出来事をくぐり抜けてから——

（——操縦の思い切りが、よくなった）

だがそれ以上、考える余裕は無い。

視線を前方へ戻す。

ズゴォオオッ

水平線を背景に、ＨＭＤ視野の左端で速度スケールがするする増える——機体を順面にすると主翼の揚力《ようりょく》だけで高度が維持できるから、速度の増え方はさらに勢いづく。

四〇〇ノット。四四〇、四八〇——

キャノピーを包む風切り音が増す。

そうだ。

茜は思い出す。

スクランブル・オーダーでは機首方位は『ツーシックスゼロ』だ。

右手首を、わずかに右へ。

前方の水平線がやや左へ傾き、右向きに流れる——HMD下側の分度器のような機首方位スケールが動いて『260』に合うところで、手首を戻す。

そこへ
『ブロッケン・フライト』

管制塔の管制官の声。

『コンタクト、CCP』

「ラジャー」

指示は『CCP（総隊司令部中央指揮所）へコンタクトせよ』。

茜は短く『了解』と応えると、左手をスロットルの前方にある無線コントロールパネルへ伸ばし、UHF無線のチャンネル1の周波数を変える（チャンネル2の方は、編隊の僚機同士で交信する周波数のままにしておく）。

左手をスロットルへ戻すが、アフターバーナーを入れっぱなしだ。スロットルレバーは、すごく『前方にある』感じがする（エンジンの振動が指にびりびり伝わって来る）。

左の親指で、送信ボタンを押す。

「CCP、ブロッケン・リーダー」

●横田基地　地下
総隊司令部中央指揮所

「先任」

第四セクター担当管制官が、また報告した。

「小松のFからコンタクトです」

「うむ」

先任席でスクリーンを仰いでいた工藤は、うなずいた。

頭上にのしかかる、龍のような日本列島。

今、そのピンクの背びれ――能登半島の付け根あたりに、二つの緑の三角形が浮かび出ると、そろって尖端を左手へ向け進み始めた。あれらが小松のF――緊急発進させた要撃戦闘機の編隊だ。そのリーダー機から無線で直接、ここを呼んで来た（実際は中継ステーションを経由している）。

「スピーカーに出せ」

途端に
『CCP、ブロッケン・リーダー』

呼吸音交じりの声が、劇場のような地下空間の天井から降った。

「――」

「――」

女子か……？

居並ぶ管制官たちが、思わず、という感じで頭上のスクリーンへ視線を向ける。

（――）

工藤も目を見開く。

この声は。

『ヘディング・ツーシックスゼロ、エンジェル・ファイブ・バイゲイト』

「ブロッケン・リーダー」

第四セクター担当管制官が、すかさず指示を出す。

「ベクター・トゥ・ボギー。コンティニュー・プレゼントヘディング、フォロー・データリンク。増槽は捨てよ。超音速を許可する」

すると

『――――』

頭上の女子パイロットの声は、一瞬、息を呑む感じになる。

確認するように訊いて来た。

『――コンファーム、増槽を捨てて超音速』

「アファーム」

管制官が『その通りだ』と応える。

「超音速で向かえ」

『ラジャー』

しかし

(くそ)

工藤は、頭上のスクリーンの左手へ視線をやり、唇を噛む。

オレンジの三角形は尖端を斜め右下へ向けたまま、山陰の海岸から一二マイル(約一九キロメートル)外側の領空線をクロスするところだ。

もう領空へ入るぞ……

間に合わない。

あれは、何物だ。

何が起きている――いや、起きようとしている……！？

「…………」

ちらと、右横の副指令席のコンソールに埋め込まれた赤い受話器を見やる。

スクランブルを下令した時点で、永田町の総理官邸地下にある内閣情報集約センターへは通報している（ＣＣＰのマニュアルに従い、連絡担当幹部が行なう）。

航空自衛隊は、〈対領空侵犯措置〉を毎日のように行なっている（主に南西諸島空域へ接近する中国軍機に対して実施することが多い）。スクランブルを上げた、という通報は事務的に行なわれる。集約センターではこれもマニュアルに従い、ＮＳＳオペレーションルームを介して内閣府危機管理監へ報告を上げる。

今、障子さんは地下にいるだろうか――

工藤がそう思うのと、タイミングを合わせたかのように、赤い受話器の横のランプが明滅した。

「はい」

笹一尉が受話器を取り上げ、素早く返答する。

「分かりました、お待ちください――先任」

「うん」

工藤はうなずき、笹一尉から受話器を受け取る。

赤い受話器は、官邸地下のオペレーションルームと直結のホットラインだ。

向こうから呼んで来た——

「——はい、先任指令官」

だが。

「あっ」

工藤が受話器を耳につけるのと同時に、左横の情報席で明比二尉が声を上げた。

「あれを——オレンジの数が」

●総理官邸　五階
総理執務室

「堤大臣」

常念寺は、差し向かいに座った白スーツの女性閣僚を、確かめるように見た。

頭の中を再度、整理しよう。

そう思いながら訊いた。

「確かめさせてくれ。いま君の話した内容だが、『寝たきり老人が二億人』――そう言ったのか？」

だが、

「違います、総理」

堤美和子は、普段からあまり冗談は言わない。

定例の閣議でも、おとなしくしていて、必要なこと以外は発言しない。

その整った顔立ちの美和子は、常念寺の確認する言葉を否定するように、ゆっくりと頭を振った。

「寝たきり老人が『少なくとも二億人』。そう申し上げました」

「――――」

「――――」

常念寺と、応接ソファを囲むように立つ秘書官たちが息を呑む。

男たちをゆっくりと見回して、堤美和子――本業が医療ジャーナリストの厚労大臣は、続けた。

「いま申し上げた通りです。これはあくまで『厚労省の見解』ではなく、わたくし個人の予測とさせてください」

「う、うん」

　常念寺はうなずく。

　それはその通りだ。

　今の美和子の話を、わが国の政府の公式見解のようにしたら、えらいことになる。

「構わんが。すこし頭が混乱している」


　もう一度、説明してくれ。

　常念寺は美和子を見て、目で促した。

　いま聞かされた、堤美和子の『医療ジャーナリストとしての私見』。

　自分はだいたい、理解できたつもりだが。

　周囲に立っているスタッフ――秘書官たちにも、ちゃんと理解させなくては。

「ご覧ください」

　堤美和子は、応接セットのテーブルに広げたPCのモニタを指した。

「ではもう一度、ご説明します。画面のグラフは昨年に実施されたばかりの、中華人民共和国の人口動態調査――いわゆる〈国勢調査〉に基づく『年齢別人口分布』です」

堤美和子は、今朝、厚生労働大臣として定例の報告にやって来た。

わが国における、新型コロナウイルスに対しての国民へのワクチン接種の進捗、そして新規感染者数の推移などを報告する。

それが厚労大臣の定例報告なのだが――

しかし美和子は、データを伝えたうえで『ワクチンは効いていない』『今の情況が、未来永劫続くかもしれない』と言う。

驚く常念寺に対して、さらに美和子は『中国です』と口にした。


いったい、どういうことか。

現在、世界中に蔓延しているウイルス。感染すると肺炎を引き起こし、基礎疾患を持つ者や高齢者ほど重篤化すると言われ、すでに世界中で五〇〇万人余りが犠牲となっている。このウイルスの感染が最初に発生したのは、中国の湖北《こほく》省武漢市だ。

中国政府は公式に認めていないが、ウイルスの『出所』が〈武漢ウイルス研究所〉であったらしいということ。これは世界中で信じられている。

厚労大臣が『問題は中国です』という趣旨の発言をするのは、無理はない。政治的な問題に発展することを懸念し『医療ジャーナリストとしての私見』と断るのも、もっともな配慮だ。

しかし。

ウイルスのことを言うのに、なぜ人口のことが出て来る――？

話を聞きながら、常念寺は初めは訝《いぶか》っていたが。

堤美和子の説明が進むにつれ、目を見開いていた。

その話は本当か……⁉

「さきの二〇二〇年における中国の〈国勢調査〉では」

美和子は画面を指し、続けた。

「グラフをご覧の通り。総人口十四億のうち、六十歳以上の人の数は二億六千万――『全人口の約一九パーセントが六十歳以上』でした。かつての〈一人っ子政策〉の影響で、中国の〈少子高齢化〉はわが国など比較にならぬ速度で進行中なのです。試算によりますと、このまま進めば、二〇五〇年には六十歳以上の人口は全体の三七パーセント。実に『五億人が六十歳以上』となる予測です。さらに」

「――――」

「――――」

「さらに、その五億のうち、自分で日常の生活が出来ない『要介護者』は、二億人超になる見通しです」

「――つまり」

常念寺は訊き返す。

「今、君の言った」

「そうです」

美和子はうなずく。

「寝たきり老人が少なくとも二億人」

「しかも」

ソファに差し向かいに座る常念寺と、周囲に立つ秘書官たちを見回し、堤美和子は続ける。

「中国の国内事情です――あちらの国では、人口の大部分を占める〈農村戸籍者〉には、公的年金も健康保険もありません。わが国には当たり前にある介護保険や、収入のない人に憲法で保障された最低限の生活を援助する生活保護については、あちらの国では概念すらありません」

「――」

「――」

「中国では二〇五〇年には『年金も健康保険も介護保険も生活保護もない寝たきり老人』が二億人を超える。そういうことです」

「この見通しに対して」

美和子は、視線を執務室の窓の外——西の方角へやった。

「中国政府は何も対策をしていない——有効と思われる手立ては現在のところ、何も講じられていません。その一方で、〈武漢ウイルス研究所〉から漏れ出た、あるいは当該研究所が放出したと見られるウイルスが、ワクチンも効かず蔓延しています。これは感染すれば、基礎疾患を持つ者と六十五歳以上の高齢者を選択的に重篤化させ、死に追いやります」

「つ、つまり」

常念寺は美和子を見た。

女性閣僚はソファに背を預け、少しやつれたように見える。

その目力だけが強い。

「どういうことなのだ。厚労大臣」

「分かりません」

美和子は頭を振る。

「分かりません総理。何が起きているのか——私はただ、二つの事実を並べてみただけです」

「し、しかし大臣」

常念寺の横で、乾首席秘書官が口を開いた。

ちょっと信じられない――そう言いたげな口調だ。

「中国では、パンデミックはもう収まっているのではないのですか？　中国政府は強い権限のもと、いち早く人の移動を制限し、独自に開発したワクチンを人民へ接種させ終わってパンデミックは終息している。社会は通常の状態へ戻っているのではないのですか」

「はい、確かに」

堤美和子はうなずく。

「現在、中国政府の発表では新型コロナウイルスの新規感染者は『ゼロ』。ウイルスによる犠牲者もここ数か月『ゼロ』です」

「――――」

「――――」

「しかし発表された統計の数字は『病院で死んだ人がいない』という意味です」

「え」

「？」

「病院で受け付けてもらえず門前払いされた人が、その後どうなっても。たとえ犠牲となっても勘定に入りません」

「…………」

「…………」

「統計の数字として現われるのは、病院に感染者として受け入れられ、病院のベッドで重症化し、犠牲になった人の数です。病院に入れてもらえなかったら、数に入りません。ちなみに中国で〈国勢調査〉が次に行なわれるのは二〇三〇年。まだだいぶ先です」

「それまでは」

絶句する男たちを見回して、美和子は告げた。

「人口がどう変動しているのか、外の世界からは全く分かりません」

「――」

「――」

「あ、あの」

次席秘書官が訊いた。

「ワクチンが効かない――もしそれが本当だとしたら。世界はどうなるのです」

「それについては」

堤美和子は、うなずくと、脇に控える技官へ手で促した。

「次の説明を」

「は」

厚労省の若い技官が、絨毯《じゆうたん》に片膝をつくと、ＰＣを操作する。

「総理、皆さん」

堤美和子は、また全員を見回した。

「次にお見せする資料は、〈希望〉です」

「――――」

「――――？」

「私たちにとって〈希望〉――」美和子はつぶやくように言う。「まだ、そう言えるのかは不確かですが。現在の事態に対して、人類の〈希望〉となり得るものです」

「――〈希望〉？」

常念寺は眉を顰める。

「それは何だね」

「シジミです。総理」

6

●日本海上空
F15ブロッケン編隊一番機

「増槽を投棄」

茜はUHF無線の『送信選択』をCCP指揮周波数からチャンネル2──編隊指揮周波数へ切り替える（受信の方は二つのチャンネルを同時に聴《き》くことが出来る）と、左の親指でスロットル横腹の送信ボタンを押し、酸素マスクの内蔵マイクに短く告げた。

「前下方、確認」


ちら、とHMDのバイザーの下から機首方向を見やる。

青みがかった視野の中、水平線から足の下へ向かって、海面が吸い込まれて来る──五〇〇フィートは超低空ではない。しかしいつも訓練で飛ぶ高度よりもだいぶ低い。見ていると海面の動きは異様に速い。

船影なし──

茜は、実際に飛行中に増槽を捨てるのは初めてだ（シミュレーターでは操作を練習した）。手順は何とか、憶えている。機体の腹の下に吊り下げた増槽――紡錘形《ぼうすいけい》の落下式燃料タンクには六〇〇ガロンの容量がある。これに、出動時に七五〇〇ポンドの燃料を搭載して来た。計器パネル右端のエンジン計器群の一番下に、デジタルの燃料量表示があり、増槽の中身はまだ半分も使っていないと分かる。

しかしCCPは『速度を出すために増槽を捨てよ』と言う。

「確認よし。合図にて投棄」

『ラジャー』

胴体下ハードポイントに装着した増槽は、下向きに切り離すと、しばらくは茜の機と同じ『針路』を保って落下して行く。そして徐々に放物線を描き、急角度で海面へ突っ込む。だから真下を確認する必要はなく、前下方の海面に船舶が浮いていなければ安全上は問題ない。

右後ろの位置を保って追従している二番機から白矢英一が『了解』を伝えて来ると、茜は左手をスロットルから前方の燃料コントロール・パネルへ伸ばし、〈PURGE　FUEL　TANK〉と表示されたスイッチのガードを親指で跳ね上げ、中のボタンを押し込む。ボタンは二段式で、一段目で燃料供給ラインが胴体下増槽から機体内タンクへ切り替わり、さらに押し込むと胴体中心線下のハードポイントから増槽がパージされる。

「投棄」

親指を押し込む。

「ナウ」

フッ
機体が浮き上がる——茜は水平線から目を離さぬようにしながら右の親指の付け根で操縦桿を押さえ、機首が上がろうとするのを抑える。

視野の右隅のミラーの中で、追従している二番機の腹の下から何かが吹っ飛ぶように外れおち、身軽になった機体が同じように浮き上がる——白矢機は増槽投棄による機首上げモーメントを抑えるのがわずかに遅れ、ミラーの中で二メートルくらい浮き上がる（すぐに修正し、元の高さへ戻ろうとする）。

ブォオッ
抵抗が減り、キャノピーを包み込む風の音が変わる。

ブォオオオッ
（——）

茜は視線を前方へ戻す。

ＨＭＤの視野の左側、速度スケールがするする増加していく。六一〇ノット。六二〇、六三〇――縦型スケールの下にデジタルのマッハ数表示があり、下二けたが読み取れないくらいの速さで増加する。マッハ〇・九五、〇・九六、〇・九七――

●横田基地　地下
　総隊司令部中央指揮所

「――どういうことです⁉」

先任席で立ち上がったまま、工藤は受話器の向こうの通話相手に訊き返した。

「アンノンをただちに撃墜――ですか？」

『そうよ』


赤い受話器。

工藤が今、手にしているそれは永田町の総理官邸地下にあるＮＳＳ――国家安全保障局のオペレーションルームと直結する、ホットラインだ。

国の安全にかかわる事態となった時、防空の指揮を執るここＣＣＰと、官邸の地下に詰めた内閣総理大臣が直接、話すことが可能だ。

だが通常は、総理が自らかけて来ることはなく、オペレーションルームの指揮を執っている内閣府危機管理監が何か確認したい、あるいは直接に情況を報告して欲しい時にコールして来る。

今回も、受け取った受話器を耳につけると、聞こえてきたのは低いアルトの声だ。

『工藤君』

面識はある。防衛大学校の一学年先輩でもある障子有美。

防大在学中に「ここにいたのでは国は護《まも》れない」とうそぶき、東大法学部を受験して移って行ってしまった。

現在では防衛省出身キャリア官僚として、内閣府で国の危機管理の指揮を執っている。

しかし内閣府危機管理監は、総理の代理として国の安全のため各省庁の指揮を執るのだが、自衛隊の作戦行動までコントロールできるのかと言うと、それは微妙だ。

『憲法上、難しいのは分かる』

謎《なぞ》の国籍不明機が領空線を通過しようとする、最も忙しい瞬間にコールして来た障子有美は、開口一番『今来ているアンノンを撃墜して』と要請した。

何だ……？

工藤は目を見開き、思わず訊き返したのだ。

今、何と言った。

アンノンをただちに撃墜――ですか。

訊き返すと、受話器の向こうで『そうよ』とうなずく。


どういうことだ……!?

思わず、頭上のスクリーンを注視する。

オレンジの三角形は、その尖端を斜め右下――南東へ向けたまま、山陰地方の海岸線から一二マイルの海面上に引かれた領空線を突っ切る。

「アンノン、領空線を通過っ」

日本海第四セクター担当管制官が最前列の管制卓から報告した。

「島根県の海岸線へ一二マイルです」

「――くっ」

歯噛みする工藤へ
「先任」

左横の情報席から明比二尉が言う。

「あれを。オレンジが増えた――また現われました。アンノンが後続している」

何。

だが訊き返すまでもない、スクリーンの島根県沖——初めにオレンジの三角形が突如出現したのとほぼ同じ位置にオレンジ色の三角形がもう一つ出現した。

いや、さらにもう一つ。

「く」

『工藤君』受話器の向こうの声が言う。『自衛隊法を何とか解釈して、そこに現われた後続二つも一緒に〈処理〉してもらえない』

「む」

『無茶は承知』

●総理官邸　地下
ＮＳＳオペレーションルーム

（確かに、無茶だ）

障子有美は受話器を耳に当てながら、心の中でうそぶいた。

内閣府危機管理監の自分が、航空自衛隊の現場指揮官へ〈命令〉していること自体が、無茶——

組織の立て付け上、あり得ない。

唇を嚙みながら横をちらと見る。

こちらを見ている黒服の男。

しかし、携帯を手にして、たったいま門篤郎は言った。「あれを墜《お》とさないと世界が終わるぞ」——


緊急に情報がもたらされたという。

確かな情報なのか。

疑うところだが。しかし門の携帯へコールしてきた人物が、今朝の福島原発への〈敵〉の攻撃について教えてくれたのは事実。

人物の正体は、台湾《たいわん》国家安全局の幹部だという。

台湾の国家安全局——


（————）

思い出す。

過日、常念寺総理が台湾へワクチンを援助した（わが国では使用できなくなったA社製ワクチンを民間機を使い移送した）。その過程で、NSSと台湾国家安全局——台湾の国家インテリジェンス組織との間にパイプが出来た。国家安全局は、中国大陸全土に諜報網を張り巡らせ、武漢での疫病発生もいち早く摑んで対策を取った（台湾の防疫の初動が早かったのは情報を摑んでいたからだ。台湾政府はWHOへもいち早く知らせていたが、通報は握り潰《つぶ》された）。その国家安全局はワクチン援助の〈返礼〉に、わが国を陥《おとしい》れようとする陰謀の存在を知らせてくれた。

門が通話越しに「楊」と呼んだのは国家安全局の情報班長――門のカウンターパートだ。

その人物が『島根県へ近づくアンノンを墜とせ』といきなり電話してきて、その直後、言われた通りの空域に国籍不明機が出現した。

空自はただちにスクランブルしたが……。

「そのアンノンが」

有美は受話器を耳に当てたまま、メインスクリーンを見やる。

ドーナツ型会議テーブルを囲むように、オペレーションルームの壁には大小の情報スクリーンがある。その中の一番大きい――総理の席に正対する壁にあるのがメインスクリーンだ。

今、横田から情報回線を通じ、地下のCCPで管制官たちが仰いでいるのと同じ映像が畳一枚ほどの中に映し出されている（先ほど門が通報を受け、情報席の湯川に指示して画像を出させた)。リアルタイムで同じ画《え》が見られる。

尖端を斜め右下へ向けたオレンジの三角形が領空線を突っ切り、今さらにもう二つのオレンジが洋上に出現した。

三つも、来た……

「そのアンノン三つが、『急迫した直接的脅威』になる可能性が高い」

●横田基地　地下
総隊司令部中央指揮所

「――――!?」

工藤は受話器を握ったまま、一瞬絶句する。

急迫した直接的脅威――

憲法と自衛隊法の制約がある。防空の任にあたる航空自衛隊が、実際に国籍不明機に対し『武器を使用』してよいのは、ごく限られた場合だけだ。

アンノンが出現すれば、空自はスクランブルする。当該国籍不明機に会合し、領空へ入らぬよう『警告』はする。

だが簡単には撃てない。

自衛隊は憲法上、軍隊ではない。だから普通の国の軍隊には当然のようにあるROE（交戦規定：『現場指揮官はこのような場合に武器を使用してよい』という規則）も無い。自衛隊は、『わが国が外国勢力から武力攻撃を受けた』と政府が判断し、自衛権を行使するため内閣総理大臣が国会の承認を得た上で〈防衛出動〉を発令しない限り、武器を使用できない。

しかしそんな手続きを踏んでいたら、高速で飛来する国籍不明機には対処しきれない。

例外が二つだけある。

まず〈対領空侵犯措置〉につくスクランブル機が国籍不明機から攻撃され、搭乗員の生命が危ない時の『正当防衛』。もう一つは、当該国籍不明機がわが国の国土に対して攻撃態勢に入り、このままでは国民の生命財産が危ないと明確に判断できる『急迫した直接的脅威』発生の場合だ。これら二つの場合だけ、現場指揮官の判断でスクランブル機は撃つことが出来る。

〈防衛出動〉が発令されなくても、国民の生命が危ないと分かれば、自衛官は緊急に必要な手段を尽くさなければ――

「――何とかします」

工藤はそれだけ答えると、受話器を右横の笹一尉へ返した。

頭上を仰ぐ。スクリーンの左手、拡大されたウインドーの中で山陰――島根県の海岸線へ近づくオレンジの三角形と、能登半島の付け根を後に左手へ進む二つの緑。

間に合うか。

だが
「間に合いません」

工藤の危惧《きぐ》に応えるように、左横で明比二尉が言う。

「ブロッケン・ワンとツーは、現在マッハ一・二――あの高度でF15が出せる限界速度です。しかしこのままで行くと、アンノンを目視圏内に捉えるまで十分はかかる」

「………!?」

十分。

（まずい）

攻撃手段がない。

オレンジの三角形が海岸線に達するまで二分とかからない。

アラート任務に就く戦闘機は、中距離ミサイルを携行していない。

あくまで、飛来した国籍不明機の正体を目視で確認し、当該機の横に並んで、領空へ入らぬよう警告するのが任務だ。

F15は射程六〇マイル（約一〇〇キロメートル）の中距離ミサイルＡＡＭ４を運用することが出来る。だが任務の目的から、〈対領空侵犯措置〉に向かう時にＡＡＭ４は搭載しない。

スクランブルに携行して行くのは、短射程の熱線追尾型ミサイルＡＡＭ３と機関砲弾のみだ。ＡＡＭ３ミサイルは目視圏内の戦闘で使用する（射程三マイル程度）。遠方の標的をレーダーで狙って撃ち落とすことは出来ない――

しかし、

「先任、あれを」

赤い受話器をコンソールに戻した笹一尉がスクリーンを指す。

「海岸線から、何か出て来た」

同時に、
ざわっ
劇場のような地下空間が、声もなくざわめいた。

ウインドーで拡大された山陰の海岸線――日本海に接する宍道湖《しんじこ》のあたりだ。細長い湖の端、ふいに緑の三角形が一つ。その尖端を真上――北へ向けて出現した。

「あれは」

工藤は眉を顰め、インカムに訊く。

「あれは何か」

●総理官邸地下
ＮＳＳオペレーションルーム

「――あれは何？」

有美は、スクリーンの拡大ウインドーの中、日本海に面した山陰――島根県の海岸線に目を凝らす。緑の三角形が一つ、出現している。

それは尖端を真上――北へ向け、海上へ出ようとしている。洋上から斜めに接近するオレンジの三角形と針路を交差する形だ。

緑の三角形の脇に文字が浮き出る。〈ＣＭＴ１０８〉――

何だ。自衛隊機……？

「湯川君、分かる」

「お待ちください」

壁際の情報席で、湯川雅彦がキーボードを操作する。

防衛省のデータベースへ照会をする。

●横田基地　地下
総隊司令部中央指揮所

「分かりました」

明比が、自分の情報画面を見ながら言う。

「あれはコメット・ワンゼロエイト――航空支援集団・第三輸送航空隊所属のC2輸送機です。飛行任務内容は『訓練』とあります」

「……訓練⁉」


工藤は、目を剝く。

日本海の洋上訓練空域へ向かう、輸送機か。

宍道湖に近い美保《みほ》基地には、確かに航空支援集団傘下の輸送航空隊がある。たしか、第三輸送隊だ（戦闘機はない）。空自が保有するC1、C2、C130の輸送機三機種を運用している。洋上訓練空域――G空域に近いことから、あの基地ではパイロットの養成訓練も行なわれている。

そうか。

午前中の訓練に、ちょうど出発する時刻――

「あの機と話せるか」


工藤が口に出すまでもなく。

「呼びます」

最前列の第四セクター担当管制官がインカム越しに告げた。

「航空支援集団の訓練統制周波数で呼び出し、こちらをコールするように言います」

「頼む」

「先任」

横で明比が言う。

「訓練の内容、出ました。あの機の今回のフライトは、G空域西側セクターを使用し、基本空中操作のトレーニングを行ないます。教官の機長のほか、正規副操縦士と、新人パイロット訓練生二名を乗せています」

「――」

新人の訓練か。

輸送機の、新人任用訓練――

航空学生から上がってきた輸送機コースの訓練生を、一人前の輸送機パイロット――副操縦士へ昇格させるトレーニングだ。

C2はわが国が開発した新鋭の大型輸送機だ。先代のC1よりかなり大きい――双発のジェットエンジンは、この間まで政府専用機として使用されていたボーイング747と同じGE《ゼネラル・エレクトリック》社製CF6を搭載していたはずだ。

「コメット・ワンゼロエイト。こちら横田CCPだ」

第四セクター担当管制官が無線に呼ぶ。

「コメット・ワンゼロエイト、聞こえるか」

7

●日本海上空
F15ブロッケン編隊一番機
(食うな、燃料――)

小刻みに揺れる、いやコクピットが震えている。

音速を超えた辺りから、上下左右に揺さぶられ始めた。濃い空気の中を無理やり突き抜けて進んでいる。

スロットルを握る左手に、ケーブルを介してアフターバーナー燃焼の振動がびりびり伝わって来る。背中でＦ１００－２２０Ｅエンジン二基が莫大なレートでケロシン燃料を呑み込み続けている。水平を保つ右手の操縦桿にも震えるような手ごたえ。

細かく揺さぶられる中、茜はＨＭＤの視野で、ふらつこうとする白い小さな円を水平線に合わせ続ける。

キャノピーを包む風切り音はまるで布を裂くような、独特の響き。

マッハ一・二〇、時速約一四七〇キロメートル。

五〇〇〇フィートで出せる限界速度だ。こんな低空で音速を超えたのは初めてか――

前方からは蒼黒い海面が早回しの映像のように足下へ吸い込まれる。

ピッ
その視野に、水平線にほぼ重なって、視力検査で使うような一か所欠けた円環が浮かび出た。百円玉くらいの大きさ。

来た。

ＣＣＰからは『音速を出せ』と言う指示のほか、『フォロー・データリンク』と指示されている。

機のデータリンク・システムが衛星経由でＣＣＰと繋《つな》がり、ＨＭＤの視野にコマンド・サークルが現われた。

茜は、機の三次元の進行方向を示す白い小さな円（ステアリング・ドット）を、その環――コマンド・サークルの中央に置くように、右手首をわずかにこじる（初めに指示された機首方位とほとんど変わらない）。

同時に視野の右端で、右後方に浮かんでいる白矢の二番機もタイミングを合わせたかのように身じろぎし、機首方位をわずかに修正する。

これでいい。

コマンド・サークルの中央にステアリング・ドットを合わせ続ければ、ＣＣＰの要撃管制官が指示する方角――迫りくるアンノンに会合する針路を飛べる。

そうだ。

左手を伸ばし、計器パネル左側のＶＳＤ画面の表示モードを〈戦術マップ〉にする。

ピピッ

途端に、それまで地形表示のみだった長方形の画面の上に、戦術情報が浮かび出る（CCPからデータリンクを介して送り込まれて来ている）。機首の向いている西（磁方位二六〇度）がマップのてっぺんだ。左側に山陰の海岸線が茶色く続き、そのずっと前方にぽつんと一つ、小さなオレンジ色の三角形。

これか。

茜は目をしばたたく。

アンノンか、これが――

まだ遠い。

超音速で、これに会合しろと……？

こいつはもう、領空へ入るのではないのか。

どこから来たのか。

間に合うのか……？

ちら、とエンジン計器群へ視線をやる。

排気温度計はリミットぎりぎりの九六〇℃、燃料流量計の針は片側エンジン当たり、毎時一二五〇〇ポンド（約五七六〇キログラム）――

（――――）

増槽は捨てた。機体内燃料はあと一三〇〇〇――このペースでは三〇分で使い尽くす。

ピピッ
だが、この先には鳥取《とっとり》県の海岸線に面して、美保基地がある。

そうだ。燃料が尽きかけたら美保へ降りればいい、輸送航空隊の基地だが、燃料は補給してもらえる――

そう考えた瞬間、VSD画面の戦術マップの上端からさらにオレンジの三角形が二つ、尖端を斜め左下へ向けて出現し、同時に左手の海岸線の上にも緑の三角形が一つ出現した。

（まだあと二つ……？）

それに、手前のこの緑は何だ。

眉を顰めた時、

『――CCP、コメット・ワンゼロエイト』

無線に声がした。

初めて聞く声。

『指揮周波数に合わせました。お呼びですか』

●総理官邸地下
NSSオペレーションルーム

「訓練機……？」

有美は眉を顰める。

「海岸の上に出て来たのは、自衛隊の訓練機なの」

「そうです」

湯川は情報席で、検索画面を見ながらうなずく。

「あの〈CMT108〉――コメット・ワンゼロエイトは、洋上空域での訓練に向かうC2輸送機です。所属は第三輸送航空隊」


第三輸送航空隊。

そうか。

美保基地――

元々（というか現在も）、有美は防衛官僚だ。東大法学部へ入る前には防衛大学校に二年間在籍している。全国の自衛隊基地の配置は頭に入っている。

今、オレンジの三角形が尖端を向け迫っている、山陰西部の海岸線――鳥取県と島根県の境には、美保湾に面して、航空自衛隊の美保基地がある。戦闘機はおらず、輸送航空隊の根拠地だ。

スクリーンで見ると、島根県の宍道湖から隣接する中海《なかうみ》を通じて、細い水道が美保湾へ繋がっている。美保湾と中海を隔てる細長い洲状の地形の中ほどに滑走路がある。

美保は輸送機の基地としては空自で最大だ。輸送機コースの新人パイロットの訓練も、ここで行なわれている――

「あれは」

有美はスクリーンを指す。

「スクランブルとか関係なく、たまたま上がってきた訓練機――?」

「そのようです」

湯川はうなずく。

「検索情報によると、あの機の任務はG空域における新人パイロットの訓練――あ、お待ちください」

湯川は、ヘッドセットの上から自分の耳を押さえた。

何かを聴き取る様子。

「――当該輸送機はCCPを呼んでいるようです」

「スピーカーに出して」

●横田基地　地下
総隊司令部中央指揮所

「コメット・ワンゼロエイト」

工藤はスクリーンを仰ぎながら、自分のヘッドセットのマイクに告げた。

「こちらは横田CCP、先任指令官だ」


第四セクター担当管制官が、美保基地で使われている訓練統制用の周波数を使って、コメット・ワンゼロエイト――訓練に向かう途中のC2輸送機を呼んだ。

無線をCCPの指揮周波数に合わせ、こちらを呼ぶように依頼した。

数秒おいて、当該機のパイロットらしき声が『お呼びですか』と返って来たが。

通常では、あり得ない。

こんなやり方は暴挙――

それは承知だ。

「すまない」

工藤は〈CMT108〉とコールサインの表示された緑の三角形を見る。

美保基地のある湾から、北方へ出るところだ。高度の表示は『030』――

「ワンゼロエイト。正規の手続きで、そちらを指揮下へ入れる時間の余裕がない。機長として、緊急の措置として、こちらの要請に応じて欲しい」

『――――』

相手が絶句する。

「申し遅れた」

工藤は付け加える。

「私は先任指令官、工藤二佐だ」

すると
『どういうことですか』

初めにこちらを呼んで来たのは、若い声だったが。

工藤の呼びかけに答えたのは、もっと落ち着いた声だ。

『美保教育航空隊先任教官、羽角《はづの》三佐です』

副操縦士の席についている新人の訓練生ではなく、教官役の機長が直接、無線に出たのか。

先任教官と名乗った。

『〈対領空侵犯措置〉に関することですか』

「その通りだ」


うなずく工藤の横で、明比が「準備出来ました」と小声で言う。

工藤はそれにもうなずき、無線へ続ける。

「アンノンが来ている。低空で接近中だ。間もなく、そちらと進路が交差する」

『――――!?』

天井スピーカーから、驚くような呼吸。

工藤は続ける。

「小松のFが間に合わない。アンノンは一〇時方向、距離五マイル。そちらの航法画面へ戦術情報を送る。目視で、確認してもらいたい」

工藤が言うのと同時に、横で明比が情報席のキーボードを操作する。

輸送機には、空中目標を探し出すための索敵レーダーはない。装備しているのは気象レーダー（空中目標は映らない）のみだ。

しかし、最新鋭のＣ２輸送機ならば、コクピットのナビゲーション・ディスプレーに戦術情報を表示させることが出来る。ＣＣＰからデータリンクを介し、送り込むことは可能だ。

明比二尉が当該機とのデータリンクを、素早く繋いだのだ。

「計算上では」

工藤はスクリーン上のオレンジの三角形と緑の〈ＣＭＴ１０８〉の間合いを目で測りながら、続けた。

工藤もベテランの要撃管制官だ。何秒で出合うかは勘で掴める。

「約三〇秒で接触する。相手を確認して欲しい」


くそ。

確認してくれ、としか言えない――

コメット・ワンゼロエイトは、訓練に向かう輸送機だ。

二つの三角形は、尖端を斜めにかち合わせる格好で、さらに近づく。

「――」

「――」

劇場のような地下空間で全員の視線が、正面スクリーン左手に開いた拡大ウインドーへ向けられる。

●総理官邸地下
NSSオペレーションルーム

「門君」

有美はメインスクリーンへ視線を向けたまま、訊いた。

門篤郎は先ほどから、フロアの有美の横で腕組みをしたまま立っている。

その右手に、通話の切れた携帯を握りしめたままだ。

「あれを墜とさないと、世界が終わる――？」

「あぁ」

東大法学部時代の同級生――ただし防大に一年間行っていたので有美の方が年上だが――は、不精ひげの顎でうなずく。

「楊子聞《しぶん》が、そう言った」

「…………」

有美はスクリーンから目は離さず、唇を嚙んだ。

門の強い言葉で、横田ＣＣＰの工藤へ無茶な要請をした。

判断に使える時間は限られていた。

山陰沖に突如、出現したアンノン――正体不明の飛行物体は、ＣＣＰから直接に引っ張って来たリピーター映像を見る限り、三〇〇〇フィートの低空を二八〇ノットの速度で海岸線へ接近していた。

ヘリコプターの速度ではない、巡航ミサイルにしては遅い――ミサイルだったら上空で警戒しているＥ７６７が、それと識別している。ＡＷＡＣＳにも正体は分からないのだ。ジェット機としては遅い方だが、プロペラ機にもこの速度は出せないはずだから、やはりジェット機なのか。

しかしどうやって、わが国の海岸線に近い海面上に、突然現われたのか。

門のカウンターパートである台湾の国家安全局情報班長が、ふいにコールして来て、『そこに現われる』と告げて来た直後、その通りに現われた。

ならば――

「あれの正体や、詳しいことについては台湾でもはっきり摑めていない」

門も唇を嚙むようにして、頭を振る。

「大陸に潜入している工作員から、緊急に通報されたらしい」

「大陸――」

「とにかく『そこに現われる飛行物体を、日本の国土に達する前に墜とせ。そうしなければ世界は終わる』それだけだ」

そこへ
『コメット・ワンゼロエイトよりCCP』

オペレーションルームの天井スピーカーに声がした。

無線の交信か。

『視認した。一〇時方向――三マイルだ』

8

●日本海上空
F15　ブロッケン編隊一番機
『――一〇時方向から来る。灰色の』
茜のヘルメットのイヤフォンに声が入る。

この声は。

ピッ

データリンク経由で、何か来た。

ＶＳＤ画面。前方の海岸線で、右手——北へ尖端を向けている緑の三角形シンボル。その横に表示が出た。

ＣＭＴ１０８——

（コメット・ワンゼロエイト——美保基地のＣ２か）

そうか。

訓練機だ。

普段、同じＧ空域を訓練に使っている。この〈ＣＭＴ〉というコールサインはたまに画面上に見かける。しかし美保基地の輸送機は、茜たちよりもずっと低い海面近い高度で訓練するので、邪魔に感じたことはない……。

『灰色の、何だあれは』

「……？」

無線に入っているのは、その訓練に向かう輸送機の声か。通話する者が途中で替わった。報告しているのは多分、教官の機長だ。

『まるで』

●総理官邸地下

ＮＳＳオペレーションルーム

『――まるで卵を抱えた』

天井スピーカーから声。

「……………？」

「!?」

有美は、門と共に思わず天井へ目をやる。

無線の声は横田ＣＣＰから、データ回線を経由して送られて来る。

メインスクリーンの山陰の海岸線で、真北へ尖端を向けている緑の三角形――訓練へ向かう途中の空自輸送機の機長の声か。

だが声は、ふいに息を詰めるように途切れる。

聞こえなくなる。

（今、何と――？）

何と言った……⁉

目をしばたたく有美の視線の先で、スクリーン上の緑の三角形はクッ、と尖端を右へ。

そこへ、斜め上からオレンジの三角形が被さる。

●日本海上空
F15ブロッケン編隊一番機

(マニューバーしている……⁉)

茜は、VSD画面上でクッ、と右回りに尖端を廻《まわ》し始めた緑の三角形に目を奪われる。

その横に表示される、飛行諸元の数字が変化――一・〇Gで定常飛行していたのが、急に加速度の数値が増え、尖端を廻すとともに二・〇Gに。

(……六〇度バンク?)

何だ。

この動き――

「――!」

そうだ、レーダー。

茜は思いつき、左の親指でスロットルレバー横腹の兵装選択スイッチを探り、前方へ入れる。

カチッ

途端に、

〈ＭＲＭ〉

ヘルメットマウント・ディスプレーの視野左下に、選択した兵装モードが表示され、同時に機首レーダーが働き始める。

レーダーで詳しく見よう。

通常は、スクランブルで国籍不明機へ接近して行く際、空自要撃機は自機のレーダーを働かせない。

アンノンが他国の軍用機だった場合、こちらから索敵レーダーのパルスを出すと、接近を察知されてしまう（最悪、相手から中距離ミサイルを放たれたりすると、手も足も出ない）。自分の身を護るためにも、出来るだけＣＣＰからの誘導に従って、相手機を目視で捉えるところまで接近する（忍び寄る）。それが原則だ。

だがパイロットの判断でレーダーを使うことは禁止されてはいない。

データリンク経由で防空レーダーの情報をもらうより、じかに見たい。

ＭＲＭは中距離ミサイルを使用する時の索敵モードだ。今回はＡＡＭ４を携行してはいないが、APG63レーダーを中距離ミサイルモードで働かせることは出来る。

ピピッ

途端に、VSD画面上のすべての飛行物体シンボルが、三角形から菱形《ひしがた》に変わる――データリンクで送られてきた情報から、じかに自機のレーダーで捉えた目標情報に切り替わった。

動いている。

滑らかに動く。

緑の菱形――〈CMT108〉は、右廻りに二Gの加速度で急旋回している。二Gはおよそ六〇度バンク、大型輸送機にとっては限界近い急機動だ。

その上に斜めに重なるオレンジの菱形。高度表示は双方同じ『030』。

(――!?)

茜は目を見開く。

これは――

●横田基地　地下

総隊司令部中央指揮所

「割り込んでる」

最前列の管制官が思わず、という感じで声を上げた。

「コメット・ワンゼロエイトが、急旋回でアンノンの針路へ割り込んでいます！」

「やばい」

情報席で明比が声を上げた。

「ターゲットが同高度で重なるぞ」

「おいっ」

工藤も声を出す。

C2の機長はたった今『視認した』と告げてきた。

一〇時方向、三マイルの間合いでアンノンを目視で捉えた。相手機の形状らしいことも報告しようとしたが。

その直後、声は途切れた。

同時にスクリーン上の緑の三角形――C2輸送機は右廻りに旋回を始めた。高空で監視しているE767のパルスドップラー・レーダーが、C2の飛行諸元を送って来る。表示される運動荷重は二Gだ。

(――――)

工藤は息を呑む。

まさか。

C2は攻撃され、回避している……？

いや違う。

この動きは、左前方からやって来るアンノンに対し、その真ん前を横切る――相手の目の前に出て、大きく腹をさらす格好だ。攻撃をかわすなら逆の左方向へ旋回するはず。担当管制官が声を上げた通り、アンノンの針路上へ無理やり割り込もうとしているのか。

「避けるはずだ」

横で笹が言う。

「あの間合いで、いきなり大型機に針路へ割り込まれたら。とっさに避けるはず」

しかし頭上のスクリーンで緑とオレンジの三角形は尖端を差し違え、重なる。

●日本海上空

F15　ブロッケン編隊一番機

「あっ」

茜は酸素マスクの中で、思わず声を上げた。

重なって――

(消えた⁉)


目をしばたたく。

画面上で重なった二つの菱形――緑とオレンジが次の瞬間、二つとも消失した。

何だ。

機首レーダーで、前方の空間はじかに捉えている。

VSD画面に現われるものは、数か所の防空レーダーと高空のAWACSからの索敵情報を統合して送って来るデータリンクより、リアルタイムで速い。

小刻みに揺れる中、目を凝らす。

マッハ一・二で突進している。VSDのマップ全体は、手繰《たぐ》り寄せるように前方から動いて来るが、たった今二つの菱形が重なって消えた位置はまだ六〇マイル先――手は届かない。

C2は。

アンノンの針路前方へ、右旋回でいきなり割り込んだ……⁉

(そう思うしか、ない)

ピピッ

VSDのマップ上を、さらに上方——遥か西の方角からさらに二つのオレンジの菱形が近づく。間合い八〇マイル、相対接近速度は一〇〇〇ノットを超えている。この二つについても機首レーダーが運動を捉え、その横に飛行諸元を出す。『030』『280』『1G』——高度三〇〇〇フィート、対地速度二八〇ノットで定常飛行。

戦闘機なのか。

やや遅い。でもヘリやプロペラ機ではない。後続の二つは編隊を組んでいる。これは戦闘機の動きだ。

今の、C2と重なって消えたアンノンは。

避けなかったのか……?

茜は眉を顰める。

戦闘機の操縦者ならば。

自分の斜め前方からやって来た大型機がいきなり急旋回で針路へ割り込んできたら、衝突を避けるはず。

とっさに、避けるのではないのか。

『コメット・ワンゼロエイト』

茜の思考に重なり、無線に声。

『コメット・ワンゼロエイト、羽角三佐、どうしたっ』

●総理官邸　地下
NSSオペレーションルーム

「何が起きているんだ」

門がスクリーンを見上げたまま問う。

「アンノンと輸送機が、重なって消えたぞ」


「分からない」

有美は頭を振る。

たった今、C2輸送機の機長は、アンノンの形状について報告しかけ、次の瞬間には息を詰めるようにして言葉を切った。

何が起きたのか。

「分からないわ」

『コメット・ワンゼロエイト』

天井スピーカーからは工藤の声。

『ワンゼロエイト、どうしたっ』

●横田基地　地下
総隊司令部中央指揮所

「コメット・ワンゼロエイト、ハウ・ドゥ・ユー・リード」

担当管制官も無線に呼ぶ。

「ワンゼロエイト、聞こえるか」


「美保基地の救難隊へ、ただちに出動要請」

工藤は立ってスクリーンを見上げたまま、情報席の明比へ指示した。

視線は、島根と鳥取の県境——美保湾の沖の辺りへ向けたままだ。

レーダーから機影が消え、無線にも答えない。

これは――

くそっ。

拳《こぶし》を握り締める。

「当該海面へ、救難機をただちに出動させろ」

「はっ」

明比二尉がうなずくのと同時に
「先任」

笹が言う。

「羽角三佐は、アンノンの針路に割り込んで、領土上空へ入ることを防ごうとしたのでしょうか」

「分からんが」

そうなのか。

輸送機は通常、二Gもかかるような急機動はしない（工藤は見たことがない）。

計算上、二Gは六〇度のバンクになる。C2は巨大だ。そんなものを六〇度バンクの急旋回に入れようとしたら、熟練パイロットでも操縦操作に集中せざるを得ない。無線に報告などしている余裕は――

「――くっ」

そこへ
「先任」

最前列から担当管制官が報告して来た。

「ブロッケン・ワンが、後続のアンノンをレーダーでロックオンしました」

「何」

「中距離ミサイルモードです」

「中距離ミサイル？」

●日本海上空
F15　ブロッケン編隊一番機

C2がVSD画面から消えた直後、頭に浮かんだのは『自分に出来ることは何か』という考えだ。

追い散らさなくては。

次の瞬間、茜は中距離ミサイルのロックオン操作をしていた。

（もう一つ）

左の中指の腹で、スロットルレバー前面にある目標指示コントロールスイッチを動かし、VSD画面上で遥か前方のオレンジの菱形を一つずつ、カーソルで挟むとクリックした。

ロックオン。

二つの菱形は［　］に挟まれる。

ピッ

ピピッ

〈TWS〉

レーダーの索敵モードがHMD視野の下側に現われ、二度明滅する。

トラックワイル・スキャンモード。

「白矢」

同時に、左の親指で無線送信ボタン（送信選択は編隊周波数にしたままだ）を押す。

「ロックオンした。二つとも」

すると

『わ、分かった』

視野右側のミラーの中に浮かんでいる二番機から、白矢が答える。

やや戸惑う感じだが、了解して来た。

マッハ一・二で突進している。

ＶＳＤ画面のマップは手繰り寄せるように上から下へ動く。しかし、洋上から続いて接近する残り二つのオレンジの菱形は、まだ七〇マイル前方だ。現在の相対接近速度で、会合まであと約三分。

領空侵入までに会合するのは無理だ。しかし──

（これでいったん、追い散らせれば）


山陰の海岸線へ到達しようとしていた最初のオレンジ一つは。

美保基地から離陸して来たＣ２輸送機とシンボルが重なり、次の瞬間には消失した。

輸送機の機長は自衛隊幹部だ。幹部として、するべきことを判断したのか。

ならば。

私もそうする。

中距離ミサイルモードのレーダーで相手をロックオンすれば。

現代の戦闘機はみなＲＷＲ（レーダー警戒装置）を装備している。この二つが戦闘機ならば、コクピットではロックオン警報が鳴り響く。『どこかから射撃管制レーダーを照射され、中距離ミサイルに照準された』と搭乗者に知らせる。

『俺もやる』

「了解」

もちろん茜と白矢の機には中距離ミサイル――AAM4は無い。〈対領空侵犯措置〉へ向かう際は、目視圏内で使用する兵装しか携行しない。

しかし、アンノンに搭乗しているのがまともな戦闘機パイロットならば、どこかから火器管制レーダーにロックオンされミサイルの照準をつけられたと知れば、とりあえず回避する。いったん必ず、攻撃を受けないで済む方向へ離脱する（離脱後に情況を把握し仕切り直す）。

それが鉄則（日本の自衛隊機は平和憲法のせいで撃てないはずだ、と決めつけて警報を無視するのは自由だ。しかし血気にはやった自衛官が憲法を無視して撃つかもしれない。撃った自衛官は事後に逮捕される程度で済むが、撃たれた方は数十秒後には死ぬ。明らかに無視することは割に合わない）だ。

追い返すことは出来ないかもしれない。しかし離脱回避機動へ追い込めれば。

（時間は稼げる）

茜はちら、とミラーの中の二番機を見る。

白矢も、自分と同様にレーダーを働かせ、前方の様子を捉えていたに違いない。

協力してくれた。

『ロックオンした。二つとも』

「了解」

●横田基地　地下
　総隊司令部中央指揮所

「ブロッケン・ツーもアンノン二機をロックオン」

　最前列から担当管制官が報告した。

「中距離ミサイル《MRM》モードでロックオンしましたっ」

「むう」

　工藤は腕組みをする。

　こうするしか、無いか——

　唇を噛む。

　正面スクリーンに開いたウインドーの中、東側から急行中のブロッケン編隊——二機のF15Jを示す緑の三角形は見ている間にもジリッ、ジリと動く。限界速度で急いでいるのは分かる。しかしオレンジの三角形二つとは依然として間合い六〇マイル強、ざっと目で測って会合に二分半はかかる。

一方、二つのオレンジは二八〇ノットの接近速度を維持している。沿岸一二マイルの領空線を通過するのに二分弱――およそ三十秒の時間差で間に合わない。

くそ……。

射撃管制レーダーで相手をロックオンするのは〈敵対行動〉だ。自衛隊の〈対領空侵犯措置〉では、そのような行動をこちらから先に取ることは禁じている。

しかし時間を稼ぐためには、やむを得ないか。

ブロッケン編隊の編隊長が勝手にやらなければ、俺が『そうしろ』と命じただろう。

「先任」

横から笹一尉が呼んだ。

また赤い受話器を手にしている。

「また危機管理監からです」

9

●総理官邸　五階
総理執務室

「総理」

首席秘書官が、携帯を耳につけたままで呼んだ。

「お話し中、すみません。ご報告が」

「………？」

常念寺は、ソファで差し向かいに座る白スーツの厚労大臣から、ＰＣ画面のグラフについて説明を受けているところだった。

横からの声に、振り向いた。

「報告？」

特殊なアミノ酸によるコロナウイルスへの〈抑制効果〉。

化学と生物学の知見がないと、すぐには理解しにくい。しかし堤美和子は辛抱強く、画面のグラフを使って常念寺へ説明しようとしていた。

人類の〈希望〉。

美和子はそう口にした。

どこか国内の医学研究施設からもたらされた情報らしい。

しかし、

「総理」

首席秘書官は「そっちの話より、こっちを聞いてください」という表情だ。

「すぐ、お耳に入れたく」

乾光毅。財務省の若手キャリア官僚の中では出世コースから外れていたのを、常念寺が見出《みいだ》して首席秘書官に据えた。

省内の評価よりも、ゾンビにされていないこと——外国によるハニートラップ工作にやられていないこと。それが総理秘書官選任の第一条件であったが。身近で働いてもらうと、よく気が付くし、気が利《き》く（財務省で干されていたのは、先輩の誘いに付き合わずマイペースで過ごしていたせいらしい）。能力については信頼が置けた。

その乾が、厚労大臣からの『説明』を中断させてでも常念寺の耳に入れたい、と言う。

何だろう。

「どうした」

「は」

首席秘書官は「失礼します」と断ると、携帯を差し出した。

「地下のNSSオペレーションルームから、危機管理監です。総理が携帯を切っておられたので、私にかけて来ました」

「あぁ、そうか」

常念寺は思わず、上着の胸に触れる。美和子の説明が難しそうだった。邪魔が入らぬようにと、携帯の電源は切ったのだ。

「?」

「オペレーションルームからか。何だ」

「直接、お聞きになるのがよろしいかと」

危機管理監……。

障子有美からか。

何か、起きたのか。

常念寺は手渡された携帯を耳につける。

「私だ」

『総理』

アルトの声は障子有美——あの女性危機管理監だ。

内閣府危機管理監は、国の危機全般に対処する。何が起きたのかはまだ分からない。しかし緊急の報告ならば。

秘書官たちにも、情況を共有させた方がいい。

堤美和子と厚労省の技官たちもいるが、退出させる時間が惜しい（この執務室へ入室させる者についてはあらかじめ『身体検査』は済ませている。問題ない）。

「待ってくれ」

携帯をテーブルへ置くと、スピーカーフォンにした。

「よし、報告してくれ。危機管理監」

●総理官邸　地下

NSSオペレーションルーム

「総理、現状をとりあえずご報告します」

障子有美は、メインスクリーンを横目で視野に入れながら、手にした携帯へ続けた。

良かった。総理が捕まった――

この事態は。とりあえず今分かっていることだけでも、国の最高責任者の耳へ入れておかなければ。

横田ＣＣＰからリアルタイムで引っ張って来ているスクリーンの様子――

山陰の海岸線のすぐ沖で、オレンジの三角形と重なって消えた輸送機の安否についてはたった今、ホットラインで工藤慎一郎に問い合わせた。

重ねて、現時点で分かっていることも報告してもらった。

工藤によると、消えた輸送機は呼びかけに応答しない。美保救難隊のヘリがただちに現場海面へ駆けつけるという（それまでは輸送機の乗員の安否について確認できない）。

しかし判明するまで待っていたのでは、遅い。

「まず、先ほど日本海上空にアンノン――国籍不明機が複数出現。横田ＣＣＰは直ちに小松からスクランブルを上げました。しかし間に合いません」

『――？』

『ちょっと』

通話の向こうで、四十代後半の総理大臣が訊き返す。

『待ってくれ、空自のスクランブルが間に合わないのか』

「はい」

『要撃機が発進に手間取ったのか』

「いいえ」

有美は頭を振る。

「複数のアンノンが、わが国の領空に極めて近い海面上に唐突に出現したのです」

『――』

総理が絶句するのは無理もない。

私だって、わけが分からない。

携帯を耳につけたまま、スクリーンを見やる。山陰を拡大したウインドーの中では、海岸線に沿って西へ急行中の緑の三角形が二つ。工藤の話では超音速――その高度でのF15の限界速度を出させている、という。しかし素人《しろうと》の有美の目からも、間に合わない。後続のオレンジ二つは、もう沿岸一二マイルの領空線を斜めに突き抜ける。

「間に合いませんが」

●総理官邸　五階
総理執務室

『間に合いませんが、たまたま空自のC2輸送機一機が近くにおり、CCPの要請で、アンノンの正体確認に向かいました』

「――」

「――」

執務室の全員が、テーブルに置かれた携帯へ注目する。

常念寺は目をしばたたく。

（…………）

障子有美は今、何と言った。

要撃機が間に合わなくて、近くにいた輸送機を確認に向かわせた……？

そんなことがあるのか。

『C2は美保基地の第三輸送航空隊所属、洋上訓練空域へ訓練に向かう途中でした』

アルトの声は続ける。

『CCP先任指令官によると、同機は同高度でアンノンの一機に接近、三マイルの距離で斜め前方に視認したと報告して来ましたが。直後、当該アンノンとレーダー上でターゲットが重なり、両機ともスクリーンから消失しました』

「──」

「──」

「な」

常念寺は息を呑んだ。

何だと。

「障子君」

常念寺はテーブル上の携帯へ問う。

「それはつまり」

『はい』

アルトの声は続ける。

『接近中のアンノンの一機と、空中で接触したと見られます。両機ともレーダーから消えてしまいました』

「…………」

●総理官邸　地下
NSSオペレーションルーム

「横田のCCP先任指令官によると」

有美は続けた。

「C2は身体を張って、アンノンの針路へ割り込んで追い返そうとした。領空侵入を、阻《はば》もうとしたのではないか」


「危機管理監」

情報席の湯川が振り向いて報告する。

頭に掛けたヘッドセットのイヤフォン部分を手で押さえている。

「美保基地の救難隊のヘリが、出動した模様です。現場海域へ急行します」

「それはいいが」

門が有美の隣で、スクリーンを顎で指す。

「後続のアンノン二機が、領空へ入るぞ」

●総理官邸　五階
総理執務室

「C2は無茶をやったというのか？」

常念寺が訊くと。

『いえ』

スピーカーフォンの向こうで、障子有美の声は否定する。

『私も詳しくはありませんが。先任指令官によると、こういう場合、相手が戦闘機ならば避けるはずだと』

「むう」


常念寺は唸った。

執務室の全員の視線が、自分へ集中している。

日本海で空自輸送機が、国籍不明機と空中接触してレーダーから消失――!?

（――忙しくなる）

反射的に、そう思った。

何が起きたのかは、今の段階では分からない。

空自の隊員の安否も分からない。だが政権として、迅速に事態へ対応しなくては。

『総理。さらに二機のアンノンが、いま領空へ入りました』

有美の声が続ける。

『海岸線へ接近中』

「分かった、障子君」

常念寺はうなずいた。

「引き続き、対処に当たってくれ。何か判明したら、報告を」

「総理」

乾が言った。

「午後の委員会と会合の予定は、キャンセルされますか」

「そうだな」

常念寺が「そうしてくれ」——そう言おうとした時。

「待ってください」

がたっ、と物音がして。

ソファの差し向かいの席で、堤美和子が声を出した。

「待って」

「どうした、厚労大臣」

せっかくの説明の途中だった。

国内のある地方で、ある職業に従事している者に限って、コロナウイルスに感染しても全く重篤化が見られなかった。高齢であっても全く重篤化しない。地元の医大の研究者がその事象に目を付けた。

興味深い報告ではあったが。

今の事態の展開次第では、堤美和子の説明は後日に回してもらわなければならない。

どこの国の航空機か定かでないが、自衛隊機が国籍不明機と空中で接触し、二機ともレーダーから消えたのだ。最悪、国際問題に――

しかし
「総理、確認をしてください」

堤美和子は切れ長の目でテーブル上を指し、早口で常念寺に問うた。

「まだ、あと二機の国籍不明機が来ているのですか」

「そのようだが――」

「危機管理監に訊いてください」

美和子は畳みかけた。

「国籍不明機が現われたのは、どこですか」

「日本海と言っていたが」

「日本海の、どこ」

堤美和子は珍しく、テーブルに乗り出すと重ねて問うた。

呼吸が荒くなっている。

どうしたのか。

「侵入しようとしているのは、どこの海岸ですかっ」

●日本海上空
F15　ブロッケン編隊一番機

『ブロッケン・リーダー』

ヘルメット・イヤフォンに声。

CCPの要撃管制官か。

『ブロッケン・リーダー、聞こえるか』

「――――」

小刻みに揺れている。

音を超える速さで、濃い大気を貫いて突進しているのだ。

ピッ

〈AAM4　0〉

HMD視野の下側に、白い文字が明滅する（さっきからだ）。

射撃管制システムが、ロックオンはしたが中距離ミサイルの携行弾はゼロ——AAM4は無い——そう教えている。

表示に構わず、茜はVSD画面を注視する。

二つのオレンジの菱形は右斜め前方、三五マイル。

近づく。

三三マイル。

くっ……。

唇を噛む。

逃げない……？


ロックオンしたのに。

二つのオレンジの菱形は針路を変えない。海岸線へ近づいて来る。

この二機のコクピットでは、警報は鳴っていないのか……？

もう領空へ入った。

さらに近づく。

三〇マイル——

『ブロッケン・リーダー、聞こえるか。先任指令官だ』

無線の声が交替した。

先任指令官——？

「——は、はい」

茜は我に返ると、無線の送信選択をＣＣＰの指揮周波数に切り替え、親指でボタンを押す。

「聞こえます」

『武装をアーミングしろ』

声は告げた。

『当該アンノンに会合次第、実力で阻止する』

え……⁉

目をしばたたく茜へ

『繰り返す』

声は告げた。

『マスターアームをONにしろ』

●横田基地　地下
　総隊司令部中央指揮所

「アンノン二機は」

　工藤は先ほどから立ち上がったままだ。

　正面スクリーンを仰ぎながら、ヘッドセットのマイクに告げた。

「わが国に対する〈急迫した直接的脅威〉と判定された。これより実力を行使する。射程に入り次第、ＡＡＭ３を使用せよ」


　たった今、官邸地下からホットラインが三たび入って「アンノン二機を阻止せよ」と重ねて命じてきた。

　そうだ。さっきから数えて計三回もかかって来た。

　三回目は正式に『実力で阻止せよ』だ。

　官邸では、何か情報を掴んでいるのか……？

　障子有美は『指示は総理からだ』という。

来襲したアンノンは、わが国にとって重大な脅威となる──それが明らかなので〈対領空侵犯措置〉にある〈急迫した直接的脅威〉の場合を適用し、実力をもって阻止せよ。

「これは総理の指示よ」と有美は付け加えた。

常念寺総理からの指示──!?

受話器を手にしたまま工藤は目を見開いた。

どういうことか。

しかし、疑っている暇もない。

官邸からの指示で実力を行使するのは、正規の命令系統とは違うが。

だが政府として対象アンノンを〈急迫した直接的脅威〉と認めるというのであれば、俺は現場指揮官として、規定にのっとって対処するだけだ──

工藤は受話器を置くとただちに担当管制官に命じ、ブロッケン編隊一番機を呼ばせた。

一番機は、ロックオンしたアンノンの動きに注意を向けているのか、すぐに応答しない。工藤は自身で呼びかけた。

ことは、一刻を争う──

「ブロッケン・リーダー」

工藤は無線に念を押した。

「聞こえたか。命令を復唱しろ」

『――は、はい』

劇場のような地下空間の天井から、女子パイロットの声が応える。

酸素マスクの呼吸音に交じって『マスターアームをON、AAM3を使用します』と復唱した。

そこへ
「海岸線で追いつくのが、やっとです」

右横から笹が言う。

「やばいですね。撃つのはいいが、陸地へおちたら」

「――――」

「先任」

左横から明比が言う。

「第六航空団の編成リストによると、本日のブロッケン・リーダーは舞島茜二等空尉。TACネーム〈アリス〉です」

「声を聞けば、分かる」

工藤はうなずく。

この声――

命令を復唱した女子パイロットの声を聴くのは、これが初めてではない。

「先任」

最前列から担当管制官が報告した。

「ブロッケン編隊二機はマスターアームをON。アンノンへ二〇マイル、射程まであと一分です」

第Ⅱ章　惨劇の湖

1

●日本海上空
F15　ブロッケン編隊一番機

『これより当該アンノン二機を出現順にボギー・ゼロツー、ボギー・ゼロスリーと呼称する』

ヘルメット・イヤフォンに担当要撃管制官の声。

『データリンクによる誘導は終了、編隊長判断にて阻止《そし》行動に移れ』

「了解」

茜は酸素マスクの内蔵マイクに応《こた》える。

「阻止行動に入ります」

応えながらも、視野の中でVSD画面から注意を外さない。

二つのオレンジの菱形《ひしがた》は依然、急速接近中（速度をおとしていない）。機首方向やや右、間合い一五マイル（約二八キロメートル）──

（──阻止、か）

左の親指でスロットルレバー横腹の兵装選択スイッチを手前へ引く。

短距離ミサイルモードに。

ピッ
〈SRM〉

顎《あご》を引き、上目遣《づか》いに前方の景色とVSD画面を同時に視野に入れる。

マップ上で茜の機は、ちょうど美保湾の奥の海岸へ向いている。

領空へ入れてしまったが。

このままなら。北西から斜めに侵入するオレンジの菱形二つと海岸線との間に、ぎりぎり割り込める──

ピピッ

〈ＡＡＭ３　２〉

短距離ミサイル――ＡＡＭ３の携行弾数が表示されるのと同時に、右の親指で操縦桿《かん》左脇についたスイッチを押し下げ、火器管制レーダーをスーパー・サーチモードに。

ピピッ

いた。

（――！）

茜は目を見開く。

ＨＭＤ視野の正面やや右、水平線の少し下だ――二つ重なるようにして小さな四角いターゲットボックスが浮かび出た（ロックオンした標的を囲んでいる）。

海面を背景に、右から左――内陸方向へ。

ボックスに囲われ、あれは何だ。細長い灰色の物体が横向きに移動して行く。

あれは。

――『まるで』

ふいに蘇《よみがえ》るのは。

C2輸送機の機長の声だ。

――『――まるで卵を抱えた』

あれは、何だ……!?

マスクのエアを吸う。

目をしばたたく(汗が目に入る)。

ピピッ

視野の正面に、五〇〇円玉大の白い円が浮かび出る――FOVサークルだ。

兵装選択を〈SRM(短距離ミサイル)〉にしたことで、熱線追尾ミサイルAAM3の赤外線シーカーの『視野』が表示された。

左右の主翼下に装着した二発のAAM3の弾頭は〈赤外線の眼〉を持っている(標的の出す排気熱を捉《とら》える)。

標的――敵機がエンジン排気口をこちらへ向けていれば、九マイルくらいでも十分な熱源反応を得て発射可能になる。

横向きなら……。

「……白矢」

茜は無線の送信ボタンを押し、右後方の二番機を呼ぶ（送信選択を編隊周波数に切り替える余裕がない。指揮周波数のままだ）。

「ゼロツーをやる。ゼロスリーをやって」

『わかった』

すぐに白矢の声が応える。

間髪《かんはつ》を容《い》れず、視野の右端でミラーの中のF15が少し外側へ飛行経路を膨《ふく》らませ、茜の右やや後ろの位置へ出ようとする。

阻止しなければ。

警告の手順を飛ばして、〈阻止〉の命令が出ている。何か、危ないのだ。時間の余裕はない、二機で同時に攻撃するしか──

標的はこちらへ真横のシルエットを見せている。赤外線シーカーのトーンがまだ鳴らない、もっと肉薄しなくては。

こちらの高度がやや高い、陸地を背景にしては視認しづらい。操縦桿をやや前へ。

水平線の位置がやや上がり（機首が少し下がった）、緩《かん》降下しながらさらに接近する。

しかし

（何だ、こいつ――）

ピッ

〈VA　MODE〉

視線照準モードが、自動的にアクティブになった。

視野の中央に固定されていた白いFOVサークルが、ゆるゆるっと味噌《みそ》をするように動き、茜が目を凝《こ》らすターゲットボックスに重なる（茜の視線に追従している）。

同高度まで降りた――操縦桿を戻し、水平に。

もうマッハ一・二のスピードは要《い》らない、左手でスロットルを最前方からミリタリー・レンジへ引き戻すが、行き脚《ゆあし》の付いた機体はぐんぐん突進して二つの灰色のシルエットに近づいていく。その形状が、急速にはっきりしてくる。

シシャモ……？

一瞬、そう思った。

横向きになって見えるシルエットは、灰色の細長い流線形――小魚のような姿だ。しかし特徴的なのは、下腹が膨らんでいる――まるで卵を抱えた子持ちのシシャモだ。

いや。

茜は目を見開く。
まさか。
こいつは──
（──J7⁉）

J7か……⁉
再び目をしばたたき、接近するシルエットを確かめようとした時。
ふいに二つの灰色の流線形は急角度に傾き、ターゲットボックスの中で形状が変わる
──向きを変える。

●横田基地　地下
総隊司令部中央指揮所
「ボギー・ゼロツー、ゼロスリー、向きを変えます」
最前列で担当管制官が声を上げた。
「右旋回しています」

「――」

「――」

地下空間の全員の視線が、正面スクリーンに開いた拡大ウインドーへ集中する。

「むう」

「先任」

唸《うな》る工藤の横で、笹が言う。

「内陸へ侵入せず、西へ向かいますね」


工藤は唇を噛《か》む。

逃げる……？

あの二機――あいつらには、さっきからブロッケン編隊が火器管制レーダーを照射しロックオンしている。ミサイルに狙《ねら》われていることは分かっているはずだ（アンノンが軍用機ならばだが）。

ブロッケン編隊に急接近され、肉薄されている。わが国のスクランブル機が標準的に携行するＡＡＭ３――熱線追尾方式の短距離ミサイルでも射撃可能な範囲に入った。

やはり、逃げようとしている……!?

「先任」

左横から明比が告げた。

情報席の画面を見ている。

「アンノン二つは、このままだと真西へ――美保基地の直上を通過します」

ざわっ

明比が指摘するまでもなく。

急旋回をしたのかククク、と尖端《せんたん》をその位置で回したオレンジの三角形二つは、拡大ウインドーの中を左へ――真西へ向かい始める。

「いや、かえっていい」

工藤は言う。

「ブロッケン編隊が武器を使用しても。この向きならば市街地へ影響はない。美保基地の区域内か、中海《なかうみ》か」

「あるいはその先の宍道湖に突っ込みます」

笹が言う。

「どちらかの湖へ」

「周囲に民間機もいません」

明比も言う。

「国民へ危険は及ばない、やるなら今です」

「民間機を当該空域へ近づけぬよう、国土交通省へ──東京管制部へ通知しろ」

工藤は明比に指示した。

「見たところ、周囲にいないようだが。念のためだ」

「はっ」

●総理官邸　地下

NSSオペレーションルーム

「要撃機が──F15二機が、攻撃態勢に入りました」

ヘッドセットのイヤフォンを手で押さえながら、湯川が言った。

「マスターアームはON、兵装を生かして、アンノンの真後ろにつくぞ」

「────」

「────」

有美は門と共に、スクリーンを注視する。

美保湾を拡大したウインドーの中、左手――西へ進む二つのオレンジの三角形に、真後ろから二つの緑が追い付いて、重なろうとする。

「――アンノンを阻止したら」

ふいに気づいて、有美は口を開いた。

「市街地への、影響は」

「ほとんど、ありません」

湯川が振り向いて言う。

「この位置関係でミサイルが当たれば。アンノン二機はそのまま急降下して、中海か、宍道湖の水面へ突っ込む」

「むう」

門が腕組みをしたまま唸る。

「だが、早くやらないと」

「………!?」

有美は門の視線の向く方を見て、眉《まゆ》を顰《ひそ》める。

オレンジの三角形二つが尖端を向ける先――

「――あそこは」

つぶやきかけた時。
ブーッ
有美の胸ポケットで携帯が振動した。

●横田基地　地下
総隊司令部中央指揮所

「先任」

笹がスクリーンを指《さ》す。

「早くやらないと。宍道湖の向こう側には」

「………!?」

工藤は、頭上の拡大ウインドーの左手へ視線をやり、眉を顰めた。

そうか。

空港か。

二つのオレンジが進んで行く先にある宍道湖。

島根県の海岸線のすぐ内側に、東西に細長く広がる湖だ。水路で中海と美保湾へ繋《つな》がり、海水の出入りする汽水湖《きすいこ》として知られる。

そして宍道湖の西端の岸には、空港——水面へ滑走路を突き出させる形で出雲《いずも》空港がある。小規模だが民間エアラインが定期便を就航させているはずだ。さらに空港の西側には出雲市の市街が——

●島根県　上空
F15　ブロッケン編隊一番機

ヂヂッ
ヘルメットのイヤフォンに、ふいにヂヂヂという、ノイズのようなものが鳴った。トーンが来た。

（——）

茜はHMD視野の中で、ターゲットボックスに囲われた灰色の後ろ姿を睨《にら》む。

あれは。

やはりJ7……？

中国が造ったミグ戦闘機のコピーか？

訓練教材の写真で見た、旧ソ連製ミグ21戦闘機に姿が似ている。ベトナム戦争時代に活躍していた機体を、中国がコピーして製造し自国で使い、世界中にも売った——

確か輸出用はF7、中国人民解放軍が使うタイプはJ7と呼ばれる。中国でまだ使われているのかは定かではない、しかしこれまでに途上国へ多数が販売され、現役で運用されている機体も世界中にはたくさんあるはず。

だが、このシルエットは——

(——増槽《ぞうそう》……?)

まるで産卵期の魚のようだ——灰色の細長い機体の下腹が妙に膨れている。

大型の増槽でも抱えている……?

ピピッ

目を凝らそうとした時。

二つのターゲットボックスは視野の中でほとんど重なってしまい、茜の視線に追従するFOVサークルがゆるっ、と揺らいだ。

「くっ」

ヂヂヂヂヂヂッ

イヤフォンに入るノイズのような音――オーラルトーンは、さらに大きくなる。
ヂヂヂッ
主翼下のパイロンに装着したＡＡＭ３ミサイルの〈赤外線の眼〉が『標的の出す熱を捉えた』と知らせている。
しかし
（手前の機にロックしている……？）
まずい。
茜はバイザーの下で目をすがめた。
アンノン二機――二つの灰色の後ろ姿はほとんど単縦陣になってしまい、ターゲットボックス二個が重なろうとする。
茜の目の動きに追従するＦＯＶサークルは『どちらを狙えばいい』と迷うかのように揺らいで、手前の機体――ボギー・ゼロスリーの尾部ノズルに重なって、止まった。
ピッ
〈ＬＯＣＫ〉
続いて
〈ＩＮ　ＲＮＧ〉

視野の中で『標的がロックオンされ有効射程に入った』という黄色い文字表示が明滅した。

仕方ない――

「手前しか狙えない」

茜はバイザーの中の標的から目を離さないようにしながら、無線に告げた。

「私がやる。フォックス・ツー」

右の親指を操縦桿の頭のリリース・ボタンに。

顎を引き、ターゲットボックスを睨みながらボタンを押し下げた。

発射。

ズンッ

途端《とたん》に茜の左肩の後ろの方で、重量物が下向きにパージされる感覚がして、機体が軸廻りに右へロールしようとする。

とっさに右手首で姿勢を保つのと同時に、視野の左手から前方へ、真っ白い噴射炎の柱が伸びて行った。

2

●島根県上空
F15　ブロッケン編隊一番機

（うっ）
真っ白い噴射炎の柱が前方へ伸び、HMD視野の中で手前側に浮かんでいるターゲットボックスへ吸い込まれると。
カッ
紅《くれない》の火球が瞬時に膨張《ぼうちょう》し、茜の眼を射《い》た。

「――くっ」

VA（視線照準）モードで狙っている。『標的を睨み続けねばならない』という意識がある。

眼球を見開いてミサイルの行方を追っていた茜は、まるで昼の太陽を直視したような眩《まぶ》しさに一瞬、目をつぶるが

(いけない)

爆発に、突っ込んでしまう――

かなりの優速で接近していた。このままではまともに爆発の火球に突っ込む。

右へかわす――いや駄目だ、右すぐ後ろに白矢がいる。左へ回避。

一秒の半分くらいの間に判断し、茜は右手首を左へこじる。

グッ
目を閉じたまま、軸廻りに機が傾くのを感じる。

くそっ。

顔をしかめつつ、薄く目を開ける。膨張する紅色の火球をすれすれにかわしながら、左へ傾いた機体はJ7戦闘機のいた空間を通過する。

足下から突き上げるような衝撃。

ズズンッ
「――」

茜は歯を食いしばり、右手を引き付けるように戻す。

宙で切り返すように、機体が反対の右へ傾く――

針路をブレさせるわけにいかない、もう一機いるんだ。

目をしばたたく。

眩しさで、目をつぶった数秒の間にＨＭＤ視野の中でＦＯＶサークルはゆるゆるっ、と泳いでいる。

もう一機は。

（――どこだっ）

●横田基地　地下
総隊司令部中央指揮所

「ブロッケン・ワンがフォックス・ツー」

最前列の管制席で、担当管制官が声を上げた。

「発射しました」

「――」

「――」

地下空間の全員が息を呑《の》み、頭上の拡大ウインドーへ視線を集中する。

緑の三角形〈BR01〉の横に『FOXⅡ』の赤い文字が明滅。

やったか……?

(――――――)

工藤も目を見開き、スクリーンを凝視する。

防空レーダーと、上空のE767からの索敵情報は、わずかなタイムラグがある。

もどかしい二秒をおいてオレンジの三角形〈BG03〉はウインドーの中から消えた。

「やった」

横で笹が「やった」と声を上げた。

「やったぞ。中海の真上だ」

「待て」

工藤は頭上を睨んだまま言う。

「もう一機、いる」

ボギー・ゼロスリーはレーダーから消失した。

しかし先行するもう一つのオレンジ――ボギー・ゼロツーは、まだ進んでいる。仲間がやられる間に中海を飛び越し、宍道湖の上空へ侵入して行く。

そこへ

「先任」

左横で明比が声を出す。

「あれを——何か、上がって来ました」

●総理官邸地下

ＮＳＳオペレーションルーム

「アンノンの片方はレーダーから消失」

情報席の湯川が、ヘッドセットを手で押さえながら言う。

「ミサイルが命中した模様。片方はやりました」

「中海の真上か」

門がメインスクリーンを見やって言う。

「市街地に、影響はないな」

「いえ、待ってください」

湯川は、メインスクリーンの一方を指す。

「あそこを見て」

「――どういうことですかっ？」

湯川と門のやり取りは目の隅《すみ》に入ってはいる。

二機のうち一機のアンノンを、空自のイーグルがミサイルで阻止した。

それはわかったが。

同時に有美は、耳につけた携帯の向こうへ訊《き》き返していた。

「湖に墜《お》とすな――⁇　どういうことです」

●横田基地　地下

総隊司令部中央指揮所

(何だ、あれは)

工藤は立ったまま、目を見開いた。

頭上のスクリーン――長方形の拡大ウインドーの左端だ。東西に長い宍道湖の西端に、黄色い三角形が一つポツッ、と出現した。

「あれは何だ」

工藤は目を凝らす。

ウインドーの左端に出現した黄色の三角形は、尖端を右横——東へ向けている。ちょうど、湖の右端からやって来るオレンジの三角形と正対する格好だ。

「……!?」

真正面に近づく……?

息を呑むと。

黄色い三角形が息をつくように、一瞬明滅してから白い三角形に変わった。その横に文字と数値が浮かび出る。

〈RAINBOW218　E170〉

同時に

「出雲空港を離陸した民航機だ」

横で明比が声を上げる。

「まずいぞ」

●宍道湖上空

F15　ブロッケン編隊一番機

(──いたっ)

茜は目をすがめ、ＨＭＤ視野の右手に浮かぶターゲットボックスの中に、小さな灰色のシルエット──細長い小型戦闘機の後ろ姿を捉えた。

そこかっ。

ミグ21をコピーした機体はただでさえ小さい。真後ろからでは見つけにくい──しかしスーパーサーチ・モードにしたＡＰＧ63レーダーは、機首前方三〇度の円錐《えんすい》の範囲に入る飛行物体を自動的に見つけ出し、四角いターゲットボックスで囲んでくれる。

いた。

目を凝らす。

妙に下腹の膨れた、シシャモのような機体──

たった今、爆発の火球を避けたことで飛行経路が左側へ膨らみ、少し間合いを離された

(右前方にいる)。

(四マイルくらい前方か──?)

目視で間合いが測りづらい、こういう小さい機体とは戦ったことがないから……!

茜の眼球の動きに呼応し、ＦＯＶサークルがククッ、と右前方のターゲットボックスに

重なる。

アフターバーナーは焚《た》いていない……？

点のように小さな単発のノズルは火焔《かえん》を噴いていない。通常は、戦闘をする気ならば戦闘機パイロットはアフターバーナーを全開にし、機体に速度エネルギーを載《の》せようとするものだが――

ピッ

そう思った瞬間。

今度は視野左下――眼下にいつの間にか広がっている湖の水面を背景に、四角いターゲットボックスがもう一つ、現われた。

「……え!?」

ピピッ
何だ。

思わず、そちらを見てしまう。

左下方だ――青黒い水面を背景に、前下方から何かが上がって来る……!?

同時にククククッ、とＦＯＶサークルが動き、茜の目を凝らす先――視野左下奥のターゲットボックスに重なる。

チヂヂ

●横田基地　地下
総隊司令部中央指揮所

「民航機ですっ」

最前列から担当管制官が振り向くと、声を上げた。

「出雲空港から離陸して来ましたっ」


「まずい」

情報席で明比がコンソールの画面を見ながら言う。

「あれはレインボー航空218便——出雲発東京行きだ。東京コントロールへの通知が間に合わなかった、出雲空港の管制塔がすでに離陸許可を出していました」

「な」

工藤は息を呑む。

何だと。

民航機……⁉

頭上のスクリーン。拡大ウインドーの中では白い三角形の尖端と、オレンジの三角形の尖端は今にも重なろうとする。

「やばいぞ」

明比がさらに声を上げる。

「218便はエンブラエルE170、七〇人乗りの中型旅客機です。高度が急激に増えている――離陸推力で急上昇しています」

●宍道湖上空

F15　ブロッケン編隊一番機

ヂヂッ

「し」

しまった……！

茜は目を見開く。

HMD視野の左下、蒼黒《あおぐろ》い湖面を背景にターゲットボックスが囲んでいるのは、双発の機影だ。下方から上がって来る――

軍用機じゃない。

民航機か。

急速に近づく。

一目で、中型の旅客機と分かる。

まずい。

ヂヂヂッ

民航機がいたのか。

たった今、思わずターゲットボックスの中を確認しようとした。その瞬間、視線照準モードが勝手にロックオンしてしまった。

ピッ

〈LOCK〉

違う。

(そっちじゃない……！)

息が止まる。

気になってしまうほど、見てしまう。

違う、アンノンのJ7を見るんだ。

視線を引きはがし、右前方の空間へ向ける。

だが
ピピッ
〈IN　RNG〉

主翼下のもう一発のAAM3ミサイルの弾頭シーカーは、茜が右前方の小さな灰色のシルエットに視線を向け直しても、左前下方から急速に上がって来る双発旅客機にロックオンしたまま『有効射程内に入った』と知らせる。

湖の前方の端にある出雲空港から、離陸してきたのか……!?　旅客機は双発エンジンを全開にして上昇して来る──出している熱量が大きいのか（おまけに冷たい湖面を背景にしている）、機首を向けて近づく形でも、赤外線シーカーは瞬時にロックオンした。ヂヂヂヂッ、と明瞭なオーラルトーンがヘルメット・イヤフォンに響き続ける。

（く、くそっ）

日頃の訓練では。

茜は、格闘戦の相手を高Gの機動によって視線の先に捉え、いかにしてロックオンするかに腐心していた。

せっかく視線照準モードで捉えた標的から『ロックオンを外す操作』など、まったく練習していない。

どうすれば。

（──────！）

そうだ、兵装選択──

火器管制システムの兵装選択を、いったん〈ＳＲＭ〉から別のモードに替えればいい。

そう思いつくまで一秒。

くそっ。

ヂヂヂヂッ

左の親指でスロットルレバー横腹の兵装選択スイッチを探り出す。指の動きがもどかしい、手前の位置から中立位置へスイッチを押し戻す。

カチリ

「──白矢っ」

押し戻したスイッチを、また手前の〈ＳＲＭ〉へ引き戻してから茜は同じ指で無線の送信ボタンを押し、酸素マスクの内蔵マイクへ怒鳴《どな》った。

「そっちでやって」

火器管制システムがリセットされ、再び右前方のJ7を捉え直すまで何秒かかかる。待ってはいられない、二番機から攻撃してもらえれば――

だが
『駄目だ』

即座に同期生の声が応える。

速い呼吸。

『民航機にロックしちまった、すまんっ』

「く」

歯噛みしながらも、茜は脇を締《し》めるようにして右手を引き付け、次いでその手首を左へ返す。世界が左、ついで右へ大きく傾き、小さな機影が右横から目の前へ入って来る――機首を捩《ねじ》り込むようにして、前方のJ7の後ろ姿を自分の真ん前へ引きずり込む。

真後ろへ入った。

しかし、もう近い――

茜の機はアフターバーナーを切ってもなお優速だ、ぐんぐん近づいて行く。

細長い軽戦闘機のテイルノズルが眉間《みけん》の先に大きくなる。ターゲットボックスが囲み直すが、たちまち四角いボックスから短い主翼がはみ出す。

こいつは、一定の速度でゆっくり飛んでいるのか。形状がはっきりする。やはりJ7戦闘機——しかし下腹が異様に膨れている。

(近すぎる)

標的まで一マイル(一・六キロメートル)を切ってしまうと、AAM3は母機を爆発に巻き込まないよう、弾頭が発火しなくなる(さっきもぎりぎりだった)。

ならば。

茜は左の親指で、手前の位置へ引いていた兵装選択スイッチを中立へ戻す。近すぎてミサイルが使えないなら。

(ならば、機関砲《ガン》——うっ)

兵装選択を〈GUN〉へ入れ直した瞬間。

茜はまた目を見開いた。

フッ
眉間の先でターゲットボックスからはみ出ようとしていた機影——灰色の単発戦闘機の後ろ姿がふいにクルッ、と回転したと思うと。

吹っ飛ぶように消えた。

「う」

いや消えたのではない、Ｊ７は瞬時に機体を背面にすると『下向きに機首上げ』して真下へ吹っ飛んで行ったのだ。

●横田基地　地下
総隊司令部中央指揮所

「避けさせろっ」

工藤は声を上げた。

「あの民航機をなんとか避けさせるんだ」

しかし
「だ、駄目です」

最前列で担当管制官が頭《かぶり》を振る。

「民航機は管制周波数が違う、間に合いません！」

「────！」

まずい。

工藤は頭上のスクリーンに目を剝《む》いた。

重なる――！

拡大ウインドーの中、三つの三角形がほぼ重なる――オレンジの〈ＢＧ02〉の真後ろから緑の〈ＢＲ01〉が追いすがって重なり、反対方向からは白い〈ＲＡＩＮＢＯＷ２１８〉が近づき、尖端をオレンジと今にも触れ合わす。

思わず拳《こぶし》を握り締めるが。

「くっ」

このタイミングでは、もうどうしようもない。後はブロッケン編隊がアンノンを墜とすか、もしくはあのアンノンが民航機を視認して避けてくれるのを願うしか――

「――――」

「――――」

地下空間の全員が、息を呑んだ。

●宍道湖上空

Ｆ15　ブロッケン編隊一番機

まさか。

茜はＨＭＤのバイザーの下で目を剝いた。

（今のは）

スプリットＳ……!?


灰色のＪ７戦闘機。

どこから飛来した何者なのか（機体標識は確認できていない）。

下腹の異様に膨れた、シシャモのような姿の軽戦闘機は領空へ侵入すると機首を真西へ向け直し、美保基地の直上を通過すると中海から宍道湖上空へ入った。

私たちに追われたのでそうしたのか、あるいは予定の行動だったのか。

何者で、何のためにやって来た。

見当もつかない。

ＣＣＰの命令は『武器を使い阻止せよ』──

（──まさか、こんな低空で）

今の挙動はスプリットＳだ、格闘戦の機動の一つ。

敵に後尾に食らいつかれそうになった時、茜自身も使う。
しかし、こんな低空で、真下へ機首を向けるか……⁉
（！）
ハッ、と気づき、茜は右手で操縦桿を左へ倒す。
グルッ
世界が右廻りに回転する。前方の山陰の山々が逆立ちし、蒼黒い湖面が頭上に廻って来る――
F15の機体を背面にすると、茜はキャノピー越しに『頭上』へ目を向け、灰色の機影を下方に探そうとするが、
その瞬間
ブォッ
何か大きなものが、茜の視野一杯に、キャノピーのすぐ上側――背面になったイーグルのすぐ下側を前方から後方へすれ違った。ピンク色の流線形。
「うわっ」
ガガッ
機体が突き上げられる。

な、何だ。

思わず目を見開く。

今のは。

そうか、サーモンピンクに塗られた流線形――エンブラエルE170だ。中型の旅客機。外形は知っているが、こんな間近で見るとは――

（――――）

茜はまた呼吸が止まる。

上昇して来て、すれ違ったのか。

高度差は一〇〇フィートも無かった、やばい、ぶつかるところだった……！

『おいっ』

息を止めた茜は、無線の声で我に返る。

白矢が何か叫んでいる。

何を言っているのか。

『奴《やつ》は突っ込んだ、水面へ突っ込んだぞっ』

3

●石川県　小松
小松基地　第六航空団司令部
司令部棟二階

一時間後。

「くっそ」

腕組みをして立っていた白矢が、鼻から息を吹くと、拳を手のひらに打ち付けた。

「携帯、持っていればよかったな」

パチン、という響きが壁に跳《は》ね返る。

「――――」

静かだ。

部屋の中央に立つ白矢の横で、同じように飛行服からGスーツの装具を取り外した姿の茜は、椅子《いす》の一つに掛けたまま視線を上げる。

ここは。

周囲を見回す。

白い壁に囲われた空間。

窓はない。

テーブルと椅子があるだけだ――自分たち二人の他、今は誰もいない。

ここは防衛部が会議に使う部屋の一つか。普段は、司令部棟のこのあたりへ足を踏み入れることはない。

事務方の幹部たちが仕事をする場所――

――『追い払って』

軽く、唇を噛む。

汗が冷える。

飛行服の襟《えり》が冷たい。くしゃみが出そうだ……

（…………）

つい今まで、床が揺れるような感覚がしていた。

耳の奥の三半規管に、機体を振り回すGの余韻《よいん》が残っていた。ようやく微《かす》かな眩暈《めまい》に似た感じが収まったところだ。

いつもは、こんな感覚はない――今回のフライトでは極度の緊張を強《し》いられた。そのせいか。

速い呼吸もした。酸素マスクのフレームの当たっていた頬骨《ほおぼね》がまだ痛む。

帰投してから。

どれくらい、経《た》った……？

壁の時計が目に入る。

息をつく。

三十分、か……

とりあえずここに居ろ、と言われ『軟禁』されて、それきりだ。

「世間では」

横で白矢が言う。

「どう報道されているんだろうな」

「………」

三十分前。

茜は白矢の機とともに、小松基地へ帰投して着陸した。

あり得ないような光景を目撃した、その後だった。

あの湖――宍道湖上空で所属不明のJ7戦闘機が目の前で身を翻《ひるがえ》し、吹っ飛ぶように真下へ姿を消した。

何だ。

訳が分からない。

ハッ、として一瞬遅れて操縦桿を左へ倒し、機を背面にした。

まさか。

三〇〇〇フィート（約九一四メートル）の低空だぞ……？　あり得ない。真後ろに迫る〈スプリットS〉をやった……⁉

〈敵〉の照準から脱するための機動としては――

私から逃げようとしたのか？　しかしあり得ない、下方へ行くなんて。仮にも戦闘機パイロットならば、三〇〇〇フィートの低空で機体を背面にし機首を引き起こせば、宙返りの後半部分を使う〈スプリットS〉機動を意図したとしても、機首が真下を向くのと同時に水面へ突っ込む――真っ逆さまに湖面へ突き刺さるのは自明だ。

驚いて、反応が一瞬、遅れた。

茜がイーグルの機体をその場で背面にし、視線を上げると。

今度はあろうことかサーモンピンクの流線形が視界を埋めてうわっ、とすれ違った。

突き上げるような衝撃。

しまった。

J7の挙動に目を奪われ、その行方を追おうとして、前方から民航機——湖の西端に位置する出雲空港を離陸した民間旅客機が上がって来ているのを一瞬、忘れた。


「…………」

なんてことだ……。

会議用の椅子の上で、茜は唇を嚙む。

目の前の事象に吞まれ、思考力を食われ、シチュエーション・アウェアネス——情況把握をなくした。

HMDの視線照準モードで、誤って旅客機をロックオンしてしまった。それで慌《あわ》ててしまった。

——『追い払って』

あの時。

白矢が無線で『奴は突っ込んだ、水面へ突っ込んだぞっ』と叫ぶのに重なって、もう一つ別の声が聞こえた。

低い女性の声。

『ブロッケン・リーダー、それを追い払って』

何だ……!?

背面にしたコクピットのシートで、茜は眉を顰めた。

この声は。

ＣＣＰか?

『ブロッケン・リーダー、聞こえますか』

「?」

『こちらは総理官邸。内閣府危機管理監です。ＣＣＰに中継してもらっている。大事なことがある、そいつを湖へ墜としては駄目』

「――――!?」

何を言っている……?

目をしばたたく茜の視界——逆さまになって天井のように眼の上に被《かぶ》さる蒼黒い湖の水面で、真っ白い円形の波紋が膨らんでいく。

あそこへ、突っ込んだ……。

『ブロッケン・リーダー、すぐにその不明機を、どこか外へ——国土の外へ追い散らして。宍道湖へ突っ込ませては駄目。聞こえていますかっ』

「……いったい」

茜は息をつき、椅子に掛けたまま口を開いた。

「何だったのかな。J7」

「ひょっとしてだが」

白矢がまた腕組みをする。

「無人機か」

「無人……？」

茜は同期生を見返す。

「あのJ7が？」

「人間が乗っていたとは思えん」

白矢も茜を見る。

「そう思うだろ」

「…………」

いったい、何が起きていた。

アンノン三機は、防空レーダーにも、上空のAWACSにも見つからずに、わが国の領空のすぐ外側まで接近して来た。

今朝の、あのホット・スクランブル――

今の時代は。たとえ小さな巡航ミサイルが海面すれすれを這《は》って飛来しても、警戒に当たっているE767は見つけてしまう。誰にも見つからずに、わが国の沿岸へ航空機――飛行物体が忍び寄るのは不可能に近い。

灰色のJ7三機。

いったい、どうやって出現した……。

「俺が思うに」

隣で白矢が言葉を続けるが

同時に部屋の外に気配がして、通路側から扉が開かれた。

「舞島二尉、白矢二尉」

顔を見せたのは、制服の女子幹部だ。

茜には見覚えがある。

三尉の階級章。確か、防衛部で亘理二佐の秘書役をしている。

茜と白矢を順に見て、敬礼をした。

「お待たせしました」

「――――」

「――――」

立ち上がり、白矢とそろって一応の答礼をして、見返すと。

「お呼びです」

表情を硬くし、女子幹部は背後を指した。

「こちらへ」

●小松基地
司令部棟二階　廊下

「おい」

通路へ出て、先に立って歩く女子幹部の背中へ白矢が問うた。

「外では、騒ぎになってるのか」

「――」


事務職の三尉は、白矢とは顔見知りなのか。

白矢の口調では、親しい者であるらしいが。

しかし振り向かずに、先に立って歩く。

通路の突き当たりまで来ると、窓のない両開き扉の横にあるインターフォンのボタンを押した。

「高好《たかよし》三尉です。お連れしました」

『――』

インターフォンの向こうで、息を継ぐような気配があり、男の声が応えた。

『わかった』


ここは、何だろう。

茜は後方から扉を眺めて、眉を顰めた。

司令部棟の防衛部のセクションに、こんな部屋があったのか。重そうな扉は防弾仕様に見える。

さっきは。

三十分前、着陸してから。パーキングさせたＦ15の機首の横へジープをつけて迎えたのは防衛部の事務方の三佐だった。

あの後——湖の上で旋回しながら水面の様子を見ていると、ＣＣＰから指示が来た。とりあえず小松基地へ帰投するように。

『阻止せよ』と命じられた対象——正体不明のＪ７は湖面に突っ込んで、茜が六〇度バンクを取って見下ろしても、姿は無かった（代わりに白い波紋の中心部が激しく泡立っていた）。

突っ込んで、水中で分解したのだろうか——？

分からない。

仕方なく、指示通りに帰投することにした。

細長い湖の上を離れる時、入れ替わりに、二機のＵＨ60ヘリコプターが下方をすれ違った。美保基地に所属する救難隊だろう。

後は、彼らに任せるしかない——

帰りは通常の速度で海上を帰投した。

小松タワーからは、着陸許可と共に、滑走路を出たら司令部前エプロンに進んで駐機するよう指示された（いつもの飛行隊エプロンではない）。

白矢の二番機とともに着陸し、司令部棟を正面に見上げるエプロンに機を停《と》めると、一台のジープが走り寄って来て茜を迎えた。

保安隊の一曹が運転し、助手席に制服の三佐がいた。

搭乗梯子《ばしご》を下りると、整備員への引き継ぎもさせてもらえず「乗ってくれ」と言われた。二番機から降りて来た白矢も同様に、ジープの後席へ乗るよう促され、ただちに司令部棟の横の出入口へ連れて行かれた。

「済まないが、ここで待機していてくれ」

案内されたのが、さっきの小さな会議室だ。

「呼ばれるまでは出ないように」

「え」

白矢が訊き返した。

「トイレも駄目ですか？」

「行きたい場合には、ドアの外で警備している保安隊員に声をかけて頼んでくれ」

「――――」

見回すと、部屋にはＴＶも無かった。

白矢が悔しがったように。携帯があれば、ネット経由でニュースは見られただろう。

たった今まで自分たちの置かれていた『情況』が、外の世界でどのように報じられているのか――

しかし飛行任務の際は、個人の携帯電話は電源を切ってロッカーにしまい、フライトには携行しない。機密保持のためもあるが、万一、電源を切り忘れたまま携行していると機体の電子機器へ影響を及ぼしかねない。

普段は、それに不自由は感じていない。帰投すれば隊のオペレーションルームでTVは見られる。

それが。

「あの」

白矢は事務方の三佐へやんわりと抗議をした。

「まず隊長へ報告する必要があると思います。自分たちは飛行隊の所属です」

直属の上官ではない人から『ここにいろ』とか、命令されるいわれはない――そのように言ったのだが。

「報告ならば、防衛部長が受ける。たぶん」

三佐は言った。

「それまでは、誰とも接触させるな、という指示だ」

『入室を許可する』

インターフォンの声と共に、防弾仕様の扉のロックが外れる音がして、扉の横に緑のランプが点灯した。

『こちらへ降ろしてくれ』

ゆっくりと扉が左右に開く。

(——?)

茜は目を見開く。

エレベーター……?

「乗ってください」

女子幹部が、扉の中を示した。

頑丈そうな扉の内側は、エレベーターの箱のようだ。

「地下へ降ります」

「——」

「——」

茜は白矢と共に、小型のエレベーターの箱へ乗り込む。

女子幹部——高好三尉の操作で扉が閉まる。

箱が降下を始める感覚。

「おい」

白矢がまた訊く。

「どこへ降りるんだ」

しかし
「――――」

高好三尉は、質問には答えない。白矢の方は見ず、硬い表情の横顔のまま、ぼそっとつぶやくように「――させないで」と言った。

「え」

「心配させないで。あんまり」

「え、おい」

チン

●小松基地　地下

(……ここは?)

降下していたエレベーターが、止まった。

ゆっくりと扉が開く。

茜は目をすがめる。

何だろう、ここは。

暗い——

「……………?」

ざわめく空気。

目の前に広がったのは薄暗い空間——天井の低い、管制室のような場所だ。学校の教室くらいの大きさか……?　蒼白い光は、周囲の壁に設置された多数の表示スクリーンからの照り返しだ。

一番大きいスクリーンには、黒をバックに本州と日本海の様子がCGで浮かび上がっている——しかし要撃管制室ではない。

小松基地は地下に要撃管制室がある。情況表示スクリーンを前に、要撃管制官が複数名着席し、主として訓練や演習の管制を行なう。飛行隊所属のパイロットも、許可を受けて入室し見学することが出来る。茜も何度か見学をした。特に飛行教導隊を相手に演習が実施される際は、立ち見をするパイロットたちで満杯になる。

その施設とは違う。同じ地下だが、見覚えある要撃管制室ではない。本州を映し出す正面スクリーンの下には、情報端末を設置した会議テーブルらしきものがあり、暗がりの中に十名ほどが着席している。

空間へ歩み入ると、複数の視線が自分と白矢に向けられる。

「来たな」

入口から見て、会議テーブルの奥の席にいる人物が声を出した。

インターフォンに応えた声だ。

（……防衛部長？）

暗がりに目が慣れて、会議テーブルの奥に着席しているのが防衛部長——亘理二佐であることが分かった。

その横にはさらに、見慣れた風貌《ふうぼう》。

（空将補か）

茜は、ブルドッグのような橋本空将補——第六航空団司令の風貌を目にすると、少しほっとした。ほかにテーブルに居並ぶのも航空団の幹部たちだ。知らない人たちではない。

しかし自分と白矢へ向けられる視線は、それだけではない。

地下の空間には壁を埋め尽くすように情報スクリーンや、ＴＶ会議用なのだろう、人物の顔が浮かぶ画面が複数ある（双方向通信か）。それらからも視線が注がれて来るのだ。

「舞島二尉ほか一名、参り——」

とりあえず、亘理二佐と橋本空将補へ向けて敬礼しようとするが。

参りました、と申告する茜の声に重なって「再生用意できました」と誰かが告げた。

空間の横の壁際で、防衛部の技術スタッフだろうか、若い幹部が情報コンソールらしき席から振り向いて会議テーブルへ告げる。

「ＨＭＤの動画です」

「よし」

亘理二佐はうなずき、壁の画面の一つを見上げる。

「危機管理監」

誰かを、ＴＶ画面越しに呼ぶ。

（………?）

危機管理監……?

茜もそちらへ目をやる。

画面の一つだ。自衛隊の制服ではない、黒スーツ姿の女性の上半身がある。その画面へ向けて亘理は「危機管理監、再生させます」と言った。

「パイロット視線の、現場の映像です」

『分かりました』

（……この声）

——『追い払って』

女性の低い声。

あの時の。

同じ声だ——

茜は壁の画面を注視するが

そこへ

「すまんが」

亘理の声がした。

「狭くて座席が無い。ちょっとそこに、立っていてくれ。舞島二尉、白矢二尉」

「は」

「はい」

4

●総理官邸地下

NSSオペレーションルーム

「総理」

障子有美は振り向くと、ドーナツ型会議テーブルの奥の席へ告げた。

官邸地下六階のオペレーションルーム。

白い空間の『本来の主』が、そこに着席している。

有美自身は、会議テーブルと壁の間――自衛隊はじめ各省庁の組織と直接対話できるいくつかのスクリーンを前にして立っている。

「小松の第六航空団で、準備が出来ました。ただ今より動画、再生します。現場上空で要撃機パイロットが『見た』映像です」


「――うむ」

中肉中背の四十代の総理大臣が、総理席でうなずく。

常念寺貴明。

かつて有美を危機管理監に据えた張本人だ。今回の事態に対し、この男により〈国家安全保障会議〉が招集され、三十分になる――しかしメンバーである主要閣僚の中には、都内に居ない者もある。とりあえず今、ドーナツ型テーブルに着席しているのは、常念寺と厚生労働大臣の堤美和子、それに閣僚たちが降りて来るまでの間、総理の右隣の席を埋めている乾首席秘書官だけだ。

「映像は、飛来した国籍不明機の姿か」

「その通りです」


有美は、最新の要撃戦闘機の装備についてはある程度、知っている。

今の時代はバーチャル映像技術が兵器体系に取り入れられ、戦闘機の装備も進化している。操縦席のパイロットは特殊なバイザーを使い、標的を『見る』だけでミサイルの照準を付けられるという――

戦果を評価するツールとしては、昔からガン・カメラが用いられてきた。パイロットが標的に向けてトリガーを引き機関砲を発射すると、砲弾が射出される間、内蔵カメラが前方を撮影する。

機が帰投してから録画ディスクを取り下ろし、映像を再生すると、命中したのかどうか――戦果を評価できる。

これが、最新の照準システム（ヘルメットマウント・ディスプレーと呼ぶらしい）では、パイロットが目で『見て』照準した視界そのものが、動画で残される。

「帰還したスクランブル編隊の一番機――長機のヘルメット照準装置の、記録画像です」

有美は、たったいま第六航空団の技術者から知らされた通りの説明をした。

「照準装置の働いている間、パイロットの見ている視野を自動的に録画して残すそうです」

「分かった」

常念寺がうなずく横——乾秘書官とは反対の左横には、厚労大臣の堤美和子が着席している。ほっそりした女性閣僚は、椅子のひじ掛けに寄り掛かり、上目遣いにこちらを見ている。

一見して色白の『理系女子』——知的なタイプだが。どうしてこんなに憔悴《しょうすい》しているように見える……？

「…………」

常念寺の横で堤美和子は唇を嚙みしめる様子だ。

どうしたのだ。

有美は眉を顰める。

一時間ほど前。

総理を介して、いきなり電話で『湖に墜とすな』と指示してきた。

堤美和子が常念寺に、強く訴えたのだという。

日本海から飛来した国籍不明機を、国外へ追い散らせ。絶対に宍道湖へ入れては駄目

――

(――――)

どういう意味だったのか。

とにかく『急を要する』というから。有美は直接、横田CCPとのホットラインを指揮用無線に繋いでもらい、スクランブル編隊の一番機パイロットへ指示を伝えた。

それが……。

『再生します』

スピーカーから、第六航空団――小松基地の技術スタッフの声がした。

小松基地では、三十分ほど前から、地下の〈航空団特別指揮所〉を稼働させている。有事の際に使用する耐爆指揮センターだ。

『そちらのメインスクリーンへ転送します。F15の一番機から取り下ろしました、パイロットのHMD視野の動画です』

「――――」

「――――」

白い地下空間に詰める全員の視線が、壁のメインスクリーンへ集中する。

●島根県　宍道湖上空
ＵＨ60Ｊ救難ヘリコプター

同時刻。


「おい、どうしたっ」

宍道湖の水面上二〇フィート。

回転するローターのダウンウォッシュで、白い波濤《はとう》を湖面に広げながらホヴァリングするＵＨ60Ｊヘリコプター。

水面までは約六メートル。一定の高さを保ち、美保基地所属の救難ヘリは胴体左舷《さげん》のスライディングドアを開いて、ウェットスーツ姿のメディック（救難員）一名をワイヤーで吊り下げ降下させていた。

湖の上の気流は、静穏だ。ＵＨ60が宙に一定の位置を保つのに困難はない。

メディックがゆっくりと降下する真下には、すでにヘリから投下された小型救命浮舟《ふしゅう》が圧縮ガスで展張して、白い波に揉《も》まれている。

この救難隊ヘリが美保基地から出動したのは、どこかから要請があったわけではない。灰色の国籍不明機——古いミグ21に似た機影二つがふいに出現し、基地の直上を通過して行く様子は皆が目撃した。隊員たちが見上げる中、スクランブル発進とみられるF15二機がすぐ後ろを追尾していき、中海の上でミサイルを発射、灰色の機影のうち一つを空中で撃破した。

基地は大騒ぎとなった。

つい数分前には、訓練に出たC2輸送機一機がレーダーから消失して連絡が取れなくなり、同時に横田CCPから要請が入って、救難隊のU125指揮機とUH60二機が日本海へ向け出動したところだった。

いったい、何が起きているのか……?

輸送機のホームベースである美保基地では、事態の全容を知るすべもない。

ただ、宍道湖方向へ飛び去ったもう一つの灰色の機影が、宙で身を翻すようにして、真っ逆さまに落下して行く様子が基地から遠望できた。追尾していたF15から攻撃されて墜ちたのかは定かでない、しかし宍道湖へ正体不明の戦闘機が落下したことは確かだ。

どのような素性《すじょう》なのか分からない、しかし助けられる生命がそこにあれば駆け付けるのが空自救難隊だ。美保基地では急きょ、待機中の人員を招集してUH60をさらに二機、宍道湖上空へ向かわせた（全力出動だ）。

オリーブグリーンのＵＨ60二機は、初めは宍道湖の上空を五〇〇フィートの高度で旋回し、下方の様子を監視して報告した。搭乗員がパラシュート降下していれば、水面に浮いているはずだが、発見できない。ミグの機体が真っ逆さまに突っ込んだとみられる湖面には同心円の白い波紋が大きく広がり、その中心部が激しく泡立っていた。ミグはミサイルや爆弾を搭載していた可能性もある。ヘリは基地の司令部に諮《はか》り、誘爆の危険性を考慮して慎重に観察した上で、一機が徐々に高度を下げて水面に近づき、生存者の捜索行動に入った。

その直後のことだ。

「おい、どうしたっ⁉」

ＵＨ60が降下して、ホヴァリングで宙に静止したのは、ちょうど白い同心円の波紋の中心部に当たる水面の真上だ。

ミグが落下して三十分余りが経過しても、まだ湖の水中からは激しく泡が湧《わ》き出して、周囲へ広がっていた。

しかし爆発物が水中で発火したようではない。破壊した機体から燃料でも漏《も》れて、水面へ向け噴出しているのか――？

ＵＨ60の機長は、爆発の危険性は低いと判断し、後部キャビンに指示してメディックの降下を開始させた。

まず機上救難員が、舷側から折り畳み式の救命浮舟——救命ボートのパックを投下。

水面でパックが開いてボートの形になると、続いてウェットスーツを着用し準備していたメディック一名が、環状の浮き具に身体《からだ》を入れ、電動ウインチから繰り出されるワイヤーで降下を始めた（こういう場合、メディックは二名でペアを組んで降りるのだが、今回は救難隊はほかにも出動しているから、一名だけだ）。

機上救難員が見守る中、エアタンクを背負い、水中行動用の足ひれ、水中マスクにスノーケルをつけたメディックはゆっくり降下して行く。下方の様子を注視する姿勢で水面へ降りて行く。

水面は、下方から湧き上がる泡と、UH60のローターのダウンウォッシュが立てる波濤で真っ白になっている。メディックは下方の様子を見つつ、波で上下するボートの上へ降りると、浮き具に身体は通したままでまず激しく泡立つ水中を覗《のぞ》き込んだ。呼吸用のレギュレータは口から外し、右手で喉《のど》を押さえる動作をする——無線の声帯マイクを喉に貼り付けている。何か報告をしようとした。

その瞬間。

急に、ウェットスーツ姿が前屈《かが》みにぱたり、と倒れた。

「お、おい」

水中の様子を覗き込み、口を開いて何か報告をしようとした、その瞬間だ。

電源の切れた機械人形のように、メディックはボートの上で倒れ伏し、水面に顔を突っ込んだ格好で動かなくなってしまった。

「おい、どうしたっ⁉」

機上救難員がインカムのマイクに問うても、返事は無い。


「揚《あ》げろ、揚げろっ」

異常を察知した機上救難員は、ウインチを操作するもう一名のクルーへ指示した。

「何か、おかしいぞ。揚げるんだ」

「は、はいっ」

ただちに操作がされ、電動ウインチが逆回転しワイヤーを巻き取り始める。

「緊急揚収《ようしゅう》、開始します」

「あっ」

生存者を引き揚げる手助けのため、舷側に並んで下方を注視していた別のクルーが、水面を指した。

「見てください、あれを――」

●総理官邸　地下
NSSオペレーションルーム

「――――」

「――――」


全員の視線が注がれる中、メインスクリーンで画像が動き出した。

遠く小松基地の地下から、データ回線で送られて来ている。

(――コクピットの、パイロットの視野……?)

有美は、スクリーンで動き出した景色に、眉を顰める。

細かく、揺れている――空中撮影の映像だ。視界の下方には左手から前方へ向けて、湾曲した海岸線が延びる。

延びた先の地平線が、画面の真ん中よりやや上にある――撮影している機が、機首を下げ、緩やかな降下姿勢にあるのか。

ここは。

美保湾……?

画面の左右の端には縦型スケールが浮かび、動いている。たぶん、パイロットのヘルメットのバイザーに投影される速度や高度の飛行諸元だ。右端のスケールがするすると上向きに動き、スケールの数値が減っていく――素人《しろうと》が見てもよく分からないが、このパイロットの操《あやつ》るF15は、〈標的〉に向けて降下しながら迫っているのか。

しかし、アンノンの姿はどこに……？

「――ううむ」

常念寺が、スクリーンを見上げながら腕組みをする。

「素人には、どこに何がいるのか、よく分らんな」

「たぶん、そのうち」

有美も同じ感想を持ったが。

戦場の生《なま》の映像が、素人には分かりにくいのは仕方がない。

「これは未編集の生の映像だそうです」

「これを見るのもいいのだが」

常念寺はスクリーンから目は離さないものの、不満げな表情になる。

「私は、日本海で連絡途絶中のC２輸送機の安否が気になるのだが」

確かに。

常念寺は為政者だ。

少なくない数の乗員を乗せた空自輸送機が、アンノンとレーダー上で重なり、消えてしまった。

美保基地の救難隊が急行しているはずだが、まだ報告は何も入っていない（少なくともオペレーションルームには）。

そう思った時

『総理』

ふいに壁の画面の一つから、声がした。

『遅くなりました、申し訳ない』

防衛大臣——？

有美には、すぐに誰なのか分かる。

声に特徴がある。井ノ下和夫《いのしたかずお》防衛大臣だ。

常念寺の招集した〈国家安全保障会議〉の主要メンバーだが、官邸に駆け付けられないので、とりあえずリモートで参加して来たか。

しかし。

（——この画面は、市ケ谷《いちがや》……？）

画面の一つに浮かび上がった男の顔。

左の頬に傷がある。

井ノ下大臣の経歴は特殊だ。大学を出てしばらくは大手商社の社員だったのが、軍事ジャーナリストへ転身し、さらに国会議員となった（参議院の比例代表だ）。支持層は特定の業界などではなく、軍事ジャーナリスト時代にユーチューブで発信をしていて、本人の弁では『五十万人のチャンネル登録者がみんな投票してくれた』という。

わが国の安全保障についての考え方が常念寺と一致しており、閣僚に登用された。

災難にも遭《あ》っている。

左の頬に斜めに走っている傷が、その時のものだ。

『今朝からインド大使と会っていました』

防衛大臣──元商社員の五十代の男は画面越しに告げた。

『市ヶ谷で、大使を相手にプレゼンを開いていたのです。対応が遅くなり申し訳ない、取り急ぎそのまま地下へ降り、ここからリモートで出席します。よろしいか』

「うむ」

常念寺は、気心も通じているらしい。

信頼のおける仕事仲間を見る視線で、画面へうなずく。

画面の下には〈市ヶ谷　統合幕僚監部〉というテロップが出ている（市ヶ谷は地名だが、防衛省の本省を指す）。

「あなたには、そちらで自衛隊の陣頭指揮を執《と》りながら参加してもらうのがいい。頼みます」

『総理、日本海のC２輸送機の件は承知しています』

井ノ下は続けた。

『情況は、今、統合幕僚長からブリーフィングを受けました。現場の救難隊から報告が入り次第、逐次《ちくじ》お伝えします』


井ノ下の上半身を映す画面は、薄暗く、赤みを帯びていて、両端に将官らしき制服の一部が見えている。

市ヶ谷の地下にも統幕監部の作戦室がある。幕僚たちが参集し、その中央に井ノ下が座っている様がうかがえる。

井ノ下は軍事ジャーナリストだった四十代に、自衛隊の取材を盛んにしていた。その頃に防衛省側で応対に当たった佐官級の幹部たちが昇進して、今は将官になっている。『俺は昔、今の陸上幕僚長と野戦テントで一緒にレーションを食ったし、海上幕僚長とも艦内食堂でカレーを食った』と自慢する。ユーチューバーでもあったから、語り口が軽くて速い。

『当該C２の機長は、スクランブルが間に合わない中、幹部として責任を果たそうとした。頭が下がります。何とかして——あっ』

井ノ下のしゃべりが、何かに気づいたように中断した。


（——!?）

同時に、有美もオペレーションルームのメインスクリーンに目を奪われる。

変化がある。

何か、映った——

眉を顰める。

何だ……？

パイロットの視野を録画したという映像——その画面の右端の方だ。緑色の四角形が二つ、ふいに浮かんだ。

何か、小さな細いものを囲んでいる。

ほとんど重なっている四角形二つは、そのまま画面右端から中央へ移動——同時に撮影しているF15も前進しているから、ボックス状のシンボルに囲われる細いシルエットは急速に形が見えて来る。

あれは……？

同時に
『おう、あれは』

壁の画面から井ノ下防衛大臣が声を上げた。

同じ映像の再生を、市ヶ谷の地下でも同時に見ているのか。

『あれはJ7だ』

「分かるのですか」

常念寺が訊き返す。

「小さいシルエットだが」

『ええ。分かります』

商社員時代から防衛装備を扱っていて、兵器に詳しいらしい井ノ下は自信ありげな声だ。

『あれは紛《まぎ》れもなく、中国製のミグのコピー――ん？』

「――？」

「？」

また急に、語りが途絶えたのでオペレーションルームの全員が壁の画面へ注意を向ける。

『空幕長』

画面では、井ノ下が横を向き、誰かに尋《たず》ねている。

『何でしょうね、あの腹の膨れているのは』

●島根県　宍道湖
UH60J救難ヘリコプター

「揚げろ、揚げろっ」

同じ位置でホヴァリングする救難ヘリの左舷側デッキ。

横向きに突き出した電動ウインチが、甲高《かんだか》い音を立てて逆回転し、ワイヤーを巻き取り始めた。

六メートル下の湖面は、強いローターのダウンウォッシュと、水中から湧き上がる泡で真っ白くなっている。広がる波紋の中央で揺れるボートから、ウェットスーツ姿が引き揚げられ始める(幸い、メディックは救命浮き具に上半身を通したままだった)。

たった今、水面を覗き込んで報告をしようとした瞬間、スイッチが切れたかのようにぱたりと倒れ込んだメディック。

ぐったりと前屈みの姿勢で、引き揚げられて来る。

「機長、こちら機上救難員」

機上救難員は、引き揚げられるウェットスーツ姿を注視しながら、右手で喉を押さえ、声帯マイクに告げた。

「メディックの意識が無い、原因は不明」

「あ、あれを」

横にいるクルーが、湖面を指す。

「あれを見てくださいっ」

「――――!」

「!?」

ヘリのデッキにいた三名が、同時に息を吞んだ。

「な」

「何だ」

「――さ」

真下の水面。

泡立つ波紋の中心――まるで揺れる救命浮舟を取り囲むように、無数の小さなものが、水中から一斉に浮き上がって来た。

何だ……？

声も出せず、クルーたちは注目する。

小さなものはあとからあとから、水底から無尽蔵に湧き出すかのように、無数に浮いて来る——

ヘリのローターが起こすダウンウォッシュの中、無数の白い点々が放射状に広がって行く。

「さ」

「魚……!?」

「白いのは、魚の腹か」

5

●小松基地　地下

特別指揮所

「———」

茜は、薄暗い空間の入口を背にして立ったまま（立たされたまま）、正面スクリーンへ視線を向けていた。

拡大され、動いているのは。

前方視界。

私の見た視界か――さっきの。

おう、と声にならぬどよめきが起きる。

スクリーンでは画面中央――揺れ動く視野の真ん中、緑のターゲットボックス二つが踊るように重なる。ボックスに囲われるのは細い戦闘機の後姿。さらに白いＦＯＶサークルが、抑え込むように重なる。

ついさっきの、私の見ていたＨＭＤの視野だ。

視線照準モードを働かせると、バイザーの視野はデジタルで録画され、飛行後にＰＣなどで再生することが出来る。

日常の訓練でも、飛行後のブリーフィングで、空戦の経過を編隊のパイロット同士で振り返って研究するため活用する。

しかし、こんなに大きなスクリーンで、大勢に見られるのは――

（――――）

茜は、スクリーンを見据えながらも周辺視野で、地下空間の様子をあらためる。

十名ほどの制服幹部が着席し、映画館の観客のように皆で正面スクリーンを見上げている。中央の席の亘理防衛部長と、団司令である橋本繁晴空将補は身体をよじるようにして、背後の壁のスクリーンを注視する。

そうか。

茜は、思い出した。

ここは。

地下の〈特別指揮所〉――

有事の際に指揮がとれるよう『地下に特別な施設を造った』と聞いた。

きっかけは、前に起きた〈もんじゅプルトニウム強奪事件〉だ。事件のさなか、小松基地の地上施設の主要部分は、アメリカ海兵隊の反乱グループによって制圧され、爆破されてしまった（現在の基地施設は新しく再建されたものだ）。

事後に基地施設を再建する際、将来またテログループに襲撃されたり、あるいは空爆を受けたりしても航空団の指揮機能が維持できるよう、地下に〈特別指揮所〉が造られたという。

万一、地上施設が爆破、爆撃され、あるいは大地震や大津波に襲われても生き残って指揮を続けられる。

ここが、そうなのか。

(――初めて見る……)

チヂヂヂヂッ

天井スピーカーから聞き慣れたオーラルトーンが響いて、茜は我に返る。

前方の画面では。FOVサークルが手前側のターゲットボックスに重なり、止まる。その横に〈LOCK〉、〈IN RNG〉と黄色の文字が浮かび出て明滅(HMDに投影される飛行諸元や戦術データもすべて録画されている)。

(――――)

茜は唇を噛む。

同時に

『手前しか狙えない』

自分の内蔵マイク越しの声が、天井から響いた。

うっ、という感じで、思わず小さく顔をしかめていた。

飛行中の自分の声を、こういう場で聞くなんて……。

地下空間の会議テーブルを、素早く見回す。ここに居並ぶ幹部たちの中に、飛行服姿は一つも無い――自分の直属上司である飛行隊長は、ここに居ない。

おそらく、あのアンノン三機来襲の後。

航空団では、さらなる未確認機の出現に備え、日本海洋上へCAP（戦闘空中哨戒《しょうかい》）を出している。私たちのスクランブルが間に合わなかった——どこからまたアンノンが現われるか、分からない。

武装したF15の編隊をいくつか、洋上でパトロールに当たらせる。これを〈戦闘空中哨戒〉と呼ぶ。普段はやらないが、こうしておけば、基地からスクランブルを上げるのより迅速《じんそく》に対処が行なえる。

そのためには、訓練に向かうはずだった人員を再編成したり、予備の機材をかき集めたりと飛行隊は大忙しになる。現場指揮官の飛行隊長は忙殺されているだろう。こんな地下の会議室へ来ている暇は、無いに違いない。

ここに並んでいるのは、防衛部の事務方の幹部ばかりか——

そこへ

『私がやる。フォックス・ツー』

酸素マスクの呼吸音に交じり、自分の声が天井から響いた。

●総理官邸　地下

ＮＳＳオペレーションルーム

「おう」

「——おぉっ」

メインスクリーンの光景。

画面中央へ向かって、左端から真っ白な噴射炎の柱が伸び、四角形とサークルに囲われた機影に吸い込まれると。

見ている全員が、思わずという感じで声を上げた。

同時にパッ、と紅の火焔の塊《かたまり》が膨張。

「———!」

「———!?」

眩しさで全員が目をすがめる。

(うっ)

有美も思わず、右手で目の前を覆《おお》うようにした。

紅一色——ミサイルが直撃か。

しかし記録映像で、この眩しさ……!?

Ｆ15は、どれだけアンノンへ肉薄してミサイルを撃ったのだ〈あまり〈標的〉に近いと、自機が爆発に巻き込まれ危うくなると聞いたことがある〉。

スクリーンの画《え》は激しく揺れ、次の瞬間フッ、と途切れて何も映らなくなる。

映像が途切れた……？


「う」

常念寺が腕組みをしたまま、唸った。

「ううむ。撃った自衛隊機は――」

「いえ総理」

有美は常念寺の心配を察して、言う。

「撮影機は帰還しているのですから、無事なはずです」


「危機管理監」

常念寺の横から、堤美和子厚労大臣が言った。

「今の、国籍不明機のシルエット――巻き戻して、止めて見られますか？」

「あ、はい」

厚生労働大臣――

この人が、どうして国籍不明機について強い関心を示し、口を出して来ているのか。

有美には分からない。

（――――）

一瞬、門篤郎の方を見た。

黒服の男は、NSS情報班長として少し離れた位置に立ち、メインスクリーンへ目をやっている。

先ほど、門と繋がりのある台湾国家安全局からも『撃墜しろ』と言って来た。

いったい、あの灰色の戦闘機……

有美の視線に気づいたか、黒服の元同級生は『いいから続けて見ろ』と言うように、スクリーンを顎で示した。

（………？）

同時にメインスクリーンでは、映像再生が再開した。

何もない空だ。斜めに流れている――

「――あの。映像はまだあるようです」

スクリーンを指して、有美は美和子へ言った。

「続けて再生しても、よろしいですか」

するとー
「────」

堤美和子は、硬い表情のままうなずく。

「どうやら、パイロットの眼が」

壁際の情報席から湯川が言った。

「眼球が、〈標的〉を狙う時だけ、録画がされるらしい。本人が眩しさに目を閉じると録画も中断するのです」

「そう」

そういうことか。

パイロットは、今の爆発を間近に、目をつぶりながらとっさに回避操作をしたか。

その結果、今スクリーンに空しか映っていないのは。爆発は回避したが、〈標的〉であるアンノンのもう一機を見失った──？

「あの白い円のようなものが、照準をするキューであって、パイロットの眼球に連動しているの」

「おそらく」

スクリーンでは斜めに流れる空の上を、白い円は所在なげにゆるゆる動く。と思えばあっち、こっちへと大きく振れる。

まるで操縦者の戸惑う気持ちを表わすかのようだ。

(―――)

有美は腕組みをし、指を細かく動かした。

何をやっているんだ――

だが次の瞬間。

パイロットが何かに気づいたのか、空全体が激しく右方向へ流れると、画面右端から緑の四角形が一つ、視野へ跳び込んできた。

「おう」

「おぉ」

また数人が声を上げた。

見つけた……。

(………)

有美は息を呑む。

そうだ。

あれは、ちょうどこのタイミングか――思い出しながら、またちらとドーナツ型テーブルを見やる。

Ｆ15が一機目のアンノンを中海の直上で撃破し、もう一機――最後の一機を追って、宍道湖の上空へ進入する。

そのタイミングで有美の携帯へ通話が入った。

総理からだった。早口で言われた。『宍道湖へは墜とすな』――

取り込み中に総理自身がコールして来たのだ。それまでの指示は『武器を使用し阻止せよ』だったのに。一転して。

どういうことですか、と訊き返すと……

ピッ

思い出しかけた有美の頭上から、アラーム音のようなものが響いた。

何かのアラームか。

パイロットに、火器管制システムが注意を促している――？

そのようだ。

右方向を『見て』いた視界は、今度は急に反対の左――斜め左下へ吹っ飛ぶように流れる。

(——うっ)

有美は顔をしかめる。

没入して見ていると、眩暈がするようだ。

激しく流れる画面の下側から、斜めに蒼黒い水面——宍道湖の湖面だろう——がせり上がって来た。その向こうに霞《かす》むように陸地らしきもの。

ピピッ

と、緑の四角形がもう一つ現われ、湖の西岸を背景に何かを囲んだ。

何だ——

「——」

「——」

全員が、緑の四角形に囲われているのは何だ……?　と視線を集中させる。

●小松基地　地下

特別指揮所

「うぅ」

「うぅむ──」

宍道湖の西岸を背景に、何かを囲っている緑の四角形──その上に、白いサークルが重なると。

会議テーブルにつく十名ほどの幹部たちから呻《うめ》き声のようなものが漏れた。

続いて

ヂヂヂヂッ

天井から赤外線シーカーの音。

だがターゲットボックスに囲われるシルエットは、すぐはっきりする。双発の中型旅客機の正面形だ──その上にサークルが重なり、横に〈LOCK〉、〈IN　RNG〉と黄色い表示が出る。

ＡＡＭ３が、ロックオンした──

ヂヂヂッ

（──う）

会議テーブルから複数の視線が自分へ向けられ、顔に突き刺さるような気がした。

何をやっている──!?

「…………」

茜は黙って唇を嚙んだまま、見返すことは出来ないのでスクリーンを注視し続ける。

やっちまった……。

あの瞬間。ターゲットボックスの中をよく見ようと目を凝らしたら、視線照準モードが勝手にロックオンしてしまった。

でも言い訳はできない。

アンノンの代わりに民航の旅客機を、ＡＡＭ３の実弾でロックオンしてしまったのは、事実だ――

映像は、すぐに右上方向へ、吹っ飛ぶように戻る。

視野は再び青一色になり、右上から、もう一つのターゲットボックスが画面に跳び込んで来る。

続いて空全体が右、左と激しくうねるように動き、ボックスに囲われる機影――残る一機のＪ７が、視野の中心へ引きずり込まれる（茜が機動をして真後ろへ占位した）。

しかしＦＯＶサークルは戻って来ず、ヂヂヂというオーラルトーンは止まらない。

右翼下に装着したＡＡＭ３一発目の弾頭シーカーは、前下方の旅客機に照準したままだ。

『――白矢っ』

天井から、速い呼吸交じりの声。

『そっちでやって』

あぁ。

茜は、立ったまま唇を噛みしめた。

「…………」

『駄目だ』

続く天井からの声に、隣に立つ白矢も身じろぎする。

同じように速い呼吸。

『民航機にロックしちまった、すまんっ』

あの時。二番機の白矢も同じ目に遭っていた。

画面では灰色の後姿はみるみる大きくなる――ターゲットボックスから両翼がはみ出すほどになり、次の瞬間フッ、と映像は途切れて終わった。

地下空間が、しんとなる。

「――この直後」

会議テーブルで口を開いたのは亘理防衛部長だ。

机上の情報端末へ目をおとしながら言う。

「ボギー・ゼロツーは、撃たれる前に湖へ落下。ブロッケン・ワンと、旅客機――レインボー航空のE170は空中で交差しています」

ことの一部始終をレーダーで監視していたのは、横田CCPだ。

防衛部長が見ているのは、CCPからの回線経由でもたらされた情報か。

「その瞬間の」

横で橋本空将補が訊く。

「最接近した瞬間の、一番機と旅客機との高度差はどのくらいだった」

「レーダー情報によると、一〇〇フィートだそうです」

ざわっ

「…………」

刺すような視線が、再び自分に集中する。

茜は唇を結んで、立っているしかない。

そこへ

『終わりですか』

壁の画面の一つから、女性危機管理監が訊いて来た。

『映像は、これで終わりですか？』

6

●総理官邸　地下
　ＮＳＳオペレーションルーム

「ここで終わり？」

　記録された映像は、これで終わりなのか。

　唐突に途切れたようだが──

「アンノンは、湖へ落下したようだけれど」

　有美は壁の画面に訊くが、

『映像はここまでです、危機管理監』

　小松基地の技術スタッフは画面の中で言う。

『撮影機の兵装選択が、このあと〈機関砲〉に切り替えられたため、途切れています。機関砲モードでは操縦者がトリガーを引かない限り、録画はされません』

そうか。

「では動画を巻き戻し、当該機の機影を」

有美はドーナツ型テーブルの方をちらと見ながら、依頼した。

「アンノンの形状がはっきりわかるような、拡大静止画に出来ますか」

襲来した国籍不明機。

いったい、何物で、何の目的で侵入して来た……？

有美が頼むと、小松の技術スタッフは『お待ちください』と応え、作業にかかる。

メインスクリーンでは目にも留まらぬ速さで、見たばかりの映像が巻き戻される。

この映像は、市ヶ谷でも同時に見ている。井ノ下大臣はじめ、自衛隊の専門家たちが分析してくれるだろう。

そうだ。

「門君」

有美は思いついて、黒服の男に尋ねる。

今のうちに情況を把握したい。

「現地の――宍道湖の警備態勢は？」

一時間前、CCPからのリピーター映像で、国籍不明機の湖への突入を確認した。中海の真上で撃破されたもう一機とは違い、当該不明機はF15から兵装の発射される表示が出ないのに高度の数値が急激に減ってレーダーから消えた。つまり、攻撃されていないのに自分から突入——突っ込んだのだ。

不時着水ではなく『突入』と判断した根拠は、『湖へ突っ込ませては駄目』という厚労大臣の言葉だ。

その時点で有美は、湖とその周辺の国民の安全を確保しなくては、と思った。

情報班長の門篤郎は警察官僚だ。

ただちに警察庁を通し、現地の島根県警へ必要な措置を取るよう、依頼してもらった。

「うん」

門は腕組みをしたまま、ワイヤレスのイヤフォンを入れた片耳を指で突いた。

「逐次、報告は受けている。島根県警は住民からの通報もあり、すぐに警邏《けいら》中の警官を湖畔へ派遣、先ほど機動隊も出動させた。ヘリも発進させた」

「爆発の危険があるわ」

「分かっている」男はうなずく。「取り急ぎ漁協に対しては操業の中止と、船を湖面へ出さないよう、住民には湖へ近づかないよう勧告している」

「分かった」

いずれマスコミも騒ぎ始める。

政府を代表して緊急会見を開き、マスコミ対応をするのは官房長官の役目だ。常念寺内閣の古市《ふるいち》官房長官は〈国家安全保障会議〉の主要メンバーだが。今は会見に備えるため、上の階にいる。

そのためにも、情況の把握は急がなくては――

（――――）

有美はまた、ドーナツ型テーブルを見やる。

堤厚労大臣――いったい何を危ぶんでいたのか。

詳しく話を聞く余裕がなかった。

訊いてみよう。

「あの」

だがほとんど同時に、若い官僚――堤厚労相に随伴して来た厚労省職員だろう――がテーブルの席へ駆け寄ると、携帯を耳につけたまま何か小声で話しかけた。

理系女子の厚労大臣は、切れ長の横目で職員を見返すと、表情を険《けわ》しくした。

何か、報告を受けているのか。

「――あの」

しかし有美が声を掛けようとすると
『危機管理監』

今度は横の壁から呼ぶ声があった。

『危機管理監、収集センターです』

壁にずらりと並ぶ十数の画面。そのうち一つは、〈内閣情報収集センター〉に通じている。

現在は情報収集体制が整備され、わが国の全省庁は、管轄内で報告を上げるべき事案が発生すると、マニュアルに従って〈内閣情報収集センター〉へ通報をしてくる（昔は官僚が報告すべきかどうかためらって、情報が滞《とどこお》ることが多かったが、現在はマニュアルの定めに従い速やかに報告がなされる）。

収集センターは、これもマニュアルに従い、危機管理監へ報告すべき事案が発生すると知らせて来る（有美がオペレーションルームを離れている時は、携帯に報告が入る。空白がスクランブルを上げたりすると、その度に知らせて来る）。

『国交省から、報告事案が二件です』

「――分かった」

有美は画面越しにオペレーターの職員へうなずく。

報告事案――国交省からか。

一つは、想像がつくが。

「概要だけ手短に」

『は』

収集センターは、同じ総理官邸の地下にある。

オペレーションルームと同様、スタッフは二十四時間三交代で常駐している。

『一件は東京航空交通管制部から。もう一件は海上保安庁からです』

見慣れた顔のスタッフは、自分の情報画面に目をおとしながらだろう、うつむき気味のまま続けた。

東京管制部と、海保――

海上保安庁は言わば海の警察だが、国土交通省にぶら下がる組織だ。

『一件目。出雲空港から離陸した民間旅客機が、上昇中に自衛隊機らしい航空機と異常接近。当該機の機長から管制機関へ通報がありました。二件目――』

「その旅客機に」

有美は遮《さえぎ》って、訊き返す。

やはり。

「何か被害は？　自衛隊機と空中接触したり、避けようとして誰かが怪我《けが》したりとかは」

『いいえ』

　スタッフは頭を振る。

『被害の報告は、ありません』


　先ほどスクリーン上で、出雲空港から離陸した民航機と、スクランブルの一番機とが宍道湖直上ですれ違うところは見た。どのくらい近かったのかは、スクリーンの数値を読むことに慣れていないから分からない（当該機の機長が報告して来たのだから、ぎりぎりだったのだろう）。

　無線のボイスは女子だった。空自には女子の戦闘機パイロットは、数えるほどしかいない。

（――――）

　たぶん、一番機はあの子だ。

　じかに会ったことは無いが、知っている。あの姉妹の姉の方か。

「分かった」

　問題にするつもりはない。

　実害は出ていない。

でもマスコミは食いつきそうだ。

特に一部のマスコミ——中央新聞やTV中央、それにNHKなども喜んで取り上げるかもしれない。

「二件目は」唇を噛んでから、有美は尋ねた。「二件目を教えて。手短に」

同時刻。

●埼玉県《さいたま》　入間《いるま》基地

入間ヘリコプター空輸隊　隊舎

「舞島一曹」

福島県南部の海岸から、空自のCH47ヘリコプターに拾われて『現場を離脱』した。途中で依田美奈子は都心の警察庁屋上へリポートで降り、舞島ひかるは引き続き搭乗して、埼玉県にある入間基地まで運んでもらった。

この基地には、航空総隊隷下の入間ヘリコプター空輸隊が本拠を置いている。

今回のNSSのオペレーションには、往復の輸送に入間ヘリ隊の協力を得た。人員の輸送から災害派遣、時には森林火災の消火までこなす。頼りになる部隊だ。

自分の制服と私物をヘリ隊の隊舎に置かせてもらっていた。ここからは空自の基地間を結ぶ輸送機の定期便に便乗して、千歳《ちとせ》にある原隊へ戻る。

女子幹部更衣室を借りて、舞島ひかるが着替えようとしていると、ドアの外から誰かが呼んだ。

「舞島一曹、おられますか」

何だろう。

ひかるは、任務で着用していた警備会社の制服を脱ごうとしていたところだ。隊の司令に頼んで、貸切にしてもらっていたから、更衣室には自分一人だった。

「――はい」

返事をすると。

「庶務です。お伝えしたいことが」

女子の声だ。

一般隊員か。

まずいな。

ひかるは、警備会社の制服を手早く脱いだ。

自衛隊では、日常的に〈秘〉の保持はなされる。他の隊員の任務について興味本位で尋ねたりすることは、誰もしない。

でもこの格好は、奇異だろう。

「少し待って」

自衛隊に入ると、食べるのと着替えるのは速くなる。

ひかるは警備員の制服から、ロッカーに掛けておいた自分の制服へ着替え終えると、更衣室の入口を呼んだ。

「どうぞ」

「失礼します」

更衣室の入口扉が開いて、女子隊員が現われた。ひかるよりも年下のようだ。階級章は空士長。

「お疲れ様です」

「お疲れ様」

空士長がピッ、と敬礼したのでひかるも答礼する。

「舞島一曹」

空士長は報告した。

「ご依頼の、次の千歳行き定期便の便乗許可、取れました。三〇分後に離陸です」

「ありがとう」

空自では、主要基地間をC２輸送機の定期便が往来し、人員や貨物の輸送に当たっている。自衛官は、民間のフライトを使わなくても全国を移動できる（利用したい場合は申請をして便乗許可を取る）。

次の便まで時間が無かったので、隊の庶務に依頼していた。

ひかるは礼を言った。

「助かります。これですぐ帰れる」

「あの」

髪を短くした空士長は、ひかるを上目遣いに見た。

「一つ、質問してもよろしいですか」

「――――？」

何だろう。

急に入った、今回の〈任務〉。

ひかるは、本来の職務である特別輸送隊客室乗員と、それとは別に内閣府の要請による

NSS要員を『兼務』している（兼務のことは防衛秘密とされている）。

思い出すと。千歳の特輸隊で『用務出張』の名目で許可をもらい、輸送機で入間へ入ったのが三日前だ（本当ならば別の用件で出張する予定だったから、許可はすぐに取れた）。〈任務〉の内容は、NSS工作員として福島原発へ赴き、IAEAの視察に対する外国からの妨害工作を未然に防ぐこと。

そのために、舞島一曹は原発を警備する民間警備会社の職員に成りすます――入間へ着く前にNSSが公安警察を通して根回しし、警備会社の制服もすでに用意されていた。もう一人の工作員・依田美奈子警視は本業は外事警察官だが、資源エネルギー庁の係官に扮した（似合っていた）。

そのほかにもNSSの技術スタッフが秘かに原発へ入り、エックス線検査機の改造や、監視カメラの設置を行なっている。情報班長の門からは、現地への往復は空自のヘリを使うが、表向きには『特輸隊の業務に生かすため、原発警備の実態につき研修を受ける』という名目にする。

もしも訊かれたら、そのように言え。

「質問？」

ひかるが訊き返すと。

「はい」

空士長は言いにくそうにしながら、制服姿のひかるを見た。

「あのう」

ひかるの左胸には〈特輸隊　舞島〉というネームプレートが付いている。袖の階級章は一等空曹。

本来の身分は航空自衛官だ。所属は、政府専用機を運用する特別輸送隊。

大学を中退し、空自へは曹候補として入隊した。四〇名余りの同期生の中では進級は速い方か。

希望職種であった特別輸送隊客室乗員となってから、いくつかの〈事件〉に遭遇している。新人訓練中に巻き込まれた〈もんじゅプルトニウム強奪事件〉を皮切りに、初のフライト任務で遭遇した〈政府専用機乗っ取り事件〉、さきの〈天然痘《てんねんとう》テロ事件〉でも現場に居合わせることとなった。生命の危険に幾度もさらされたが、事件の解決を助けたことも何度かあり、気づくと今の階級になっていた。

NSS工作員を『兼務』するようになったのは、〈政府専用機乗っ取り事件〉がきっかけだ。成り行きとはいえ、機内を占拠したテロリストにただ一人で対抗したことが、NSS――国家安全保障局の情報班長の目に留まった（それ以来、目まぐるしい日々が続いている）。

本当は。

ひかるは思った。

原隊へ戻るのではなく、呉《くれ》へ行きたかった。

今回の急な〈任務〉が入らなければ。

格闘術のレクチャーを受けに行く予定だった。そのために用務出張の許可も得ていた。広島《ひろしま》県の呉には、海上自衛隊のSBU――特別警備隊が居《きょ》を置いている。わが国の領域内で不法な活動をする不審船に乗り移り、制圧するのが任務の部隊だ。

もちろん、わたしの仕事はテロ犯の制圧ではない。

それは分かっている。NSS工作員の主たる任務は、わが国の政財官、そして学術界へ浸透している外国勢力のスパイを排除すること。特に、政治家や政府高官へ接近して特殊な関係を結び、支配しようとする中国の女性工作員――ハニートラップを仕掛ける女スパイを退治すること。

スパイ防止法の無い環境で、それをするのだ。自分に課せられた任務の特殊性も、困難さも理解している。一度は都心のホテルのエレベーター内で中国の女スパイと格闘し、倒してもいる。

あの時は〈敵〉も油断していた。日本は法制度もなく当局は弱腰で、外国のスパイへは手も足も出せない――そう信じられてきた。その上で、エレベーターの閉鎖空間内で職務質問し、襲いかかられた場合のシミュレーションと対応訓練を千回もやって、作戦に臨んだ。だからかろうじて倒せた。

これからは、そう簡単にいかない。現に〈天然痘テロ事件〉では、パリから戻る機内で遭遇した〈敵〉工作員に対して、自分は手も足も出なかった。「あっ」と思った時には、何をどうされたのかもわからぬうちにやられていた。

あのような思いは、もう――

「あのう」

空士長の声で、ひかるは我に返った。

いけない。

これまでの任務や、〈事件〉のことを思い出すと。

今村《いまむら》一尉や、會田《あいだ》チーフやアニタのことまで思い出してしまいそう――

「舞島一曹、研修、お疲れさまでした」

空士長はあらためてぺこり、と頭を下げた。

「うん」

ひかるはうなずく。

「何を訊きたいの？」

「あのう」

空士長は、思い切って口に出す感じで、続けた。

「私、特別輸送隊の選抜試験を受けるんです」

「――――」

「来月が試験で。それで。あの、英語の面接が心配で。どんな準備をしたらいいでしょうかって」

「――あぁ」

ひかるは息をついて、空士長を見返した。

そうか。

そういう時期だ。

年に一度、特別輸送隊は客室要員の選抜試験を行なう。募集の対象はすべての自衛官だ(年齢制限はある)。ひかるは曹候補として訓練中に希望を出し、受験している。

もともと、大学を出て民間エアラインの客室乗務員になるのが夢だった。でも唯一《ゆいいつ》の肉親である姉に、学費を出してもらうのが心苦しくなって、大学は途中でやめてしまった。空自に入れば、政府専用機の乗員として飛ぶ道がある。

「特輸隊は、外国へはよく行くから、英語は大事」

ひかるは応えた。

「でも、英会話の講習とか、高いお金を出すことは無いよ。必要なのは、中学校の英語の教科書」

「中学校の――教科書、ですか」

「そう」ひかるはうなずく。「中学二年の教科書がいい。リーダーの教科書を、丸暗記して」

「丸暗記？」

「そう。そうすれば自然に――」

自分が有効だと思う勉強法を、教えてあげようとした。

しかし同時に、ひかるの胸ポケットで何かが振動した。

7

●埼玉県　入間基地
入間ヘリコプター空輸隊　隊舎

「あ、ごめん」

二人きりの女子更衣室で、差し向かいに立つ空士長へ断ると、舞島ひかるは上着の内ポケットへ左手を入れた。

利き腕は右だが。

工作員養成訓練の中で、日常から、利き手が一瞬でも使えなくなる機会《チャンス》を作らないように――CIAから招聘《しょうへい》した米国人教官に厳しく言われ、その注意が習慣になってしまった。

人と話す時も、顎を引き、両耳で視野の両端を摑《つか》むように。意識はみぞおちにおいて、自分の呼吸と相手の呼吸を同時に読むように――そうすれば突然相手に襲いかかられても、視野の外側から思わぬ敵に突然襲われても対応できる。いつも注意力の半分は耳に集中すること。

「ちょっと待って」

目の前の年下の空士長は、ひょっとしたら、来年から自分の後輩になるかもしれない

(もちろん政府専用機の客室乗員としてだ)。

それでも、話す相手が誰であろうと、注意力を配分する〈基本の姿勢〉は変えない。

いつもそうすること。そうして初めて緊急時に対応できる。

ＣＩＡ教官には、もっと教えを受けたかったが――先月、帰国してしまった。現在は米国ラングレーにある訓練施設で、ＮＳＳ工作員二期生の七名を養成してくれている。もう少しすれば、工作員としての後輩も出来ることになる。

内ポケットで振動している携帯を取り出すと、視野の中で画面を確認し、耳に当てた。

「はい」

『もう乗ってしまったか？』

かすれた男の声。

情報班長の門篤郎は長身で、いつも黒っぽい服装に不精《ぶしょう》ひげを生やし、やるせない印象のしゃべり方をする。

前置きをせずに話すのも、いつものこと。

「いいえ」

乗ってしまったか、というのは千歳行きの輸送機のことを指すのだろう。

ひかるは両耳の視野を維持しながら、軽く頭を振る（普通の人は携帯で話すとき無意識に目が寄り、視野が狭くなる）。

「まだです」

●総理官邸　地下
NSSオペレーションルーム

「よかった」

ざわつくオペレーションルーム。

門篤郎は、空間の真ん中へ視線をやったまま、手にした携帯へ告げた。

「千歳への帰隊は、延期だ。すまんが」

『――はい』


白い地下空間の中央に鎮座するドーナツ型会議テーブルには、人が集まっている。

総理席の常念寺貴明を中心に、隣席に堤厚労大臣、常念寺の首席秘書官、その後方に立つのが厚労省の若手技官二名、そして危機管理監の障子有美。

堤厚労相が口を動かして、何か説明している。

それを全員で、額《ひたい》を寄せるようにして聞いている。

数歩離れたところで、立ったまま通話をする門にも、唇の動きで発話の要旨は伝わって来る。外事警察官としての経験から、相手が日本人であれば、口の動きから会話の内容を把握するのは容易だ。門は時間を節約するため、少し下がって工作員の舞島ひかるをコールしていた。

予定では、舞島ひかるは入間から千歳行きの輸送機に乗る。飛び上がってしまったら面倒になる。とりあえず、止めておかなくては。

「その場で、待機しろ」

門は簡潔に指示した。

「平服に着替えろ。島根へ行ってもらうことになる」

『――分かりました』


携帯をいったん、耳から離すと。

「どこから漏れたんだ」

常念寺の声がする。

テーブルで、隣席の厚労大臣へ訊いている。

「どこから、中国へ漏れた」

「科学会議です」

堤美和子が答える。

「私の見立てでは、たぶん」

ここ数分の間に。

立て続けに、オペレーションルームへは報告が入った。

一つは、小松基地から。映像回線を通して、国籍不明機の形状がよく分かる『拡大静止画像』が送られてきた（障子有美の依頼したものだ）。灰色の戦闘機らしき後姿は、今もメインスクリーンに出ているが——市ヶ谷にも同じ画像は送られているはずだから、空自の専門家たちが分析するだろう。

さらに一つは、同じ地下にある内閣情報収集センターを通してもたらされた。先ほど、障子有美が受けた『国土交通省からの報告二件』とは別だ。今度は、宍道湖周辺の警備についている島根県警本部が、これもマニュアルに従って報じてきた。国籍不明機の突っ込んだ宍道湖では、先ほど警察からすべての漁業者に対し『湖面への出漁を見合わせること』『すでに出漁中であればただちに中止し戻ること』を要請した。しかし漁師の一人が引き返す途中に、小舟の上で倒れるところが遠望されたので、警察のボートが救助に向かった。ところが警察のモーターボートも湖面の中央付近で停止してしまった。無線で呼んでも応答をせず、乗り組んだ三名の警察官が昏倒《こんとう》している様子が双眼鏡で確認できたという。

県警では上空を監視中のヘリを救助に向かわせることを検討するが、なんらかの有毒なガスが湖面上を覆っている可能性があり、ヘリの接近は見合わせている。湖面は中央付近で激しく泡立っている様子で、無数の魚が浮き上がっている――

魚が浮き上がっている――

収集センターと繋がる画面で、スタッフがそう口にした時。

会議テーブルの席で、堤美和子が「あぁ」と声を出した。

ほぼ同時に、市ヶ谷の統合幕僚会議室からも報告がなされた。美保基地救難隊所属の救難ヘリから降下したメディックが水面上で昏倒したので、ヘリは緊急に揚収して離脱したという。

「やはり」

女性厚労相は頭を振った。

「危惧《きぐ》した通りに、なってしまいました」

「説明してくれ」

堤美和子の言葉に、常念寺が訊き返した。

「さっきから、何が起きているのだ」

それが、数分前のことだ。

医療ジャーナリスト出身の厚労相は「ご説明します」と常念寺にうなずいたが。

ふいにハッ、とした表情になり、テーブルから離れて立つ門を呼んだ。

「情報班長」

「――？」

門が見返すと。

堤美和子は「現地の警察へ指示を出したのは、班長ですね」と訊く。

「そうですが」

「また要請できますか」

「島根県警へ？」

「そうです」

美和子はうなずく。

「県警の捜査員を、今から私の言う場所へ、急行させて欲しいのです」

同時に技官の一人が、メモを手に歩み寄って来た。

「ここです」

さっき堤厚労相へ、何か報告をした技官か。

「ここにある、この主任研究員と先ほどから連絡が取れません」

「？」

メモには〈出雲医大研究センター〉とある。

何だ。

記されている氏名の肩書は〈主任研究員〉。

「連絡が、取れない……？」

門が見返すと、

「はい」

技官はうなずく。

よく見ると、この若い官僚も消耗した感じだ（寝ていないのか？）。

「至急、安否を確認し、この人物の身柄の安全を確保して欲しいのです」

「…………」

俺は無力だ。

一瞬、そう思った。

わが国で今、起きていること。

ＮＳＳ情報班長である自分にも、掴めていないことがたくさんある……

あの湖――

宍道湖の周囲で、いま何が起きている。

門はただちに、古巣である警察庁を通し、島根県警本部へ要請をした。

騒ぎの起きている現地の医大の、研究センター研究員の身柄の安全を確保してくれ。

携帯で、先ほどと同じように指示は出したが。

警察庁から県警の本部長、そして（どの部署になるか分からないが）現場の捜査員へ指示が伝わるまでにいくつもクッションが入る（報告が入る場合も何クッションか経由するだろう）。

どんな事態に対処しなくてはならないのか、まだ定かではないが。自分からの指示でダイレクトに動き、報告する工作員も現場へ投入したい。

会議テーブルでは堤美和子が、事態の経緯を説明し始めたが。

門はテーブルから離れて立ったまま、引き続き舞島ひかるの携帯へコールした。舞島ひかると依田美奈子を、ただちに島根へ向かわせる――二人揃《そろ》える暇が惜《お》しいので経路は別々になるが、仕方ない。

現地で何をさせるのかも、まだはっきりしないが――

「――今から入間へリ隊へ、あらためて協力要請を出す」

門はまた携帯を耳につけると、通話の向こうの舞島ひかるへ告げた。

「追加の指示は、移動中に出す」

●長野《ながの》県上空
入間ヘリコプター空輸隊所属・CH47　機内

三〇分後。


『待たせた』

門篤郎から再び連絡が入ったのは。

ひかるを乗せたCH47ヘリが入間を出て、巡航に入った後だった。

慌ただしく離陸したのは、十分ほど前か。

平服に着替えろ、と指示されたので私服の黒のパンツスーツ姿だ（制服は入間ヘリ隊のロッカーに置いて来たので、また帰路に寄らなくてはならない）。

小刻みに揺れている――車両も積載できるキャビンの空間は、がらんとしていて、左舷側の窓から陽が差し込む（機は西へ向かっていると分かる）。窓の下には切り立った山々が現われ、ゆっくりと後方へ動き始める。

側壁を背にするベンチ式の兵員輸送席は、片側に二十五名ずつが着席できるが、広い機内にはひかる一人だけだ。

天井からはタービンエンジンの響き——機体の前後にタンデム式の回転翼を持つ大型ヘリは、ひかる一人を乗せ、空気をかき分けるように飛行している。

ゆさゆさっと揺れ始めた。山岳気流に入ったのか、機体は時には突き上げられるように揺れる。

『そこには、他に誰かいるか』

「——い、いえ」

ひかるはスマートフォンの他に、地球上どこでも通話のできる衛星携帯電話を装備として持たされている。

コールして来た衛星電話を左手に、右手は兵員輸送席のショルダーハーネスを掴む。機体が揺さぶられるので、つかまっていないとシートから放り出されそうだ。

「誰も、居ません。わたしだけです」

キャビンには、ほかに誰も乗っていない。

空自のヘリコプター空輸隊では、通常はコクピットにパイロット二名と機上整備士一名、キャビンにカーゴマスター二名を搭乗させる。

カーゴマスターは積載物の積み下ろしのほか、搭乗者の乗降を助けたり、安全を護《まも》る保安業務をする。

しかし、ひかるは三日前、福島での〈任務〉につく際に、CH47の乗降口の操作法、緊急時の機内設備の使い方や緊急脱出の方法等につき訓練を受けた。もともと自分は航空機搭乗員だ。カーゴマスターの世話にならなくとも、通常の乗降はもとより緊急時の脱出においても一人だけでこなせる。機密保持のため、キャビン内には自分一人にして欲しいと、出発前にヘリ隊へ要望した。

『よし』

かすれた声がうなずく。

情報班長の門は今、総理官邸にいるらしい。

通話の背景に、ざわざわという、大勢の人が立ち働く気配がする。

複数の報告するような声も。

任用訓練で一度だけ見学したが、たぶんあの空間——官邸地下六階にあるオペレーションルームだろう。

『現在までに把握できている情況と、任務を説明する。繋げ』

「はい」

ひかるはうなずき、同時に顎を引いて周囲の機内空間に自分以外の人の気配が無いことを視野の両端で確かめると、手にしていた衛星携帯をパンツスーツの両膝《りょうひざ》で挟《はさ》んだ。肩から斜め掛けにしているショルダーバッグを開き、貸与《たいよ》品のタブレット端末を取り出すと膝の上に置いた。

耳にはワイヤレスのイヤフォンを入れ、両手の指を使ってタブレットの画面を開くと、衛星携帯に無線で接続した。

「繫ぎました」

●総理官邸　地下
ＮＳＳオペレーションルーム

「よし」

門は、地下空間の壁際にある情報席に屈みこみ、湯川雅彦の肩越しにディスプレーを見やりながら、手にした携帯へうなずいた。

「今から、そちらの画面へ順に情報を送る」

その横で
『総理』

市ヶ谷と映像回線を繫いでいる画面から、声がする。

早口は、井ノ下防衛相だ。

『ただいま統幕から、中央特殊武器防護隊に緊急出動を命じました』

「おう」

会議テーブルから常念寺の声。

「助かる。どのくらいで展開できる？」


中央特殊武器防護隊――

門はちら、と市ヶ谷の画面を見る。

そうか。

陸自の〈対生物化学兵器部隊〉か。

確かに、現在の宍道湖の情況が、あの未確認機のせいだとしたら。

島根県警には対処しきれない。住民を避難させ、護るのが精いっぱいだ。

（しかし）

門は唇を嘗《な》める。

陸上自衛隊の特殊武器防護隊。確かその根拠地は、都内の世田谷《せたがや》だったはず――

島根の湖は遠いぞ……。

そう思いながら、目を情報席の画面へ戻す。

「班長」

湯川が振り返って訊く。

「準備出来ました。いいですか」

「うん」

門はうなずくと、顎で『始めてくれ』と促す。

手にした携帯を、もう一度耳につける。

「舞島。聞こえるか」

8

●日本アルプス上空
CH47　機内
『聞こえるか』
「──はい」
ひかるはイヤフォンの声に、小さくうなずく。

左耳に入れたイヤフォンには骨《こつ》伝導マイクが仕込まれ、囁《ささや》くように話すだけで、声は向こうへ届く。

タブレットも携帯もイヤフォンの類《たぐい》も、普通の市販品に見えるが。ＮＳＳの技術陣が改良を施《ほどこ》し、ヘリ機内の騒音下でも支障なく通話できる。

「聞こえます」

『よし』

声と同時に、タブレットに画像が現われた。

画像は、官邸地下のオペレーションルームから、衛星経由の秘話回線で送られて来る。

これは。

円グラフ……？

いくつもある。何だろう。

『情況からブリーフィングする』

「――――」

ゆさゆさと、ＣＨ47は気流に揺さぶられている。

ひかるは、膝に挟んでいた黒い衛星携帯はシートの脇におき、膝上のタブレットが動かないよう両足でバランスを取る。

今、たぶん本州の中心部にある山岳地帯を越えている。最短コースで山陰地方へ向かっている――

『依田も一緒にブリーフィングしたかったが』門の声は続けた。『今、本業の方で現場に出ている。呼び戻して向かわせるが、時間が惜しい』

「はい」

『当面、君独りで現地へ入ってもらうことになる』

「分かりました」

美奈子さんの、本業……。

そうか。

ひかるはちらと、後にして来た東京の方角を見る。

彼女は。

福島から戻って、早速捜査に出ているのか。

NSSのもう一人の工作員・依田美奈子もまた、本職――警察庁警備局の外事捜査官を兼務している。本来はキャリア警察官で、階級は警視だ(東大卒らしい)。

ひかるの場合『政府専用機の客室乗員にNSS工作員がいると役に立つ』と言う理由で、自衛官と内閣府特別職員を兼務しているが。

四つ年上の依田美奈子の場合も、キャリア外事警察官とNSS工作員を兼務することが国にとって有益らしい。門篤郎の判断で、そのようにされた。このこと——秘密工作員であることは、二人とも本来所属する組織では限られた幹部にしか知られていない。

『今から四日前のことだ』


門の声で、ひかるは画面へ意識を戻す。

いくつかの円グラフ。

これは、何……。

『島根県にある出雲医大の研究センターから、厚労省へ報告があった——というか』

「?」

『厚労省のワクチン担当部門のスタッフの一人が、報告のメールに気づいた』

「………?」

門はいつもの、やるせない感じの声で続けた。

『変な言い方だが。現実的に、仕方ない。厚生労働省は今、全職員が殺人的な忙しさだ。特に新型コロナウイルス対応の担当部署へは、毎日、全国の医療機関や保健所などから大量のメールが送られて来る。ほとんどすべてが、苦情や要望を訴えるものだという。見るだけでも大変らしい』
「――――」
『そのメール――出雲医大からの報告は、ほかの大量のメールに埋もれ、一週間近くも放置されていた。もう少しで読まれずに削除されるところだったらしい。出雲医大というのは、俺も聞いたことがない。医学界でも学術界でもあまり注目されたことのない、地方の大学だ。
そのメールに気づいたのは、厚労省のワクチン担当セクションにアルバイトで来ていた医学生だ。その学生の出身地がたまたま島根県だったので「何だろう」と開いてみた。内容は』

●島根県　海岸線上空
CH47　機内

二時間後。

「間もなく、指示された目的地だ」

雲の下を飛んでいる。

大型ヘリコプターのコクピットは、頭上から左右の操縦席の足下までが曲面ガラスの多数の窓で覆われ、まるで巨大な金魚鉢の中にいるみたいだ。

機内インターフォンで呼ばれ、ひかるが顔を出すと、右側の操縦席から機長の三佐が振り向いて教えた。

「一六〇ノットの最大巡航速度で飛ばして来た。今、海岸線に沿って鳥取県から島根県へ入るところだ」

「ありがとうございます」

ひかるは礼を言って、前方視界へ目をやる。眩しさに目をすがめる——ぐるりと左右の地平線の端までが見渡せる。

弓なりの海岸線が前方へ延び、右側はすべて海。そして左手に、午後の陽を反射する銀色の水面が細く見える。

次第に近づいて来る。

「前方左手が、宍道湖ですね」

「その通りだ」

機長はうなずく。

このヘリでは機長は右側、副操縦士は左側操縦席についている。

ひかるが普段乗務している政府専用機とは、逆だ。専用機ではコクピットへ行くと、機長は必ず左に座っている。ヘリは固定翼機とは左右が逆なのか――

（――）

操縦席、か。

たまたまの巡り合わせだが。ひかるはジャンボジェット――ボーイング747を数回、自分の手で操縦した経験がある（先代の政府専用機を二度、三度目は民間エアラインの747-8だった）。いずれの時も、大勢の生命を救うため、やむなく操縦席に座った。座らざるをえなかった。

こうして、コクピットからの前方視界を見ると。嫌でもその時々の手の感覚、傾いて流れる水平線の様子などが蘇る。

いけない。

ひかるは、右手のひらに蘇る操縦桿の重みを、指を動かして消そうとする。

思い出している場合ではない――

「NSSからの指示では」

機長は続けた。

前回の〈任務〉に続き、今回もまたひかるを運んでくれる入間ヘリコプター空輸隊。

その中でもひかると美奈子が内閣府——国家安全保障局のエージェントであることを知ったうえで協力してくれるのは、上部組織である航空支援集団司令とヘリ隊の隊長、そして副隊長を務める目の前の三佐だけだ。

「出雲医科大学病院の屋上へリポートへ、君を下ろすよう言われている——ここだな」

機長は計器パネルを目で指す。

左右の計器パネルには、対象の位置に二面の航法ディスプレーがある。

ひかるにも見覚えがある。

７４７のコクピットにも、似たような仕様のナビゲーション・ディスプレーがついていた。だからイメージは摑める。自機を表わす三角形シンボルが下側中央にあり、上方へピンク色の線が伸びる。線は、ディスプレー上で水色の湖の岸のある一点に達して、終わっている。

「あと二〇マイルです」

左席の副操縦士が言う。

「七分で到着、目的地上空での残燃料《リメイン・フューエル》は二〇〇〇ポンド。まだ三〇分、飛行可能です」

左席に着く副操縦士の一尉はパネル下側のキーボードを操作し、到着予定時刻と残燃料量を読み上げる。淡々と、業務をこなしている。今回のフライトは内閣府から要請の任務だとは知らされているだろう。しかしひかるの素性までは知らないはずだ。

自衛隊に居れば、防衛秘密に相当する事柄には日常的に出合う。いちいち詮索《せんさく》していたら、きりがない。ひかるもそうだが、そういう時にはただ淡々と業務をこなす。

「舞島一曹」

機長が言った。

右手は軽くサイクリック・スティック（操縦桿）、左手を車のサイドブレーキのようなコレクティブ・ピッチレバーに置いているが。

巡航中は、オートパイロットに操縦は任せているようだ。操縦席の後方に立つひかるを振り向いて話す。

「病院での滞在時間は、どれくらいだ」

「はい」

ひかるは、つい二時間前、衛星電話経由で伝えられた情況——そして〈任務〉の詳細を思い出す。

——『驚くべきものだった』

耳に蘇るのは、電話越しの門篤郎の声。

自分でも、理解するのに少し時間を要した。

門が『驚くべきものだった』と表現した。

確かに——

今、世界中を覆って人類を苦境に追いやっている病《やまい》。

その原因を、根本的に駆逐できるかもしれない『発見』なのだ。

本当ならば、凄《すご》い……。

『内容は驚くべきものだった』

先ほどの門の声は、続けて蘇る。

『メールの報告は、こうだ——島根県の医療の中心である出雲医科大学附属病院では、新型コロナウイルス感染者への対応に追われていたが。三週間前、医大研究センターのある研究員が奇妙な——〈特異な傾向〉に気づいた』

「早ければ、十分程度だと思います」

記憶のリフレインを中断し、ひかるは機長へ答えた。

これからやるべきこと。

「研究センターで、目的の〈サンプル〉を受け取って——その後ただちに、都内新宿区《しんじゆく》にある国立感染症研究所へ向かっていただきます」

「分かった」


舞島一曹は、出雲医大病院に併設された研究センターへ向かい、そこであるもの——ウイルス対策の研究に関わるサンプルだという——を受け取る。受け取ったならば同じヘリでただちに東京都内にある国立感染症研究所へ送り届ける。

一方、依田美奈子警視は後から警察のヘリで島根県警本部へ向かい、現地対策本部に合流、内閣府とのリエゾンとして報告と連絡の任に当たること。

それが今回、急きょ二人にそれぞれ課せられた〈任務〉だ。

『特異な傾向とは』

記憶の中の門の声は続ける。

『いま送った画像だ。これまでは新型コロナウイルスに感染すると、高齢者ほど重篤化《じゆうとく》し、生命の危険にさらされる——そのように言われてきた。しかし、グラフを見ろ』

グラフ……？

門に言われ、揺れるヘリのキャビンで、壁を背に座りながらひかるは膝のタブレットの画面に浮き上がっている画像を見やった。

何を表わしているのか。

色付けされた円グラフはたくさんあって、よく分からない――

『島根県内で、ある特定の地域に居住する住民に限って、感染者がほとんど出ていない。感染したとしても全く発症をせず、自然に回復してしまっている。高齢者でも傾向は変わらず、感染者も発症者もほぼゼロ』

「――？」

『グラフでは、よくわからんだろ』

「はい」

座席で、イヤフォンの声へ正直にうなずく。

「ちょっと、よく」

『そうだろうな』

門の声は続けた。

『ある地域に限り、〈特異な傾向〉が見られた。データを地図に置き換えたものを送る』

（――――）

宍道湖の周りだけ――

ひかるは、コクピットの前方視界に次第にはっきりして来る湖——細長い銀色の水面へ視線を向けた。

頭上の雲を破り、午後の太陽光が湖面へカーテンのように注ぐ。

神の国、か。

出雲には八百万《やおよろず》の神が棲《す》む、という。

コクピットからの展望に重なり
『これを見ろ』

声が蘇り、ひかるはまた先ほどの会話を思い出す。

『円グラフのデータを、地図にプロットした。カラーのドットで示している。黄色い点は感染者、オレンジの点は発症者』

タブレットの画面へ送られてきた画像は、ちょうど前方の地形——日本海に面した島根県の地形図だ。

その上に、無数のカラーの点々がプロットされている。

これは——

後部キャビンの座席で、ひかるは眉を顰めた。

県内でのコロナウイルスの感染者や発症者を、一人を一つの点として、居住地ごとにプロットしたものか。

『赤い点は重症化者。黒い点は、残念ながら犠牲となった感染者を表わす』

「これは……？」

思わず目を見開いていた。

島根県の地図。人口の多い都市部には、様々な色のドットが密集し、その中に黒い点も交じっている。

しかし――

タブレットの画面に息を呑んだ。

湖の――宍道湖の周囲だけ、真っ白……⁉


「舞島一曹」

機長が言った。

「資料によると、目的地の病院の屋上ヘリパッドは小型のドクターヘリ用だ。このＣＨ47が降着するには強度が足りない」

「はい」

そうか。

ひかるは我に返って、思った。

ＣＨ47は軍用車両も運べるくらいの大型機だ。

病院の屋上に設置されたヘリパッド——降着用のプラットフォームは、急患を小型のドクターヘリで運び入れるためのものだから、大型軍用機の重量は支えきれないのか。

「では、どうすれば」

「今、通過したばかりだが」

機長は左後方へ視線をやるようにした。

「美保湾に面して、輸送航空隊の美保基地がある」

「はい」

「宍道湖からは、すぐだ。病院のヘリパッドにはすれすれまで降りるから、君は下部のハッチから跳び下りてくれ」

「跳び下りるのですか？」

「そうだ」機長はうなずく。「我々は、君が病院での用を済ませる間、美保基地で給油をする。どのみち燃料を補給しないと東京までは戻れない。そうしたほうが時間の節約になると思うが、どうだ」

「——はい」

燃料の補給——

そうか。

ヘリコプターの航続距離は、大型旅客機ほど長くはないのか。

たった今、副操縦士の一尉が『三〇分、飛行可能』と口にした。入間からここまでノンストップで飛んでは来たが、残り燃料は少ないのだ。

病院の屋上に駐機出来ないのであれば。待つにしても、上空で旋回していてもらうほかない。もしわたしが研究センターで目的の物――〈サンプル〉の受け取りに手間取った場合、帰路に美保基地へ寄るのも難しくなるだろう。

「分かりました」

ひかるはうなずいた。

「研究センターは病院に併設されていて、渡り廊下で繋がっているそうです。わたしは目的の物を受け取ったら、またヘリパッドに戻って、待ちます」

「うむ」

すると
「私が手伝いましょう」

それまで、ひかるのすぐ左横のオブザーブ席で話を聞いていた機上整備士の二曹が、シートベルトを外して立ち上がる。

若い二曹だ。ひかると同い年か、年下かもしれない。

「下部ハッチから降りる時と、また乗り込む時に手助けします」

「ありがとう」

9

●総理官邸　地下
ＮＳＳオペレーションルーム

「ヘリが間もなく病院へ着きます」

壁際の情報席から振り向き、湯川雅彦が報告した。

「あと一分です」

「よし」

オペレーションルームのフロアに立っていた門は、情報席のコンソールへ歩み寄ると、うなずいた。

「着陸前に舞島と話せるか」

白い地下空間。

先ほどまでと変わらず、ざわめいている。

門は壁の時刻表示をちら、と見上げる。

ヘリ機内の舞島ひかるへブリーフィングをし、指示を伝えてから二時間か――

（――――）

さらに振り向き、メインスクリーンを見やる。


あの国籍不明機……。

――『腹を擦《す》ってしまう』

会議テーブル正面のメインスクリーンには、いま画面を二分割して、日本列島周囲の防空情況と、未だ正体不明の灰色の戦闘機の後姿の静止画像が浮かんでいる。

防空情況を表示するＣＧ画面は、横田ＣＣＰのスクリーンと同じ内容がリアルタイムで送られて来ている。

その山陰沖が長方形のウインドーで拡大され、連絡を絶ったＣ２輸送機の捜索情況が見て取れる。

今は美保基地救難隊だけでなく、小松、築城《ついき》の両基地からも救難機とヘリの応援が出て、全力で海面の捜索に当たっている。オペレーションの指揮を執るのは市ヶ谷——防衛省本省の統幕会議だ。

市ヶ谷の地下にある統合幕僚監部作戦室とは映像回線が開いている。何か判明すれば、ただちに報告がなされ、会議テーブルの総理へ知らされる。

——『あれでは腹を擦ってしまう』

思い出すのは、井ノ下大臣の声。

先ほど——三〇分前のことだ。

市ヶ谷に詰めている井ノ下防衛相から短い報告があった。

行方不明のC2のことではなく、灰色の戦闘機の素性についてだ。

『国籍不明機につき、空幕で分析をしました』

井ノ下大臣は画面越しに、手早く報告した。

『判明したことを申し上げます。まず、ベースになっている機体はJ7で間違いない。中国でコピーされた旧ソ連製ミグ21です。しかし特異な特徴がある。当該機は改造を施され、下腹――胴体の下半分が大きく膨らんでいる』

「そのようだ」

常念寺がうなずき、訊き返した。

「あの腹は、何ですか。まるで卵をぱんぱんに抱えた魚のようだが」

『おっしゃる通りです総理』

井ノ下は画面の中でうなずいた。

『空幕分析班では、胴体内になんらかのタンクを増設していたのではないか、と見ています』

「タンク――燃料を入れる？」

『何とも言えません』

（――――）

門は会話を思い出しながら、メインスクリーンの機影――灰色の後姿を睨む。

液体物……。

井ノ下大臣の話によると。

空幕の分析では、当該機――改造されたJ7戦闘機は、胴体に急ごしらえの改造を施し、大容量のタンクを増設している。

爆弾倉でなく、タンクと判断したのは、形状からだという。

液体物を大量に入れていたのではないか、という。

また、なぜ急ごしらえと分かるかと言うと、画像を拡大して分析すると機体表面の工作の粗《あら》さが目立つ。同じく表面には国籍や所属を示す標識類が一切、書き込まれていないので、どこからやってきた何者なのかは判明しないという。

海自イージス艦と、空自E767に発見されるまでの航跡は不明。

「燃料タンクを増設し、どこかとんでもなく遠くから低空を這って飛来したと……?」

常念寺は訊いた。

確かに。

あの戦闘機が、通常の航続距離を遥かに超えるくらいの遠方から来たのならば。

初めは翼下に吊るした増槽の燃料を使い、増槽が空《から》になったら捨て、引き続いて胴体内の増設タンクの燃料を使って日本近海まで飛行して来た――

普通に考えれば、そうなるのか。

また中国製と言っても、J7は多数の国へ輸出され、世界中に出回っている。どこか遠くからやって来たのだとすれば、必ずしも中国が差し向けた機体とは言えないか……。

しかし
『いえ総理』

画面の中で井ノ下は頭を振った。

『当該機は、陸上から発進したのではありません』

「何」

常念寺は訊き返した。

「何と言いました」

『あれは陸上から発進したのではない、と申し上げたのです総理』

井ノ下は手にしたメモを見るためか、視線を下げた。

『分析では。あの下腹のサイズでは、通常のＪ７の着陸脚では地面に届きません。脚を出した状態で地面に置くと、あれでは腹を擦ってしまう。胴体内増設タンクの容量は、概算で三〇〇〇リットル以上――滑走路から走って飛び上がるのは無理です』

「――――」

すると
「まさか」

それまで黙って聞いていた危機管理監の障子有美が口を開いた。

「まさか井ノ下大臣。船上から――」

言いかけ、ハッと気づいたように障子有美はメインスクリーンを仰《あお》ぐ。

（………?）

つられて、門もスクリーンを見やった。

有美の視線の先。

CGのマップ上、C2輸送機の捜索が行なわれる海面のさらに北側――少し離れた位置に、赤いバツ印がある。

有美はそのバツ印を見ているのか。

さっき収集センター経由で、海上保安庁からの報告があった。

C2輸送機とは別件で、海難事故の知らせだった。

日本海・島根県沖、隠岐島《おきのしま》の西方三〇マイルほどの海面で、大型貨物船らしい船体が爆発して炎上、沈没しつつある――

わが国の船舶に該当する船はなく、船籍は不明だ。そちらの現場へは海保第八管区の巡視船とヘリが全力出動し、生存者の捜索に当たっているという。

「まさか船上から、ジェット補助推進システム《JATO》で？」

『それは否定できません』

「情報班長」

「――」

背中で呼ぶ声がしたので、門は思い出すのを止めた。

振り返ると、厚労省の若い技官――堤大臣に随行して来た若い官僚の一人が歩み寄って来た。

携帯を手にしている。

医師免許を持った医系技官であるらしい。

先ほど名刺は交換した。仮屋真司《かりやしんじ》という男だ（東大の卒業年度を聞くと、門よりも少し若い）。

削《そ》げた頬をしている。仮屋は上目遣いに「やはり」と言いながら手の携帯を示した。

「班長。やはり主任研究員と繋がりません、行方が分からない。警察からは何か連絡はありませんか」

「いや」

門は頭を振った。

警察庁を通して、島根県警本部へ指示を伝えたのは二時間以上も前だ。この技官――仮屋真司の示した出雲医大研究センターへ捜査員をやり、主任研究員の身柄の安全を確保すること。もしも不在であれば、県警は捜査力を発揮して行方を追うだろう。

ちら、とまた壁の時刻を見る。

何の報告も無しか――

確かに。

島根県警は今、宍道湖の水面上で複数の『人が昏倒する事案』が起きたことを受け、湖岸へ住民が近づかないよう規制線を敷いている。機動隊も出動させ、指揮下の人員は総動員しているだろう。

しかし門は、警察庁本庁を通じて指示を出している。普通ならば県警本部長がじかに動くはず。『主任研究員を捜して護れ』という指示が、後回しにされるはずはない。

二時間が経過しても何の中間報告も無いのは、どうしたのか。

「確かに、何も情報が入って来ないのはおかしい」

門も腕組みを解き、自分の携帯を取り出す。

「県警には問い合わせてみるが」

「お願いします」

技官の仮屋真司は「お願いします」と言いながら、肩で息をする。

この男。

憔悴しているのか……？

分からないでもない。

島根では、今から三週間ほど前、出雲医大の研究者の一人が大変な発見をした。しかしその報告を厚労省の担当部局では一週間も気づかず放置していたのだ。

先ほどからの堤大臣の説明では。

宍道湖の周囲の『ある範囲』に居住する人々の中に、新型コロナウイルスに感染した人がほぼゼロ（ごく数人の例外を除きゼロ）である、という事実が判明した。

他の地域とは明らかに異なる。

このエビデンスから、湖の固有の生態系に何らかの秘密があるのではないか――？　と推測ができる。

その研究者――主任研究員と言っても、医師として病院の臨床の現場で治療にも当たらなくてはならない――は殺人的な業務量の中、調べてみた。すると、湖畔住民の中で感染したわずか数名は嗜好《しこう》として水産物を嫌い、あるいはアレルギーの関係で特産のシジミや、小魚や海藻《かいそう》の類は日頃から口にしていなかった。しかしそのほかの感染しなかった住民は、湖から獲れたものは日常的に食べていた。

主任研究員は取り急ぎ、手に入る範囲のデータをそろえ、さらに調査し研究するためには人手も費用も掛かるので臨時に研究費をつけて欲しい、と厚労省へ嘆願のメールを出した。

しかし厚労省からは何の返答もない。

「心配するのは分かるが」

門は技官の顔を覗き込んだ。

「あまり気に病むな」

「いいえ」

若い技官――仮屋真司はうつむき、肩で息をする。

「美田園《みたぞの》さんのメールを一週間も放置した責任は、自分にあります。担当部局の責任者は僕だった。手伝いに来ていた学生が気づかなければ、ほかの苦情メールと一緒に削除するところだった。あんな凄い発見を――」

仮屋真司は唇を噛んだ。

「――美田園主任は、それでも研究を続けていてくれたが。我々からの返答が何もないので困り果て、研究センター長に相談した。センター長も中央の政官学界にパイプが無いので、こともあろうに〈日本科学会議〉の中央理事局へデータを開示して、相談してしまった。文科省から予算をもらえるかもしれないからと――くっ」

「…………」

言葉に詰まる若い技官を、門は見た。

〈日本科学会議〉――

研究員もセンター長も、地方の大学で研究に没頭していたら、おそらく最近の事情には気づいていなかったに違いない。

確かに、とんでもないところへデータを持ち込んでくれた……。

「県警には問い合わせるが」

門は、大学の後輩にあたる技官の肩を叩《たた》き、背後の情報席を親指で指す。

コンソールでは湯川が通信システムを使い、舞島ひかるの衛星携帯を呼び出しているところだ。

「今、うちの工作員が病院の屋上へ降りる。君たちの要請したとおりにやる。一緒に見よう」

すると
仮屋真司はさらに不安げに、握った携帯を門に示した。

「班長」

「実は、もう一つ」

「？」

「実は〈サンプル〉を引き渡してもらえるよう頼んだセンター長とも、先ほどから連絡がつかなくなっています」

●島根県　宍道湖上空
　ＣＨ47　機内

（うっ）

後部キャビンの床ハッチが、機上整備士の手で引き上げられ、開くと。

外気が吹き上がり、ひかるのうなじまでの髪をなぶった。

風圧。

片膝をついたひかるは、左手で顔の下半分を覆うが、目はそのまま四角い開口部へ向ける。

真下が、見える――

タービンエンジンのキィイイインという金属音と共に、下界の様子がハッチ開口部に広がった。

真下に流れる地表面。

緑の樹木と、木々に隠れながらくねるように続く道路。

ＣＨ47の胴体中央部にある下面ハッチは、一辺が一メートルに満たない正方形だが。遮るものもなく、機体の真下を眺めることが出来た。

ひかるは開口部の縁に片膝をついた姿勢で、吹き込む風圧に逆らって四角い下方視界を見下ろす。

(降下している)

ヘリの飛行速度で地表面は流れる。

高度は今、五〇〇フィートくらいか……？

目的地が近いのだ。ぎざぎざの湖岸に沿って、このチヌークの機体の影が踊るように走り、少しずつ大きくなる。

さらに緩やかに降下している。

「湖面の上空で」

飛行服の機上整備士は、耳につけた機内通話用インカムを手で押さえながら言う。

風圧とエンジン音に逆らうので、声が大きくなる。

「『湖面上で五〇〇フィート以下へは降りるな』と、県警のヘリに言われたそうです。ぎりぎり水面にかからないようにして、岸沿いに降下しています」

「病院――研究センターは、湖に面しているのですか」

ひかるは訊きながら、斜め掛けにしたバッグからタブレットを取り出す。

班長からブリーフィングを受けた時、出雲医大病院と、付属する研究センターの施設見取り図はもらっている。

門篤郎の説明では。厚労省の技官が研究センターの責任者に対して、政府へ引き渡す研究用の〈サンプル〉をあらかじめ準備し、待機するよう依頼している。

現時点での研究データはすべて、すでに厚労省へ提出されているが。

〈サンプル〉の現物は、取りに行かなくてはならない。

研究センター責任者からは『了解』の返事を受けている。ただしNSS要員が自衛隊のヘリで取りに行く、ということまでは通知できていない。

ひかるの〈任務〉が決まってから、技官が追加の連絡をしようとしたが、今のところ責任者がつかまらない。

本当ならば、屋上ヘリパッドで〈サンプル〉を用意して待機していてくれれば、わたしが降りる必要もないのだけれど――

ヘリパッドのある病院本館の屋上から、渡り廊下で繋がる別棟の研究センターまでの道筋は、見取り図で確認できる。

屋上は十三階で……

「湖岸に面しているようです」

機上整備士が答える。

「出発前の飛行計画のマップでは、そのはずで――う」

（？）

機上整備士がふいに声を詰まらせたので、ひかるも意識をタブレットの画面から外界へ戻す。

真下は、くねるような道路が湖岸に沿って走り、ヘリの進行方向の左側は水面だ。

湖の上を低く飛ぶな――

たった今、機上整備士は言った。

現地の警察のヘリが警告して来たという。

どうしてなのか。

――『突っ込んだ』

（…………）

ふと頭をよぎるのは門の声。

同時に浮かぶのは、先ほどタブレットに送られてきた写真――機影だ。

ブリーフィングの最後に、門に見せられた。

灰色の、小型戦闘機の後姿。

――『先ほど、こいつが湖に突っ込んだ。国籍不明機だ』

日本海に国籍不明機が三機出現、うち一機が空自スクランブル機のインターセプトを振り切って、宍道湖の湖面へ『突入』したという。

今回の〈任務〉との関係は不明。写真は、空自スクランブル機が真後ろから撮影したショットだという。独特のシルエット。妙に下腹の膨れた……

「……!?」

次の瞬間、ひかるも息を呑んでいた。

目に入って来たもの。

機の真下から左手へ、湖面の様子が広がる――

何だ。

(何……!?　この湖の)

息を呑むのと、パンツスーツの腰のホルダーに差し込んだ衛星携帯が振動するのは、同時だった。

左耳に入れたイヤフォンに着信トーンが短く鳴る。

『──舞島一曹』

若い男の声。

『舞島一曹、オペレーションルームです』

●総理官邸地下
ＮＳＳオペレーションルーム

「繋がりました」

湯川がヘッドセットの耳を押さえて言う。

「舞島一曹の衛星携帯です」

「よし」

門はうなずくと、自分もコンソールの卓上からワイヤレスのヘッドセットを取り、頭に掛ける。

「舞島、聞こえるか」

細いマイクに呼びかけるのと同時に「位置は出るか」と湯川に訊く。

「こちらに出ています」

湯川は情報席のサブ画面の一つを指す。

「衛星携帯の、ＧＰＳ位置情報です。まだヘリの機上にいます」

見ると。

画面にはカラーでマップが表示され、ゆっくりと下向きに流れている。

中央にある赤い点が、舞島ひかるの所持する衛星携帯電話のＧＰＳポジションだ。

四角いマップは、宍道湖の湖岸を拡大しているのか――くねるような湖岸の曲線が、上から下へゆっくり流れる（縮尺を考慮すると、それでも時速二〇〇キロくらいは出ている）。

進行方向――マップの上端から、十字を五角形で囲んだマークが現われ、ゆっくりと下がって近づいて来る。

あれが病院か。

「舞島」

『――――』

●宍道湖上空
　ＣＨ47　機内

『舞島、聞こえるか』

　耳の中のイヤフォンに、情報班長の声が入った。

　しかし
「――――」

　ひかるは、眼下の光景に目を見開き、すぐに応えられない。

　なんだ。

　あの水面の様子は――!?

『舞島』

「――は、はい」

　ようやく返事をする。

　ＣＨ47は降下を続けている。真下の湖の縁を機体の影が踊るように這いながら大きくなっていく。

　そして――

あれは、なんだ。

視界の左手、湖の中央部——鈍い銀色の水面が濃い乳白色の靄《もや》に覆われている。固体のように盛り上がる、濃密な白い煙がもくもくと湖の中央部から周囲へ向けてゆっくり膨張して行く。

クリームのような靄の隙間に、水面はかろうじて見え隠れする。小舟——小型の漁船のような影がある。モーターボートのような影もいくつか、ちらちら見える。

（——）

舟はいずれも航跡を曳《ひ》かず、停止しているようだ。

そして。

何だろう、水面に散って見える無数の……

『舞島、湖の様子が見えるか』

「は、はい」

『ライブカメラをつけろ』

そうか。

ひかるは気づいて、斜め掛けしたバッグに左手を差し込み、内ポケットから輪のような形の小物をつまみ出した。そのまま指で髪をよけ、耳に掛ける。

耳掛け式ライブカメラはすぐにフィットし、細い毛髪のようなチューブがひかるの髪の隙間から前方へ突き出す。ちょうどひかるの左目の高さだ（チューブは前方からの光を拾うファイバーで、カメラは根元の輪の中にある。髪の中に隠してしまうと、外目には撮影しているように見えない）。

ピッ

イヤフォンに短いトーンが鳴り、カメラが無線で衛星携帯に繋がったことを知らせる。

「見えますか」

『待て――よし映った』

外の様子も気になるが。

ヘリはさらに高度を下げる。

何か聞こえる――

何だ。

（――サイレン？）

見えた。真下……。額縁のような四角いハッチ開口部の進行方向から、赤い閃光《せんこう》がフラッシュしながら現われた。湖の縁沿いの道路を車が走っている。ヘリは覆いかぶさるように、真上を追い越していく。

赤い閃光灯。救急車だ。

目をさらに道路の先の方へやると、赤い閃光を瞬《またた》かせて走る車両は一つだけでなく、まだ何台もいる。

急に道幅が広くなる――いや。

(――駐車場……?)

第Ⅲ章　サンプル

1

●島根県　宍道湖　湖岸上空
ＣＨ47　機内

『舞島』

イヤフォンに入る門の声で、ひかるは我に返る。

ヘリの真下――四角い床ハッチ開口部から見下ろす地上の様子に、息を呑《の》んでいたのだ。

湖岸に沿って走る道路が、急に広くなったように見えたのは大規模な駐車場に接続していたからだ。

ぐうっ、とGがかかり、下方視界の流れが止まる。

下方視界が左回りに回転する。ヘリが、駐車場の上空で行き脚《ゆあし》を止め、向きを変えている。

車で埋まっている——百台くらいは優に入るだろうか、駐車スペースの枠には整然と乗用車が並び、すべて埋まっている印象だ。

その中をかき分けるように、赤い閃光灯《せんこうとう》を瞬《またた》かせる救急車が五つ、六つ。駐車場内のレーンを移動していく。

ヘリはまるで救急車を追いかけるように、駐車場の真上で向きを変え、ゆっくり進み始める。地面からの高さはすでに二〇〇フィート——六〇メートルを切っている。車の群れは手の届くような近さだ。タービンエンジンの爆音に交《ま》じって、サイレンの音が聞こえるかのようだ。

目を引いたのは、駐車場の中央部に設営された、白い四角いテントだ。大きいものが二つ。

『舞島、もう一度、湖面の様子を見られるか』

「——え、はい」

しかし、開口部から後方——湖の水面の方を見ようとした瞬間、真下が急に手の届く近さの平面になり、フラットな緑色の中に大きな〈H〉の文字が現われた。

これは……？

「ヘリパッドの真上へ来ました」

機上整備士の二曹が、機内通話用インカムのイヤフォンを押さえて言う。

「今、高さを合わせるそうです。降りる準備を」


着いたのか。

この真下の緑色の平面が、病院の屋上――？

二曹へうなずくと。

「――はい」

ひかるは耳のイヤフォンを左の人差し指で押さえ、通話の向こうの門へ告げる。

「班長、屋上へリパッドに着きました。ヘリが大型すぎて接地は出来ません、これから跳び下ります」

もう、湖全体の様子は、ここからでは見えない。

しかし病院で目的の〈サンプル〉を受け取ることの方が、先だろう。

『――分かった』

●総理官邸　地下
NSSオペレーションルーム

「分かった、舞島」

門は情報席へ屈《かが》みながら、インカムのマイクへ応《こた》えた。

湯川の着席するコンソールの画面の一つに、舞島ひかるが左耳に掛けているライブカメラの映像が出ている。

揺れ動く——撮影者の見ている視界そのままだ。時おり、ちらっとノイズは走るがほぼ安定した受信状況だ。

「受け取りに向かってくれ」マイクへ指示しながら、思い出して付け加えた。「バッジは、持っているか」

『はい』


「センター長は、やはり出ない」

門の横で、厚労省技官の仮屋は自分の携帯を耳につけている。

東京から差し向ける内閣府職員に、目的の物——研究用〈サンプル〉を渡してくれるよう頼んではある。しかし女子のNSS要員が自衛隊のヘリで向かう、ということまでは通知していないという。

「とりあえず、研究センターのある別棟へ向かうよう指示してください」

「わかった」

そこへ
「班長」

湯川が振り向いて告げる。

「先ほど一瞬ですが、ライブカメラの視界に湖面の様子が映り込みました。画像をプレイバックすれば――」

「うむ、やってくれ」

門は湯川へうなずき、画面へ視線を戻して「舞島」とインカムへ告げた。

「舞島、研究センターの責任者と、連絡が取れない。とりあえず施設へ向かえ」

●出雲医大病院　屋上
CH47　機内

『もし途中で制止を受けたら、バッジを使え』

「わかりました」

ひかるがうなずく間にも。

四角いハッチ開口部のすぐ真下に、揺れながら緑色の平面が近づく。

大きな白抜きの〈H〉の文字が、開口部の視野をはみ出す。

CH47が、屋上へリパッドの真上すれすれ――機体の腹を擦《こす》りつけるような低さへ降りてくれている。

ひかるはタブレットをしまい込んだショルダーバッグのストラップを左手で保持し、右手を上着の内ポケットへ入れる。そこに革製のバッジ――折り畳み式の身分証が入っているのを指先で確かめる。

もう一つ、口紅のような細い小さな円筒も指先に触れる。これは〈お守り〉だ（今回、使うことは無いだろう）。

しかし
研究センターの責任者と、連絡が取れない……？

訝《いぶか》るひかるに
「舞島一曹」

機上整備士の二曹がインカムを押さえて言う。

「機長が、この高さでいかがですかと訊《き》いています」

もう一度、真下を見る。

緑の表面は、ほとんど手が届く——高さは一メートル半か。

「いいです」

ひかるはうなずく。

「行きます」

「我々は、美保基地で給油をして戻ります」

二曹は、コクピットの方をちらと見て、告げる。

「最短で、三〇分あれば戻って来ます。このヘリパッドで、待機していてください」

「分かりました」

●総理官邸　地下
NSSオペレーションルーム

「総理、厚労大臣」

門は、空間中央のドーナツ型テーブルを振り向いて告げた。

「うちの要員が、病院へ降ります」

「湖の様子は」

堤美和子が、常念寺よりも早く反応した。

「湖の様子は見られますか」

「うむ」

常念寺はメインスクリーンの輸送機捜索情況を見やっていたが、門を振り向いた。

「魚が浮いている、という報告だが」


「お待ちください」

湯川が代わりに応え、情報席でキーボードを操作する。

「舞島一曹のライブカメラの映像を、巻き戻します」

「メインスクリーンの方へ出せるか」

門は湯川へ指示した。

湖の様子は、メインスクリーンで総理らに見てもらうとして。情報席の画面は、舞島ひかるの活動を引き続きモニターするのに使いたい。

画面では緑色にコーティングされた何かの表面がうわっ、と近づき、カメラをつけた撮影者が一メートル余りを跳び下りたのだ、と分かる。

「――――」

門は揺れ動く画面のフレームに目をやりながら、上着から携帯を取り出す。舞島ひかるとの通話に使うのとは別の、私用の携帯だ。

視野の端で画面をタップし、親指で発信する。

こちらの呼び出し先は、秘密の番号だ。先ほどから何度か連絡を取ろうと試みているが、繋《つな》がらない。

楊は、取り込み中か……？

「駐車場が満杯のようだな」

常念寺が、メインスクリーンでプレイバックされる映像を見上げて言った。

「テントがある──出雲医大病院の敷地か？」

「あれは〈発熱外来〉です。総理」

常念寺の横で、堤美和子が言う。

「コロナ感染の疑いのある人は、病院内へ入れません。あのように駐車場の車の中で、タブレットを渡されて、リモートで医師の問診を受けます。感染の疑いが強いと判断されたら、あのテントの中で検査を受け、隔離病棟へ入院するか、ホテル待機にされるかが決まります」

「むう」

「映っていた救急車は、直接、病棟へ横付けしていたようです。たぶん、コロナ患者ではなく、湖の上や周囲で昏倒《こんとう》した人が運び込まれたのでは」

●出雲医大病院　屋上

「――くっ」

宙で揺れ動く機体から、コーティングされた堅いヘリパッドの表面へ跳び下りた。

滑《すべ》り止め効果のある、ざらついた表面。

靴《くつ》はウォーキング用のローヒールだったが、スニーカーではない。着地のショックは、膝《ひざ》を大きく曲げて吸収する。

大丈夫だ――

そのまま身を屈め、両手の指を表面につく。下手に立ち上がれば、離脱するヘリの機体の腹に頭をぶつけかねない（そのくらい、低く降りてくれている）。

「大丈夫ですかっ」

頭上から二曹の声。

ひかるは膝をついた姿勢のまま上体をひねって振り仰《あお》ぎ、左手の親指を立てて『大丈夫』と合図する。

ハッチの開口部の上で、二曹も親指を立てて応えると、インカムのイヤフォンを押さえながらマイクに何か言う。

途端《とたん》に、ひかるの頭上に覆《おお》いかぶさっていた暗緑色の巨大な機体が猛烈な風圧を叩《たた》きつけ、上がって行く。


数秒間、呼吸も出来ないのをこらえたが、すぐに巨大な物体は頭の上から消えて、ボトボトという重たいローター音と共に上空へ去って行った。

ひかるは呼吸を整えながら立ち上がり、くるりと身体《からだ》を回して周囲のクリアリングを行なう。

未知の場所へ降り立ったのだ。自分の周囲三六〇度に脅威が存在しないか、本能的に確かめた。

（────？）

見回すと、ヘリパッドの一方の隅《すみ》に鳥籠《とりかご》のような構造があり、ちょうど箱型の物体がフレームの中を上がって来て、扉を開く。

エレベーター……？


そうか。

CH47の爆音は、物凄《ものすご》い。

小型のドクターヘリの比ではないだろう。病院の関係者が『何事か』と思い、急いで見に上がって来たか。

ならば、話は早い——

●総理官邸　地下
NSSオペレーションルーム

「楊は出ないな」

情報席の後方に立ったまま、門はつぶやきながら携帯を懐《ふところ》へしまう。

「さっきから、何度もかけているが」

つぶやいたのは、障子有美がそばへ寄って来たので『台湾国家安全局のカウンターパートとは依然連絡が取れない』と教えるためだ。

「向こうは出ないの」

「ああ」

門は頭《かぶり》を振る。

「台湾からの知らせは、あれきりだ。結局」

「門君」

機密を護《まも》れる人員しかいないはずのオペレーションルームだったが。

それでも障子有美は、門の傍《そば》へ寄ると、声を低めて早口で訊いた。

「あの国籍不明機、何だったの。中国大陸内部の工作員から『あれを墜《お》とせ』と言って来たんでしょ」

「そうだが」

門は腕組みをする。

「今のところ、起きている事実から推測するしかないが」

そこへ
「情報班長」

もう一方の横から技官の仮屋がコンソールの画面を指す。

「あれを。病院の関係者が、上がって来たようです。白衣を着ていないから、医師ではない――事務長かもしれない」

●出雲医大病院　屋上

「ちょ、ちょっと。あなたは一体」

黒縁《くろぶち》の眼鏡《めがね》をかけた、ダークスーツの人物がエレベーターを出ると、速足で歩み寄って来る。

ＣＨ47が飛び去っても、吹きさらしの屋上は風が強い。

ダークスーツの人物が険《けわ》しい表情なのは、少ない頭髪を風で持って行かれそうになっているせいか、あるいは自衛隊の大型ヘリから飛び降りて来たひかるを不審に思っているせいか——

「ちょっと、どなたですかっ」


（————）

あまり、歓迎されていない。

ダークスーツの人物は五十代だろうか、上着の前ボタンをきちんと留めていて、言葉遣《づか》いは丁寧《ていねい》だが、声は表情と同じくらい険しい。

やはり連絡が行き届いていないか。

ひかるは思った。

センター長と連絡が取れない——班長はそう言っていた。

「わたしは」ひかるは左手で上着の内ポケットからバッジを取り出すと、上下に開いて示した。「警察の者です」

ダークスーツの人物は、間合い三メートルくらいのところで驚いたように足を止めた。

ひかるの示した革製の身分証を、上目遣いに見た。

片手で開いて示したバッジ――身分証には、上側に大きく金色の桜の代紋《だいもん》、その下に写真と〈身分〉が表示されている。

上半身の写真は自衛隊の制服ではなく、撮影する時にだけ借用した警察官の制服だ。表示された所属は『警察庁警備局　外事情報課』、階級は『警部』。

NSS工作員には、同時に外事警察官の身分が与えられている。わが国にはスパイ防止法が無いので、外国工作員の疑いがある人物に職務質問をするのに、警察官の身分が必要になる。また、指示に従わず抵抗した際には公務執行妨害で逮捕するが、その場合も警察官の職務権限が必要だ。

ひかるは警察官としての訓練は受けていないが、身分証はダミーでなく本物、外事情報課の警部としても書類上は正規の発令を受けている（警察庁に出勤したことは一度も無いのだが）。

「警察庁警備局の者です」

ひかるはダークスーツの人物へ、繰り返し告げた。

「内閣府の指示で、自衛隊の協力を得て東京から来ました。こちらの研究センターで、責任者の方から依頼した〈サンプル〉を受領し、急ぎ戻ります」

「――？」

ダークスーツの人物は、黒縁眼鏡の奥で目をしばたたかせた。

何のことなのか、分からないのだろうか……？

この人物は、病院内のどのような役職の人なのか――

●総理官邸　地下

NSSオペレーションルーム

「何か、話しかけられているな」

門は画面を見ながら、湯川へ問うた。

「あの人物の話している声は、拾《ひろ》えないか」

「いえ」

情報席の湯川は、画像をプレイバックする作業を続けながら頭を振る。

「舞島一曹のイヤフォン内蔵マイクは、骨《こつ》伝導によって、装着者の声を拾うためのものです。少し離れてしまうと、相手の話声は入りません」

「――だろうな」

門は息をつき、右横で並んで見ている仮屋技官に「名前は」と訊いた。

「センター長の名前を教えてくれないか」

「塩見《しおみ》です」

仮屋も画面を注視しながら答える。

舞島ひかるの視野を映す画面では、風に髪の毛を持って行かれそうになりながら、五十代らしいスーツ姿の人物が口を動かしている。

カメラに目線を向け、険しい表情。

「センター長は塩見正《ただし》。内科の医師で、確か、内科の役職も兼務しているはずです」

「そうか」

「通話はスピーカーに出してくれ」

門は湯川へ指示した。

そばに立つ障子有美と、技官の仮屋にも情況を把握してもらった方がいい。

「舞島」

門がインカムのマイクに指示を出そうとすると
「私の名前も出してください」

横で仮屋が言う。

「厚労省の仮屋技官から、塩見センター長へ〈サンプル〉引き渡しを頼んである、と」

「わかった」

「あの画面の人は多分、病院の事務長だと思います」仮屋は付け加える。「今、大変なはずだ。病院は湖に近いので、県警からは退避勧告をされている可能性が高い。しかし隔離病棟に満杯のコロナ患者を抱えていて、病院ごとただちに他所《よそ》へ避難するなんて物理的に不可能です」

「――――」

門は唇を噛《か》んだ。

そうか。

そういうことがあったか。

しかしとりあえず、舞島ひかるへ指示を出さなくては。

「舞島、聞こえるか」門はインカムのマイクを口元へ引き寄せ、告げた。「いいか、今から俺の言うとおりに交渉してくれ」

2

●出雲医大病院　屋上

「ちょっと待ってください」

ひかるは、人差し指で左耳のイヤフォンを押さえると、衛星回線の向こうの門へ言い返した。

目の前のダークスーツの人物からは、視線を少し外《はず》す（手放しで通話できるのは便利なのだが、事務長を名乗った人物と差し向かいのままで門と話すのは、ちょっと変だ）。

門は、今から俺の言うとおりに交渉しろ——そう言うのだが。

ちょっと待って欲しい。

「班長、それよりもまず『陸自の防疫《ぼうえき》部隊はいつ来るのか』と訊かれています」

数分前、ひかるが降り立つのとほぼ同時にエレベーターで屋上へ上がって来たダークスーツの人物。

険しい表情で歩み寄って来たその男性は、ひかるが外事警察官のバッジを示すと、驚いた——というより心外そうな顔つきをした。

「警察——⁉　自衛隊じゃないんですかっ」

任務中に怪しまれたり、地元の警察官とバッティングして行動を制限されかかったら、とにかくバッジを見せろ。

門からは、いつもそう言われている。

街中で外国工作員を職務質問して、任意同行させたり、あるいは『公務執行妨害』に持ち込んで拘束したりするオペレーションでは、地元の所轄警察官とかち合うケースがある。こらお前、何をしている——そう誰何《すいか》されたら、バッジを見せろ。

警察は自衛隊同様、階級社会だ。〈警部〉の階級を見た瞬間、たいていの警官は威儀《いぎ》を正して「ご苦労様です」と敬礼し、以後は邪魔してこない。ひかるが女子で若くても、関係ない。キャリア警察官という存在がある（同僚の依田美奈子はすでにひかるの年齢で警部だったという）。

一般市民に対しても、警察官の身分証を示せば信用してもらえる（国家安全保障局の工作員ですなんて、本当のことを言えるわけもない）。

しかし。

「私は、この病院の事務長です。事務長の田上《たがみ》だ」

男性は名乗り、繰り返して「あなたは自衛隊ではないんですか」と訊いた。

ひかるは、本来の身分は航空自衛官だ。

しかし、目の前の人物――病院の事務長だという男性が口にする『自衛隊』に、何か特別の意味があるような気がする。

「警察庁警備局、ですが」

ひかるは繰り返してから、訊き返した。

「どういうことなのですか」

「あぁ、もう」

目の前の『事務長』は。

たった今、ひかるが「〈サンプル〉を取りに来た」と告げたことなど、耳にも入っていない様子で頭を抱える仕草をした。


事情をお話しください。

私は、総理官邸へ直接に連絡が出来ます。

そう告げると。

事務長は、ひかるに向かってまくしたて始めた。

現在、ここは大変なことになっている、と。

今朝からだ。数時間前、湖へ謎《なぞ》の国籍不明機が突っ込んだ時から——自分は直接に突っ込む瞬間を見てはいないが、病院のすべての窓ガラスが突然、一斉に震えた。何事か⁉と外を見ると、湖面中央部に爆発のような水柱が盛り上がり、波紋の広がる様子が見えた。

何が起きたのか、分からなかったが。事故や災害の発生時には急患の受け入れ要請が急増する。しかし出雲医大病院は、島根県の感染症指定医療機関としてコロナ感染者の対応を担っているから余力はない。医師、看護師の手配をどうしようか悩む暇もなく、湖で倒れたという人が救急車で搬送され始め、続いて警察がやって来た。

「警察が言うには。政府の要請で、湖の周囲一〇〇メートル以内から住民を退避させている。おたくの病院も一〇〇メートル以内に入るから、すべての入院患者と職員を離れた別の病院へただちに移動させろ、と。私は思わず『ふざけるな』と怒鳴《どな》り返した」

事務長は、きちんとした物言いをする人物に見える。しかし、警察から突然『全入院患者の退避』を言われたことがよほど腹に据えかねたのだろう、怒りを思い出すように拳《こぶし》を握り締めて続けた。

「退避と言うが。重篤《じゅうとく》化したコロナ肺炎患者を移動させるには、アイソレーターという特別装備を持つ救急車が必要だ。これは県内に二台しかない。そのうえ患者を一人搬送したら、その後で一時間かけて消毒をしないと次の患者に使えない。うちの隔離病棟には何百人いると思っているのか。よその病院へただちに移せなんて、物理的に不可能だ」

「――はい」

ひかるは、事務長の剣幕に相槌《あいづち》を打つしかない。


ここへ来る途中、CH47の機内で受けたブリーフィング。

門の話の中で、宍道湖へ突っ込んだ国籍不明戦闘機については最後に付け加えられただけだったが。

ついさっき、ヘリの床面ハッチから覗《のぞ》き見た、湖の様子――一面、白い靄《もや》に包まれた中に無数に浮いていた白い点々……。

あれは――

「警察の話では」

事務長は続けた。

「湖の上に、何か正体不明の有毒ガスらしきものが発生しているらしい。何か正体不明の――って、何だ？　と訊いても『何もわからん』と言う」

「――――」

「県警には調べる能力も対処能力もない。いま県警本部では県知事を通し、国の方へ自衛隊の防疫専門部隊を出動させるよう頼んでいる。どこから来るんだと訊くと、たぶん東京からだという」

「――――」

ひかるは、まくしたてる事務長の必死さに、息を呑んでいた。

入院患者を移動させるのは物理的に不可能――

有毒ガス……？

事務長は「とにかく」と続けた。

「防疫部隊が来てくれるのなら、とにかく真っ先に、この病院を護ってくれ。県知事を通して要請してくれと、頼み込んでいたところです。そうしていたら自衛隊の大型ヘリがやって来た。防疫部隊の先遣隊か――!?　と大急ぎで上がって来たら、降りていたのがあなた一人だ。いったい――」

そこへ
『舞島、聞こえるか』

衛星電話経由で、門の声が入ったのだ。

『いいか、今から俺の言うとおりに交渉してくれ』

ひかるはダークスーツの事務長から「いったい防疫部隊は、いつ来てくれるのか」と問い詰められ、門に「ちょっと待ってください」と言わなければならなかった。

「班長、防疫部隊は、いつ来るのですか」

『防疫部隊？』

「そうです」

ひかるはうなずき、重ねて訊いた。

「病院の事務長から訊かれました。東京から陸自の防疫部隊が来てくれるのですか」

●総理官邸　地下
NSSオペレーションルーム

『来るなら、いつ来てくれるのか。そう訊かれています』

スピーカーから舞島ひかるの声。

『入院している人たちをよそへ移すのは困難だそうです』

「………？」

防疫部隊……。

そうか。

「舞島」門はインカムに応えた。「特殊武器防護隊なら、すでに出動している。だが世田谷の駐屯地から、おそらくは入間経由で向かう。オペレーションの指揮をしているのは市ヶ谷だが、どのくらいで現着できるか、今のところは分からん」

「有毒ガスが出ているの？　湖に」

横で障子有美が訊く。

「病院に被害は」

●出雲医大病院　屋上

「この病院に、有毒ガスによる被害は出ているのですか」

ひかるは、イヤフォンを指で押さえながら事務長へ問うた。

門から訊いて来たのだ。

病院に、すでに被害は出ているのか。

「官邸のオペレーションルームが、確認したいと言っています。湖の有毒ガスで、病院に被害は出ているのですか」

「いいや」

事務長は頭を振る。

「まだ倒れる者は出ていないが――しかし午後になるにつれ、湖面から陸地へ向かって風が吹き始める。いわゆる『海陸風《かいりくふう》』と言うやつです。湖面上にガスがあるならいずれ押し寄せる」

「海陸風、ですか」

「そうだ」事務長は苦しげな表情で言う。「すでに私の判断で、駐車場に来ている〈発熱外来〉の受診者はすべて病棟一階へ収容した。検査テントも撤収させた。一階フロアは〈イエローゾーン〉になってしまったが、仕方が無い」

●総理官邸　地下
NSSオペレーションルーム

「特別武器防護隊は間に合わない、出来ることは一つよ」

障子有美が言った。

「現地に近い、すべての陸自駐屯地から防毒マスクをかき集め、病院へ送り届ける。これならば――そうね、一時間半あれば出来る」

「頼む」

門は有美へうなずくと、またインカムへ告げた。

「舞島、聞こえるか」

●出雲医大病院　屋上

「防毒マスクをかき集めて、早急に送り届けるそうです」

ひかるは、門に告げられたとおりに事務長へ話した。

「有毒ガスに対する、当座の対策です。ヘリを使って、一時間半くらいで、おそらくは全員に行き渡る分、届けられます」

「本当ですか」

「官邸の内閣府危機管理監が、そう言っています」

「助かる」

「それで」

ひかるは再度、自分がここへ降りた目的――研究センターから〈サンプル〉を受け取らねばならないことを説明した。

やはり事務長は、最初にひかるが話した時の内容など、ほとんど聞いていなかった。病院を護らなければならない。そのことで頭が一杯だったのだろう。だが防毒マスクを早急に届ける、と告げたことで落ち着いたらしい。今度は説明を理解してくれた。

「研究センター――そうか」

事務長はうなずいた。

「美田園主任が何か発見した、と聞いてはいたが」

「わたしは〈サンプル〉を受け取って、すぐに東京へ戻らなければなりません」

ひかるは頭の中で、秒数をカウントした。ここへ降りてから――もう三分半経《た》ったか。

あと二十六分で、CH47が給油を終えて戻って来る。

「研究センターの、ええと」

●総理官邸　地下

NSSオペレーションルーム

「塩見センター長だ」

門は画面を見ながら、インカムへ告げた。

「舞島。研究センターの塩見医師へ取り次いでくれ、と頼め」

「僕にもインカムをください」

横で、仮屋が湯川へ頼んでいる。

「もしも塩見センター長がつかまらなければ、研究センターから勝手に持ち出して帰るしかないが。僕なら、場所の見当がつく」

●出雲医大病院

一分後。


「研究センターのある別棟へは、四階の渡り廊下で繋がっています」

降下するエレベーターの籠《ケージ》の中で、事務長が言った。

屋上ヘリパッドと病棟内を結ぶエレベーターは特殊な構造で、患者を寝かせたストレッチャーをそのまま載せられる。

その代わり、病棟の外壁に後付けで造られており、四階にある救命救急センターまで直通で、途中の階には止まらない。

鉄骨の構造の中を降下して行くエレベーターはガラス張りの鳥籠のようで、外の様子を見下ろすことが出来た。

「本館の内部は、大部分が隔離病棟になっています。〈レッドゾーン〉にうっかり足を踏み入れると、二週間の隔離処分になります。念のため、私が案内しますが――しかし出ないな」


事務長はストラップ付きの小さな携帯を耳に当て、「出ないな」とつぶやいた。

正確には携帯でなく、ＰＨＳらしい。病院内の連絡には電磁波の影響が少ないＰＨＳを使うのだという。

門に言われたとおり、塩見というセンター長の医師に取り次ぎを頼んだが。

事務長がコールしても、その人物へ繋がらない。

（――――）

ひかるは、白い靄に覆われる湖の様子も気になったが。

研究センターの責任者が出ない、とつぶやく事務長の表情も気になった。『不可解だ』という顔だ。

「センターの責任者の方が、摑まらないのですか」

「院内には、いるはずなんだが」

チン

事務長が「おかしいな」とつぶやくうちに、エレベーターの階数表示が『4』を指して、扉が開いた。

「とりあえず、こちらです」

スーツ姿の事務長が先に立って、案内してくれる。

ひかるは続いた。

これで、研究センターの施設までは行けるのだろう。

もう一つの自動ドアが開く。

ざわっ
大勢の人が動く気配。

院内の通路に出た。

事務長に続いて、通路を左手へ進む。

白衣姿（白色ばかりとは限らない）の医師、看護師と思われる人々とすれ違う。みな首から聴診器を下げ、看護師は機材を載せたカートを押している。黙々と、歩いている。私語をする人も、挨拶《あいさつ》をかわす人もいない。

でも呼吸の気配だけで、通路はざわめいている。

ひかるは視野の両端で通路の空間の隅までを摑みながら、事務長に続いて進む。自然と頭の中で『脱出経路』を確認している。閉鎖された空間に入ったならば、いざという時、そこから安全に離脱できる経路を見つけておけ――CIA教官の教えだ。

非常口がある。左側に窓もある――向こうが火災時の脱出用非常階段……。

頭の隅で、本能的に確認しながら事務長の背中に続く。白衣姿の群れの中ではダークスーツは目立つ。

「前方、突き当たりに赤色の両開き扉があるでしょう」

先に立って歩きながら、事務長は行く手を指す。

「あの向こうは〈レッドゾーン〉です。二重扉で『陰圧』構造にしてある。もしも防護服を着ないで中へ入ったりしたら、二週間の隔離措置が必要になります」

「――――」

「研究センターは、こちらです」

赤色の両開き扉の手前を左へ折れると、渡り廊下だった。

人気《ひとけ》はない。

美術の遠近法のように、視界が前方へ伸びる。両側には一列に窓がある。

タブレットで見せられた図面の通りか――

ひかるは後に続く。

「研究センターといっても」

事務長は進みながら説明する。

「独立した機関ではなく、いわば片手間です。宍道湖の水産物から得られる医療効果について、研究しているのです」

「水産物の医療効果、ですか」

ひかるは訊き返しながら、周囲を目で摑んだ。

渡り廊下の長さは約二〇メートル。

両側が窓で、突き当たりに両開き扉――自動ドアか。

資料によると、あの向こうが〈出雲医大研究センター〉だ。別棟の四階と三階部分が研究施設で、気密式の無菌実験区画もある。

『大丈夫だ』

イヤフォンから、ふいに声がした。

（………？）

誰だろう。

門ではない――別の男の声。

『僕は』声は名乗った。『厚労省技官の仮屋です。あなたのカメラ映像を見ています。センター長がもし不在でも、〈サンプル〉の保管場所はだいたい見当がつきます』

厚労省の技官……？

オペレーションルームに、そういう人も来ているのか。

「二日酔いにシジミの味噌汁《みそしる》が良い、とか言うでしょう」

事務長は話し続ける。

「実際には、宍道湖の生態系から——特に水棲《すいせい》微生物の持つアミノ酸から得られる効果は、二日酔いに効く程度のことではなくてね。もっと大きな可能性がある。だから製薬会社や食品メーカーがスポンサーになってくれましてね」

「——はい」

うなずきながら、ひかるは事務長の背中の向こう——突き当たりの扉を注視した。

気配を感じた。

ドアが開く——

誰か、出て来る。

「だからと言って」

事務長は肩をすくめるようにする。

「専任の研究員を置く余裕はなくてね。うちのドクターの何人かが兼任で、研究をしてくれているんですよ。塩見内科副部長がセンター長を兼任している。しかし今朝からの急患続きで、救急外来の方へ人を出してもらっているから」

「――?」

ひかるは、眉《まゆ》を顰《ひそ》めた。

人影が、扉を出て来る。

二つ、三つ――

(――)

何だ。

白衣姿ではない、どちらかと言えば派手な、ラフな服装。

がちゃがちゃ、と肩から下げた機材が音を立てる。

「あぁ、どうもー」

先頭の人影は革ジャンパーにジーンズ姿だ。黒いサングラスをしている。

事務長を見て、右手を上げた。

そのジャンパーの袖に腕章。〈報道〉。

TV局……?

ひかるは視野の中で、三人の男たちをさっ、と観察した。

いずれも三十代くらいか。

黒サングラスの男が後ろに従える二名は、いずれも似《に》たようなジャンパーにジーンズ姿で、同じ腕章をつけている。一人は大型の可搬ＶＴＲカメラを肩に載せ、もう一人は大きな金属製の角ばったケースを斜め掛けしている。ケースの腹には三色の卵を並べたような〈ＮＨＫ〉のロゴ（これも撮影機材か）。

「どうもー、事務長」

黒サングラスの男は愛想《あいそ》のよい身ぶりだ。

「お邪魔していいます事務長。お忙しいところを」


「あぁ」

事務長は気づいたように、立ち止まって会釈《えしやく》した。

「そうだ、忘れていた。そう言えば取材のお申し込みでしたね」

「取材のつもりで来たのですが」

黒サングラスの男は笑顔ながら、困ったような表情をする。

自分たちが出て来た扉を、振り返る。

「大変みたいですね、今日は」

「そうですねぇ」

事務長も『出来るだけ愛想はよくしよう』という感じで、周囲を見回すようにした。

「今朝から、この騒ぎですよ。せっかく、うちの研究センターをニュースで取り上げて頂けるところだったのですが――研究員は、誰か居ましたか？」

「いえ」

黒サングラスの男は頭を振る。

背後のドアの方を、親指で指した。

「中には、どなたもいらっしゃらないので。今日のところは帰ります」

「すみませんね。救急外来が今、大変な状態で」

「いえ、素晴らしい『発見』らしいですから、近いうちにまた必ず」

「そうですか」

事務長は、渡り廊下の側面窓を右手で指した。

「今から帰られるなら、気を付けてください。あの湖の上の白い靄ですが、あれは有毒なガスを含んでいる可能性がある」

「何と」

黒サングラスの男は、驚く仕草をした。

「有毒ガスですか」

「湖から風が吹くと、こちらへも押し寄せるでしょう。急がれた方がいい」

「まったく、とんでもないことになったものだ」

男は腕組みをした。

「こうなれば、湖の情況も取材したいところですが。危険があるならば、とりあえずは退散するとしましょう」

「あぁ、それから」

事務長は、右手で『真下』を指した。

「先ほど、一階フロアには緊急措置として〈発熱外来〉の患者さんを全員、収容しました。今は〈イエローゾーン〉になってしまっている。足を踏み入れたら二週間の隔離措置になります。駐車場へは、外の非常階段を使ってください。あちらの非常口から出て」

「分かりました」

黒サングラスの男――報道のディレクターなのだろうか――は感謝するように会釈をして、機材を抱える二名を促して歩き始める。

と
「あ、そちらの方、新しい事務スタッフの方?」

すれ違う時に、黒サングラスの下からひかるの姿を目に留めたように、訊いた。

「新しい方なら、挨拶をしておかないと」

「あぁ、いえいえ」

事務長は手を振る。

「こちらはですね、東京から来られた警察庁の方です。うちの研究センターの成果が、どうやら中央でも注目されているらしい」

「そうですか。それは何より」

●総理官邸　地下
NSSオペレーションルーム

マスコミ……？

研究センターから出て来た。

（…………）

画面の様子に、門は眉を顰める。

こいつらは何だ。

話している内容は聞こえて来ないが。事務長とは親しいのか——？

舞島ひかるの視野を映す画面を注視する。

どうする。

舞島に、職質をかけさせるか？

だが
「門君」

横で、門の思考を読み取ったように有美が言う。

「〈サンプル〉確保が、最優先でしょ」


「うん」

門は画面を見たままうなずく。

「仮屋技官、〈サンプル〉はどのくらいの大きさなんだ」

「定温輸送が必要なので、ちょっとした大きさです」

仮屋が横で言う。

「中ぐらいの魔法瓶《びん》サイズの容器を、運ぶ時にはさらに定温運搬ボックスへ入れます。服の下とかには、隠せません」

「そうか」

3

●出雲医大病院　別棟

　マスコミか――

（――――）

ひかるは、撮影機材を携《たずさ》えた男たちをちらと振り向いて見たが。

『舞島』

同時に、イヤフォンに声がした。

『〈サンプル〉確保最優先だ。施設へ行け』

「――はい」

うなずくと、事務長に続いてドアへ向かった。

今朝、福島原発ではあんなことがあった。

マスコミには、注意しなくてはいけない。

しかし今は〈サンプル〉を持って帰らなくては。

出雲医大研究センターでの『成果』。門篤郎のブリーフィングでは、それは世界中を席巻する新型コロナウイルスへの対抗手段として、大きな意味を持つらしい。

「うちの研究センターがTVに取り上げられるのは、実は有難《ありがた》いことでしてね」

先に立って歩きながら、事務長は言う。

「企業が何社か、スポンサーになってくれてはいるが、資金は足りません。国が予算をつけてくれるのが、一番いいのだが。うちは大きな学閥《がくばつ》にも入っていない地方医大だ。中央にパイプがありません。だからNHKがニュースに出してくれるのは、有難いのです」

「――そうですか」

うなずきながら、ひかるは自動ドアの向こうの配置図を頭に浮かべる。

誰もいない、とTV局のディレクターは言ったか……？

「こちらです」

廊下の突き当たりの扉は、TV局の三人が出てきた後、自然に閉まったようだった。

事務長は両開き扉の片方のハンドルを握ると、回して、引いた。

「よいしょ」

重たそうだ――吸いついているものを引きはがす感じで、事務長が引っ張ると、扉はようやく開く（気密式なのか？）。

（――――）

縦に細長い開口部。

だが

真っ暗――？

ひかるは眉を顰める。

中は、暗い……。

ひかるは両耳に神経を集中する。

内部の空間から、低い、何かの物音が伝わって来る。

ここは何だろう。

「暗いですから」

振り向いて注意をし、事務長は先に入って行く。

「足元に気を付けて」

●総理官邸　地下

NSSオペレーションルーム

「暗いんだな」

画面を見ながら、門がつぶやく。

「ここが研究センターか」


「実験区画では、湖底の環境に近づけるために太陽光は遮断するんです」

横で仮屋が言う。

「通路の両側は、全部水槽ですよ」

「行ったことがあるのか」

門が訊くと
「いえ」

仮屋は頭を振る。

「リモートで何度か、打ち合わせを持っただけです」

●出雲医大病院　別棟
研究センター

「おぉい」

事務長は立ち止まると、暗がりの奥へ声をかけた。

「誰か、いるかな」

（――――）

ひかるは事務長の後ろで、目をしばたたいた。

眼球を暗さに慣らす。

真っ暗闇と言うわけではない。

ひかるの立つ通路のような空間の天井――三メートルくらいありそうな高い位置に、ポツ、ポツと赤色の光源がある（非常灯だろうか）。

目が慣れると、そこは両側を壁に挟《はさ》まれた通路なのだと分かる。高い壁だ――表面は黒光りしている。それに妙に冷たい感じがする。

（……水槽？）

「やはり、誰もいないようだなぁ」

この場所の暗さには、慣れているのか。

事務長はあたりを見回し、また歩き始める。

「奥へ行きましょう」

「はい」

ひかるは後に続く。

低い、唸《うな》りのような音――

そうか。

どこかで水を循環させている。

モーターか、ポンプの唸りか。

「すごいでしょう」

事務長が背中で言う。

「湖底の環境を再現しているのです。ここの実験用水槽の維持費だけで、月に二百万円ですよ」

両側を高いガラスの壁に挟まれた通路を、奥へ進む。

人気はない。

水の循環する気配だけだ――

『誰も』

イヤフォンにまた声。

『いないようですね』

先ほどの技官と名乗った男の声だ。

「――はい」

ひかるは小さくうなずく。イヤフォン内蔵のマイクは頰骨《ほおぼね》の振動を拾うから、ほとんど声に出さなくても通話はできる。

「いないようです。人気はありません」

『どこかに〈定温無菌室〉があるはずだ』男の声は続けた。『事務長に、案内してもらって』

「事務長さん」

ひかるは事務長の背に問うた。

「〈定温無菌室〉という施設が、あるのですか」

「おぉ」

事務長は立ち止まり、振り向いた。

「その通りです」

「そこに」

ひかるは左耳のイヤフォンを押さえながら、訊く。

「塩見センター長が渡してくださるはずの、〈サンプル〉が保管されているらしいのです。官邸の、厚労省の技官の人が言っています」

「分かりました」


案内します、と事務長はまた先に立つ。

目が慣れると、通路の両側を挟む水槽は黒光りする壁のようだ――はじめは水族館のような巨大水槽なのかと思っていたが、そうではなく、人が寝そべって入れるくらいの水槽を床から天井まで積み上げてあるのだった。

中に何が入っているのかは、見えない。

（湖底の、環境……）

外の湖は。

今、どうなってしまっているのだろう――そう考えた時。

「こちらです」

事務長の背中が積み上がった水槽の角を曲がると、突き当たりは行き止まりだ。

進むと、突き当たりは壁ではなくて、見上げるようなスチール製の扉だ。

「設備の運転は自動なのですが」

事務長は、首から下げているＩＤカードのようなものを、扉の横の読込機のスリットへ通した。

「できるだけ、保守のために助手を一人は居させるようにしているのです。培養中の物とか、万一駄目にしたら――ん？」

●総理官邸　地下

ＮＳＳオペレーションルーム

「様子が変だ」

仮屋が、画面を注視して言った。

「ロックがかかってない」

●出雲医大病院　別棟

研究センター

「変だな」

事務長はつぶやいた。

「ランプが最初から赤だ。ロックがかかっていない」

「?」

ひかるは視野の中で、先に立つ事務長の手元へ注意を向けた（一点を集中して見ることはしない。視野はなるべく広く保ち、背後の気配は耳で探《さぐ》り続ける）。

何だろう。

重要な物がしまわれている区画ならば、当然、保安措置として施錠《せじょう》されるだろう。

そのロックが、かかっていないのか。

「鍵が、開いているのですか」

「センター長や研究主任や、そのほか施設に関わる者のＩＤカードを通さないと、開かない仕組みです」

事務長は首を傾《かし》げながら、スチール扉を開く。

「中に、誰かいるのかな」

「―――」

事務長の背中に続く。

スチール扉の内側へ、足を踏み入れる。

空気の流れの音が変わる。

「ここは？」

「前室ですよ」

事務長が、空間を見回して言う。

通路と同様に暗い。

赤い非常灯のみの空間は、学校の教室の半分くらいの大きさか——

「ここは準備のための部屋です」

「準備？」

「奥にもう一枚、扉があるでしょう」事務長は空間の奥を指す。「あの気密扉の向こうに赤外線滅菌トンネルがあって、その先が〈定温無菌室〉です。ここで防護服を着て、手袋をつけて滅菌トンネルをくぐらないと中へは入れません」

「——」

「おぉい」

事務長は空間を見回して、声をかける。

「防護服……」

周囲へ注意を向けると。

確かに、壁は大部分がガラス張りのロッカーになっていて、中には白っぽい色の防護服が並んで吊《つ》るされ、黄色の手袋もある。

人の気配はない。

ずらりと並ぶ防護服の奥の方にある〈気密扉〉は、潜水艦の水密扉のように真ん中にハンドルがついている。

「あの奥に」

だが
『そこまで入る必要はない』

また技官の男の声がした。

『前室のどこかに、定温標本保管庫がある』

●総理官邸　地下
NSSオペレーションルーム

「定温標本保管庫だ」

仮屋がインカムのマイクへ繰り返した。

「探してくれ」

『定温標本保管庫、ですか』

舞島ひかるの声が訊いて来る。

『どのような物ですか』

モニター画面は声と共に、ゆっくり右方向へパンして行く。

舞島ひかるが、見回しているのだ。

「見た感じ、冷蔵庫のようなスチール製キャビネットだ」仮屋は指示する。「ロックがかかっているから、緑ランプが点《つ》いているはず」

「――」

「――」

門は有美と並んで、モニターを注視する。

と
(……?)

門の上着の内側で携帯が振動した。

「俺だ」

着信を知らせる画面を一瞥《いちべつ》し、耳に当てると早口で問うた。

「どうした」

どうした——と問うのは、ここ二時間余りにわたって数回、呼び出しても応答の無かった相手からの着信だったからだ。

日本語を話すが、日本人ではない。

遠く海を隔《へだ》てた場所——その相手が本来の居場所にいるのならばだが——台湾からのコールだ。

だが
『墜としたか⁉』

門の問いとほぼ重なるように、相手も訊いて来た。

『国籍不明機は墜としたか⁉』

「——いや」

門は、情報席のモニター画面も視野に入れながら、頭を振る。

「墜としたは、墜としたが」

『まさか』

通話の相手——台湾国家安全局で門のカウンターパートである役職の男は、少し早い呼吸で畳みかけてきた。

『まさかシンジコへ、突っ込ませてはいないだろうな⁉』

「…………」

●出雲医大病院　別棟
研究センター

(これかな?)

周囲をぐるりと見回すひかるの視線が、止まった。

左横の壁だ。

スチール製の冷蔵庫のようなキャビネット。

確かにあるが——

(——でも緑ランプじゃない)

「やはり、出ないな」

その横で、事務長がつぶやいている。

携帯を手に、また誰かを呼び出している。

大学病院の組織を管理する立場なのだろう。この施設——研究センターの責任者と連絡がつかないのは気になるのか。

●総理官邸　地下
ＮＳＳオペレーションルーム

「……突っ込ませると」

門は声を低め、通話相手へ訊きただした。

「突っ込ませると、どうなるんだ」

だが
ふいに携帯の向こうでガタタッ、と物音がすると、通話は切れた。

何だ……？

「おい」

『これでしょうか』

スピーカーからは舞島ひかるの声。

『今、わたしが見ている物です』

通話が切れた。

楊は、どうした……？

思わず門は、切れた携帯の面を見る。

（…………）

楊子聞。

今回のコロナ禍《か》のさなか、常念寺政権は、わが国では使えなくなったA社製ワクチンを台湾へ融通した。それを始まりに、台湾当局は『返礼』として諜報活動で得た情報を流してくれるようになった。台湾は中国大陸の奥深くへ諜報網を張り巡らせている。今回の武漢に端《たん》を発するパンデミックもいち早く察知し、対策を取っていた（だから台湾の防疫態勢の初動は恐ろしく速かった）。

現在では、台湾側が人的諜報活動で得たヒューミント情報を流してくれる見返りに、わが国は衛星などで得た情報を台湾へ渡している。パイプとなっているのはNSSと、台湾国家安全局だ。こちら側の窓口は情報班長の門、台湾側窓口が同じく国家安全局の情報班長・楊子聞だ。楊は年齢も門と近く、日本生まれだという。

しかし

（いったい、何が――）


「うん。それかも知れない」

門の横で、仮屋がインカムにうなずく。

「近寄って、見てくれ」


何が起きているのか、分からない。

とにかく今は、舞島ひかるに任務を遂行させる。

それしかない。

「あの中に」

門は仮屋へ訊く。

「〈サンプル〉があるのか？　引き渡される予定の」

「そうです」

仮屋は画面を注視しながらうなずく。

「現時点で抽出《ちゅうしゅつ》に成功しているシックス・β《ベータ》バクテリアは、あそこにあるだけです」

そこへ

「見つかったの」

背後から声がした。

「シックス・βは」

●出雲医大病院　別棟
研究センター

「ランプは赤です」

ひかるは、空間の壁に設置されているスチール製のキャビネットに歩み寄ると、耳につけたライブカメラに映るように少し顔を右へ向けた。

「見えますか」

ひかるの背中――部屋の中央では、まだ事務長が携帯（院内通話用のPHSらしい）を耳につけている。

誰かを呼び出している。

研究センターの、たぶんここは中枢《ちゅうすう》なのだ。

その入口扉のロックが外れていて、内部に誰もいない。

やはり気になるのだろう。

ひかるの目の前にある、標本を保管するキャビネットもロックが外れている——

「事務長さん」

ひかるは振り向いて、訊いた。

「これ、開けてみてもいいですか」

●総理官邸　地下

NSSオペレーションルーム

「シックス・βは、あったの」

背後からの声は、少しかすれている。

堤美和子だ。

（……………？）

門は振り向いて、少し目を見開いた。

すぐ後ろに、白スーツの四十代の女性が立ち、上目遣いにモニター画面を覗き込んでいる。黒髪のすらりとした印象だが、肩で息をしている。

会議テーブルの席から、わざわざ様子を見に来た……？

大臣は、ふつうは報告されるのを待つものだが。

荒い呼吸は『居ても立っても居られない』という感じだ。

さらに
「そのアミノ酸の名は」

白スーツの厚労大臣のすぐ後ろには常念寺貴明が立ち、やはり画面を覗いている。

「シックス・βと言うのか。コロナウイルスを抑制するという――？」

「その通りです総理」

美和子はうなずく。

「宍道湖の湖底の藻《も》に棲《す》むバクテリアが造り出す、アミノ酸の一種です」

「宍道湖産のシジミには豊富に含まれます」

仮屋が振り返り、早口で付け加えた。

「美田園主任の研究で、このシックス・βと呼ばれるアミノ酸に特殊な『効果』があることが分かりました」

「――」

「――」

「宍道湖の周囲では」

　仮屋は続ける。

「新型肺炎の発症者がほぼゼロ――このエビデンスから、美田園主任は直感と、イマジネーションを働かせた。出雲医大病院は感染症指定医療機関です。リスクは伴《ともな》うが、新型コロナウイルスの現物を使って実証実験することが出来た」

「まさか」

　常念寺がつぶやくように言うと、

「そのまさかです、総理」仮屋はうなずく。「シックス・βは、現在世界中に蔓延《まんえん》している新型コロナウイルスの人間の体内での増殖をほぼ完全に抑制できます」

「――――」

「――――」

「我々が受け取ろうとしている〈サンプル〉は、正確にはシックス・βを造り出す特殊なバクテリアの生体標本です。宍道湖の湖底に自生する藻の中にしか存在しない。藻から切り離すと、短時間で死んでしまうという気難しい性質だが、初めて抽出に成功した。いいですか」

　皆を見回してから、仮屋はモニター画面へ視線を戻す。

「これが、増産できれば――」

だがその時

『——あの』

スピーカーから舞島ひかるの声。

驚いたような声だ。

『ありません。何も入っていません』

4

●出雲医大病院　別棟

研究センター

「何も入っていません」

ひかるは上体を屈め、キャビネットの扉の内部を覗き込んだが。

中は、空《から》だ。

冷気が顔に当たる。一定の低温状態を維持し、標本を保管しておく設備なのか。

しかし

「中は空です」

頭を振った。

壁に造りつけられた、中型の業務用冷蔵庫のようなスチール製キャビネット。その扉の横に点灯しているランプは赤色——つまりロックが外れた状態なのだろう。ハンドルを引き揚《あ》げるだけでカチャッ、と簡単に開いた。

『よく見てくれ』

●総理官邸　地下

NSSオペレーションルーム

「よく見てくれ、舞島一曹」

仮屋が画面を見ながら、インカムへ繰り返す。

「中に、ステンレス製の円筒型容器があるはずだ。中くらいの保温水筒のような」

●出雲医大病院　別棟

研究センター

「ありません」

冷気が吹き出してくる庫内は空――どう見たって、何も入っていない。

言われた円筒形の容器など……。

定温保管庫というのは、これだけなのだろうか？

「何も入ってない」

『ほかに保管庫らしきキャビネットは？』

技官の声も言った。

『ほかに無いか』

このほかに冷蔵庫のような設備――？

ひかるは振り向いて、見回す。

背後ではまだ事務長がＰＨＳを手にして、誰か――責任者だという医師を呼び出している。

と
（――!?）

背中で、何かを感じた。

何だ……

●総理官邸　地下
NSSオペレーションルーム

「そ、そうだ」

仮屋は思い出したように付け加える。

「いいか舞島一曹。〈サンプル〉を入れた保管庫ならば、そばに運搬用定温ボックスが置いてあるはずだ。救急箱くらいのサイズで、四角い金属製——」

門は、ふいに仮屋が言葉を呑み込むように止めたので、その横顔を見やった。

固まった表情。

（——？）

どうしたのだろう。

情報席の画面では。

赤色の弱い照明の下、室内の様子が横向きに流れる——カメラをつけた舞島ひかるが、背後を見回しているのだ。空間の中央にはダークスーツの人物が立ち、携帯らしきものを耳につけている。

と
(……?)

カメラの視野が、迷うように左右にぶれた後、ある方向で止まる。

何だろう。

何か見つけた……?

だが
「——そうだっ」

同時に仮屋が顔を上げると、情報席の湯川へ言った。

「巻き戻してくれ」

「え」

湯川は、意外そうに仮屋を振り仰ぐ。

画面ではカメラの装着者が、何か見つけたような様子だが——

しかし
「いいんだ」

仮屋は畳みかけるように頼む。

「すぐに、映像を巻き戻してくれっ」

●出雲医大病院　別棟
研究センター

(――何だ……)

ひかるは耳に注意を集中する。

背後のどこかに、何かを感じた。

照明の十分でない空間では。

耳に頼れ。耳で周囲を探れ――CIA教官の教えだ。人の耳には、眼球よりも多くを探知できる力がある。

耳が教える方向――こっちか。視線を向ける。

何だ。

気配がある。

(……何か、規則的な)

思うのと同時に、ひかるは床を蹴《け》るようにして立ち上がり、走っていた。

前室と言ったか。

この空間で研究者が防護服を着て支度《したく》をし、滅菌処置をして〈定温無菌室〉へ入るのだという。

滅菌トンネルの入口は、潜水艦のハッチのようなハンドル付き気密扉だ。

「あっ、そこは」

ひかるが気密扉に取りつくと、背後で事務長が驚いた声を出す。

「そこは、ちょっと」

咎《とが》めるような声に構わず、ひかるは円型のハンドルを握り、左耳を扉の表面に押し付ける。冷たい、分厚い金属の塊《かたまり》だが――

(――聞こえる)

微《かす》かだが、規則的なブーッ、ブーッという振動音。

「くっ」

ひかるは両手で摑んだハンドルを、思い切り左へ回す。

重たいがスムーズな動きで、ハンドルは回転する。

プシュ

●総理官邸　地下

NSSオペレーションルーム

「巻き戻してくれっ」

仮屋は何か確信を得たように、湯川へ早口で求めた。

「さっきの、渡り廊下のところまでだ」


「は、はい」

湯川は一応、確認を取るように門の方を振り向く。

今は背後から総理と厚労大臣も、このモニター画面を見ている。

「いいですか班長?」

「うん」

門もうなずく。

仮屋が、何かに気づいたのか。

見てみよう。

「やってくれ。巻き戻せ」

すぐに湯川の操作で、情報席のモニター画面は舞島ひかるのライブカメラ映像から、すでに録画された映像へ切り替わる。

早回しで、画面の視界がバックする。

●出雲医大病院　別棟
研究センター

「う」

潜水艦のハッチのような気密扉を、思い切り手前へ引いて、開く。

途端に、赤い光がひかるの眼を射た。

眩《まぶ》しい──

くそっ。

トンネルは六角形の断面をもち、すべての壁面に細長い赤外線滅菌ランプがずらりと並んでいる。人が屈んで通り抜けると、体表面がすべて滅菌される仕組みか。

暗さに慣れていた。

赤いランプの光に、ひかるは目をすがめる。

トンネルの奥は、眩しさで見えないが──

「──!?」

だがすぐに、ひかるは気配の正体を見つけた。

下だ。奥行六メートルほどの六角形のトンネルの中ほどに、白い人型のシルエットが倒れている。そこだけ赤い光が白く滲《にじ》んでいた。

「くそ」

ひかるは顔をしかめながら、身を屈め、赤い光のトンネルへ足を踏み入れる。

強い光だ、顔を保護しようとした右腕がたちまち熱くなる――

「だ、大丈夫ですかっ」

呼びかけながら、発光する床に片膝をつく。

目が光に慣れてくる。

そこに倒れていたもの。白衣姿の男性だ。

銀髪。

うつぶせで、ぐったりと動かない。

着ている白衣のどこかでブーッ、ブーッと振動音がする（ＰＨＳの着信バイブレーションか）。

わたしが『聞いた』のは、これだ――

顔をしかめ、倒れた白衣姿の全身をさっ、と目で確かめる。

そこへ

「し、塩見副部長⁉」

背後から、驚くような声。

事務長だ。

「どうして」

「運ぶのを、手伝ってください」

ひかるは大声で頼んだ。

トンネルの入口を振り向く余裕はない。膝をついた姿勢のまま、五十代だろうか、銀髪の男性の首筋に左手の指で触れる。

硬直してはいない、体温もある。

でもわたしは看護師じゃない、脈があるかどうかまでは――

「足首を摑んで、引きずり出してっ」

ひかるは怒鳴った。

●総理官邸　地下

NSSオペレーションルーム

「そこです」

画面を注視していた仮屋が、大声を出した。

「そこ、画面を止めて」


情報席のコンソールの操作で、舞島ひかるの視界を映す映像が急速に巻き戻された。

水槽に挟まれた狭い通路をカク、カクと曲がりながらバックして戻ると、画面は急に明るくなる。両側に窓が並ぶ通廊に出る――渡り廊下だ。

視野がぐうっ、と左向きに流れ、派手な色合いの人影が三つ、右横から画面に入って来る。

その瞬間、仮屋が「画面を止めて」と言い、プレイバックを止めさせた。

「拡大できますか」

仮屋は腕を伸ばし、画面の中の一点を指す。

「ここを拡大して」

「――――？」

何を『拡大しろ』と言っているのか……？

門は画面の様子に、眉を顰める。

「どういうことだ、仮屋技官」

「さっき、見ていて何か引っ掛かったのです」

仮屋は画面を覗き込みながら、横顔で言う。

「何が引っ掛かったのか、自分でも分からなかった――くそっ、もっと早く気づけば」

画面でストップモーションになっているのは、三つの人影だ（おそらく舞島ひかるが不審に思って振り向いて見た時のショットだろう）。

男たちは、ＮＨＫの取材班らしい――病院の事務長と親し気にしていたから、地元島根の支局員たちか。今は後姿だけだが、三人のうち先頭の革ジャンパーに黒サングラス姿の男が報道ディレクター、長身でデニムの上下に可搬ＶＴＲを担《かつ》いでいるのがカメラマン、機材を入れた角型のケースを斜め掛けにしているのは助手というところか。

止まった画像が、拡大される。

湯川の操作でカチ、カチと画面がズームアップする。

（………？）

門は眉を顰める。

段階的に拡大されていくのは、三人目――助手が肩から斜め掛けにしている角型ケースだ。銀色のメタリックな表面に〈ＮＨＫ〉のロゴ。

だが
「――やはり」

仮屋が乗り出すようにして、画面の中央を指した。

「これ、カメラバッグじゃない」

「何？」

「これは定温運搬ボックスです。よく見てください、内部の温度が正常ならば、ここのロック部分に緑ランプが点く」

「――――」

「――――」

何だと。

全員が息を呑んで注目する中、門も拡大された画像に目を剝《む》いた。

確かに。

角型の金属製ケースは救急箱サイズ。

卵を三つ並べたような公共放送のロゴマークが、その横腹に貼られているが。

よく見ると、ロゴマークの左端に少しはみ出して『出』という白い字が見えている。

これは――

「やられた」

仮屋が唸った。

「TV局のステッカーを貼ってあったから騙《だま》された。この連中が、どうして持っているのか分からないが。ここに写っているのがシックス・βバクテリアのサンプルを入れたボックスだ」

くそっ。

門はインカムのマイクを口元に引き寄せ「舞島」と呼んだ。

「舞島、聞こえるか」

だが同時に
『センター長ですっ』

スピーカーに声が入った。

やや呼吸が速い。

『塩見センター長です、見つけました』

5

●出雲医大病院　別棟
　研究センター

「塩見センター長です。赤外線トンネルの中に倒れていました」

ひかるは言いながら、白衣姿の人物を仰向けに寝かせ、その胸の部分のボタンを外す。

事務長と二人がかりで赤外線滅菌トンネルから引きずり出し、前室の床に寝かせたのだ。トンネルの扉は開いたままにした（その方が明るい）。

赤い光の下、白衣とシャツの胸を開くと、両の手のひらで胸部を探る。

「死んではいない、救命措置をします――ここにＡＥＤは⁉」

「ここにはない」

事務長も膝をついた姿勢で、またＰＨＳを耳に当てる。

「今、人を呼びます」

「お願いします」

言いながら、意識のない人物の左胸に両手を乗せると、体重をかけ、押す。

とりあえず助かるのならば、助けなくては。

やり方は、こうだったか——？

「——くっ」

心臓マッサージで助かるのだろうか。

分からない。

救命措置の方法は、特輸隊で客室乗員となる時の訓練で習った。しかし実際に意識のない人間に対して行なうのは初めてだ。

銀髪の五十代の医師の左胸を、習った通りに繰り返し、押し下げた。

しかし、この人は。

どうして、あんなところに……!?

トンネルをちら、と見る。

あそこから引き出す時、ざっと見たが。

出血はしていないし外傷のようなものも見られない。

そこへ
『舞島、聞こえるか』

門の声が、耳の中で繰り返し告げた。

何度か呼ばれたようだが。こちらの情況を報告するのが精一杯だった。

『NHK取材班だ』

「――えっ」

●総理官邸　地下
NSSオペレーションルーム

「さっきのNHK取材班だ」

門はインカムのマイクへ繰り返す。

「あいつらが持ち去った」

「取り戻して」

門のすぐ背後から女の声。

かすれているが、鋭《するど》い声だ。

「あれが中国に奪われたら、大変なことになる」


中国に……？

やはり、そうなのか。

「舞島、追え」

門はインカムへ命じながら、右手で懐から自分の携帯を取り出す。

現地の警察に緊急配備をさせなければ。

しかし、ここから警察庁を通じて島根県警本部長へ要請し、さらに現地の組織へ指示が降りる。動き出すのに何分かかるか——⁉

くそ、依田が現地へ入っていれば……！

「すぐ追うんだ。奪い返せ」

●出雲医大病院　別棟
研究センター

『奪い返せ』

イヤフォンの中で門の声は繰り返す。

『島根県警へ配備を要請するが、間に合わん。すぐ動けるのは君だけだ』

(——えっ⁉)

取材班……⁉

仰向けにした、白衣をはだけた胸を押し下げながらひかるは目を見開く。

まさか。

あの三人か。さっきすれ違った……？

『連中の一人が持っていたカメラケースだ』

門の声は続ける。

『TV局のステッカーを貼ってあった、四角い金属製ケースだ。あれが定温運搬ボックスだった。やられた』

　やられた……

（まさか）

では、わたしが今、胸を押しているこの人も――

やられたのか。

『追え』

「でも班長」

ひかるは心臓マッサージを続けるしかない。

やめるわけには。

オペレーションルームには、わたしの視界が衛星経由で見えているのではないのか？
「救命措置の最中です」
『何のことだ』
何のことだ……？
班長は、わたしの視野を見ていないのか。
そこへ
『やっと抽出に成功したシックス・βバクテリアよ』
割り込むように声がした。
誰だ。
かすれたような女の声。
『もしも宍道湖の生態系が全滅したら、もう手に入らない。取り返してっ』
「――――」
絶句するひかるの耳に
『追え、舞島』
門の声が畳みかけた。

『奪い返せるのは君だけだ』


「事務長さん」

ひかるは白衣の人物の胸を押し下げながら、振り向いて言った。

「代わってくれませんか」

「えっ」

「わたしは、追わなくては」

「⁇」

「さっきの人たちです」ひかるは渡り廊下の方向を目で指す。「あれはＴＶ局の取材班ではなかった、外国の工作員です。大切な〈サンプル〉を奪われました」

「――⁉」

「行かなければなりません、出来ますか」


なおも「わけがわからない」という表情の事務長の上着の裾《すそ》を摑み、引きずり寄せるようにした。

「心臓を押し下げて。出来ます？」

「――あ、あぁ」

事務長はうなずく。

「一応の講習は受けているが。しかし」

「お願いしますっ」

ひかるは救命措置を事務長へ押し付けると、床を蹴るように立ち上がった。

立ち上がり際、横たわる白衣の脇腹の部分が目に入った。

(!?)

何だ。

今まで、目に入らなかった。

意識のない五十代の医師──その白衣の右脇腹部分が、茶色く焼け焦《こ》げている。

この跡《あと》は。

まさか。

「くっ」

だが止まって考えている暇はない。

斜め掛けにしたショルダーバッグを脇に挟むと、床を蹴り、走った。

●総理官邸　地下

NSSオペレーションルーム

「舞島一曹のライブカメラに戻します」

湯川が言い、キーボードを操作する。

情報席の画面が切り替わる。正体不明の取材班の三人を拡大していた静止画から、映像
——揺れ動く視界になる。

「切り替わりました」


「————」

門は画面を睨《にら》む。

舞島ひかるの視界だ。

どこかの暗がりを、速いペースで進んでいる——両側を水槽に挟まれた通路か。

門の横で、堤美和子が肩を上下させている。

美和子も同じように、画面を注視している。その手には仮屋真司から奪い取るようにしたインカムを握りしめている。

「危惧《きぐ》していたのです」

女性厚労相は、つぶやくように言う。

「〈日本科学会議〉を通して、シックス・βの存在が中国に知られた」

〈日本科学会議〉――

あの組織か。

門は唇を噛む。

注意すべき組織として、気に掛けてはいた。

〈日本科学会議〉は、学者の団体だ。当初は大東亜《だいとうあ》戦争終結後、科学界の英知を結集してわが国の復興を目指す、という趣旨の会議として発足した。やがて組織は『学者の国会』とも呼ばれるようになり、学界の各分野の権威が会員として名を連ね、政府に対しては国の発展のための提言を行なってきた。

わが国の高度成長を支えた存在とも言われ、政府もこの組織の意義は認めて、国から運営予算を出すとともに理事は国家公務員として処遇し、人選については総理大臣の任命により行なうようになっていた。

ところが。

ここ十年ばかりの間に、どうしたことか。

主に東大閥の学者たちで構成される〈日本科学会議〉の理事たちは、中国が提唱する〈千人計画〉には賛同して積極的に日本人研究者を大陸へ送り込む一方、わが国においては「戦争に利用される研究は一切禁止する」と公言し、傘下の大学や研究機関に対しては軍事転用が可能な研究を禁止してしまった（数年前には護衛艦のスクリュー音を消すことが出来る発泡装置を開発していた北海道の大学へ理事たちが直接乗り込み、無理やり研究を止めさせている）。

「科学会議か」

常念寺が腕組みをした。

「私も最近になり実情を知った。まさか、わが国の学界の権威たちが、中国の〈千人計画〉に協力していたとは」

「それだけではありません」

いつの間にか、乾首席秘書官も常念寺の横に来ていて、相槌を打つ。

「東大では最近、人民解放軍と繋がりのある中国人留学生を大量に受け入れ、わが国が研究して蓄積した知的財産を惜しげもなく持ち帰らせ――あっ」

言いかけて、乾は画面を指す。

「み、湖が――」

「――？」

「!?」

全員が、情報席の画面へ注意を戻す。

(⁉)

門は思わず、目を見開く。

画面は明るくなっており（舞島ひかるが渡り廊下へ出たのだろう）、揺れ動く視野は窓へ近づいて、外界の様子が見えてくる。

だが
何だ、あの靄《もや》――

門は、舞島ひかるの頭に付けたライブカメラ越しの映像に、息を呑む。

窓から展望する、湖の様子。

まるで、カフェで出されるラテの表面にトッピングされるクリームのように、乳白色の靄が盛り上がり湖面を覆っている。

それればかりか。

(広がっている……？)

「シックス・βを造り出すバクテリアは」

堤美和子が言う。

「汽水湖《きすいこ》である宍道湖の湖底にのみ生息する、固有種の藻にだけ共生しています。もし宍道湖の生態系が全滅すれば」

●出雲医大病院

「はぁっ、はぁっ」

ひかるは研究センターから病棟への渡り廊下へ出ると、左手の側面に並ぶ窓の一つに駆け寄って、外を見た。

四階の高さから、湖が見渡せる。

視線を下げていく。手前は、湖に面する病院の駐車場だ。

ぎっしりと並ぶ乗用車の列の間を、ちょうど一台の車両が出て行くところだ。

あれは。

肩で息をしながら、目で追う。

速いスピードで出て行く。目立つ車だ、黄色のツーボックスの屋根に機材を載せるキャリアがある（オフロードも走れる４ＷＤ車だ）。後部に取り付けたスペアタイヤの横に〈ＮＨＫ〉のロゴ。

（あれか……！）

４ＷＤ車は駐車場から湖面沿いの道路へ出ると、ウインカーも出さず左折、そのままスピードを上げて走り去っていく。

「班長」

ひかるは左耳のイヤフォンを押さえながら言う。

「見えていますか、TV局の取材車が出て行きます、黄色の4WD。県警に配備を」

『やっている。見えてる』

門の声が早口で応える。

『県警本部経由で要請するが――病院の前にパトカーはいないかっ』

「………！」

そうか。

警察庁と島根県警では全然、組織が違うが――

バッジを示して協力を求めれば。

ひかるは見回す。

駐車場の全体は、この窓からは見えない。

「くっ」

床を蹴り、また走り出す。

どこかに非常口があったはず――

6

●出雲医大病院

「はぁっ、はぁっ」

ひかるは走った。

渡り廊下を駆け抜ける。

すぐに突き当たりだ。病棟本館の四階――見回すと、左手は隔離病棟の入口（赤い扉）、右手には通路が延びている。ついさっき、屋上からのエレベーターを降りて、この通路を進んできた。

非常口――

こっちだ。

知らない場所に入った時には『脱出経路』を確認しておけ。

ＣＩＡ教官の教えは役に立っている。

ひかるは頭の中に留めておいた、緑色の標識灯の位置を意識に呼び出し、目で捜す。

(——あった)

また走る。

あそこだ。右手にずらりと窓が並ぶ通路の中ほど——

「⁉」

ひかるは駆けながら、その様子に目を見開いた。隙間《すきま》がある——？　緑の『非常口』の標識灯の下、大きなガラスの嵌《は》まったドアが外向きに、少し開いている。

外階段へ出る非常口のドアだ。外開きのドアが、閉まり切らずに放置されている。誰かが急いで開け、後ろ手にきちんと閉めることもせずに出て行った……⁉

あの三人が、ここから出たのか。

頭の中で時間を測る。さっき渡り廊下で三人とすれ違って——何分経ったか。事務長がわたしを『東京から〈サンプル〉を取りに来た警察庁の人間』と紹介した。あの連中はそれを聞き、急いで逃走したのだろう。

一階ロビーは〈イエローゾーン〉になっている。だから非常口から外階段で駐車場へ降りてくれ、とも言っていた(三人はその通りにしたのだ)。

駆け寄りながら、少し開いたドアの隙間を目で確かめる。『トラップ』は仕掛けられていないか……？

〈敵〉を追って扉を開ける時にはトラップ（罠《わな》）に注意せよ。

これもCIA教官の教えだ。

ひかるは、扉を開くとスイッチが入って起動する爆破装置を何種類か、実習で仕掛けたことがある。NSSの任務で爆破をするケースは無い。しかし自分で仕掛けてみないと、他人が仕掛けたトラップに気づけない。

扉の隙間と四隅に目を走らせる。何も見つからない。

大丈夫だ、あの三人は機材を抱え、急いで出て行った。わたしが追いかけて来るのを見越して、何か仕掛けていくような余裕はなかったはず。

駆け寄ってから立ち止まり、隙間の空《あ》いた扉の四隅をもう一度確かめてから、左肩でぶつかるようにして押し開けた。

外へ出る。

「う」

風が吹いている。

湖に面した建物の、四階の高さだ。

さっきと風の向きが違う——

直感した。

さきほど屋上のヘリパッドへ降り立った時とは、風の向きが変わっている。

(湖からの風か)

素早く見回す。

事務長の言った通りだ。乳白色の靄は湖の上から、病院の駐車場へ押し寄せてくる。みるみる近づく。

黄色の4WDは……!?

いた。あそこだ——視界の左手、湖岸の道路をたちまち小さくなる。猛スピードで遠ざかって行く。

(でも)

でもあそこは、一本道だ。

ひかるは金属製の外階段を蹴った。

駆け降りる。

あそこは。さっきCH47の床面ハッチから見下ろした道路だ。うねうねと湖の岸に沿って一本道が続く。しばらくは横道へ入ることも出来ないはず——

急ごう。

（パトカーは――？）

駆け下りながら、ひかるは『パトカーはいないか』と目で探す。

駐車場か、病院の前に県警の車両はいないか。

門班長が、警察庁から県警本部を通して配備を要請してはいる。しかし、このあたりにパトカーがいたとしても、まだ指示が降りてくるまでに時間がかかる。

パトカーがいたとしても、たぶん何も知らない。しかしわたしがバッジを示し、協力を求めれば。

自分は暴行傷害の犯人を追っているのだ。いや、殺人未遂か。

たったいま後にして来た〈定温無菌室〉のトンネルに、倒れていた白衣の人物。その脇腹に焼け焦げたような跡があった。

あれは――

スタンガンを使ったのだ。あれは高圧の電撃の跡だ。電気ショックで人体をマヒさせる護身用の武器だが――最大強度で見舞《みま》えば心臓が止まってしまう。取材班の三人は、塩見センター長を襲って気絶させ、〈サンプル〉を奪ったのか。

――『取り返してっ』

声が、頭をよぎる。

誰だったのか。

切羽詰《せっぱ》まったような女性の声。

――『もしも宍道湖の生態系が全滅したら、もう手に入らない。取り返してっ』

宍道湖が……？

濃密な靄。湖岸へ押し寄せてくる。

靄は湖全体を覆いつくし、岸まであふれてくるだろう。

その前に、黄色い４ＷＤに追いついて〈サンプル〉を奪い返さなければ。

しかし
「くそ」

駆け下りながら目で探しても、警察の車両らしきものはない。

代わりに、赤色の光が目に入った。一台の救急車が閃光灯を回転させたまま非常階段の真下にいる。

急患を運んできた救急車か――

（――――）

この階段の真下が、救急搬入口なのか。

ならば人はいるはず。

病院の車があれば、借りよう。警察のバッジを示し、『田上事務長に許可は取った』と強弁すればいい（あの事務長には後から、NSSを通じて話をしてもらえばいい）。

何とかして追いついて――

ひかるは駆け下りながら、右手をジャケットの内ポケットへ入れる。

指先で〈お守り〉の存在を確かめる。

「…………」

唇を噛む。

また、格闘をするのか……

「班長」

ひかるは走りながら口を動かす。

「車を確保して、追跡します」

だが

「班長？」

応答が聞こえない。

左耳に声がしない——

ハッ、と気づいて指をやると、いつの間にか左耳のイヤフォンがなくなっている。

しまった、どこかで落としたか。

どこだ。

たった今、肩でぶつかって扉を開いた時か……⁉　わからない、どこかへ吹っ飛んだとしても、捜している余裕はない。

その時
（………？）
ひかるは裸《はだか》の耳に、何かを感じた。
思わず足を止めた。
何だ。
重たい響きだ。空気を伝わって来る。ボトボトという、これは——⁉
頭上を仰ぐ。
どこだ、見えない。
建物が邪魔になって、見えない角度か。

でも空気を伝わって来るのは、ヘリの爆音だ——

（戻って来た……？）

頭の中で経過時間を測る。手首の時計も見た。まだ少し早い、しかし美保での給油を大急ぎで終えてくれたのか。ＣＨ47が戻って来た。

ヘリなら速い。

「くっ」

一瞬で判断し、ひかるは踵《きびす》を返す。

●総理官邸　地下

ＮＳＳオペレーションルーム

「——舞島？」

門は、モニター画面の様子に眉を顰めた。

非常階段を駆け下りていた、リズミカルに揺れる視野が止まり、ぐるりと頭上を振り仰ぐ——特に何も見えなかったが、次の瞬間、逆向きに階段を登り始めた。

どうしたのだ。

追跡しろ、と指示していたはず。

「どうした舞島、なぜ戻る」

●出雲医大病院　本館

「はっ、はっ」

ひかるは細く吐き出すように呼吸しながら非常階段を駆け上り、四階の非常口へ戻った。ガラスの嵌まったドアを引き開け、一挙動で内部へ跳び込む（斜め掛けにしたショルダーバッグは宙に浮いたままだ）。

身体の向きを変え、通路を右方向へ駆ける。

門篤郎の指示とは、違う行動をとることになる。

しかしまだ、衛星携帯電話は腰のホルダーに差してある。余裕が出来た時にコールして、報告を入れればいい。

今は急げ。

屋上への経路は覚えている。

走る。通路を一〇メートル進んで右、曲がると自動ドアがある。センサーが働いて扉が左右に開くのももどかしく、細い通路へ跳び込む。

突き当たりが、エレベーターの扉だ。病棟外壁に造りつけられた専用エレベーターが、四階と屋上へリパッドを結んでいる。

だが

（――!?）

ひかるは扉にぶつかるようにして足を止めた。

金網の入ったガラス扉の向こうが、外の景色だ。

箱が無い。エレベーターが、ここにいない……!?

視線を上げる。

頭上の階数表示。

〈4〉と〈H〉――その間は階数分の矢印だけがある。今ちょうど途中の矢印が点滅し、〈H〉に向かって上がって行くところだ。

エレベーターが使われている。

今、屋上のヘリポートへ向かって上がっている途中か。

呼び出しボタンを叩くように押すが

「――」

ひかるは頭の中で秒数をカウントする。四階から十三階……。このエレベーターは、急患を乗せたストレッチャーを運ぶものだから、動作は滑《なめ》らかな分、のろい。

左右を見回す。

階段は……？

「あった」

●総理官邸　地下
ＮＳＳオペレーションルーム

「舞島」

門は画面の様子を見ながら、インカムに続けて訊いた。

「どうした。なぜ戻った」


「班長」

湯川が言う。

「舞島一曹は、イヤフォンをなくしたようです」

「何」

なくした……？

門は画面を睨む。

ついさっきまで、通話は通じていたのだが。

ライブカメラの映像の方は、途切れなく届いている。

しかしカメラの主――舞島ひかるは非常階段を下るのを止め、逆に上った（病棟四階まで戻ってしまった）。

何のつもりか、訊こうとしたら――

「こちらの声は聞こえていません」

湯川もヘッドセットを押さえながら言う。

「向こうの音声も入って来ない。走っている途中に、どこかで耳から吹っ飛んだか――すみません、改良が必要です」

「むう」

「衛星携帯の本体を、呼び出します」

湯川はキーボードを操作する。

「バイブレーションで、気づくはず」

「うむ――いや、待て」

門は少し考え、湯川を手で制した。

「今は、本人の判断に任せる。呼べば邪魔に――」

その時

『総理、総理』

オペレーションルームの壁に並ぶモニターの一つから、早口の声が呼んだ。

●出雲医大病院　本館

(内階段がある)

エレベーター横の壁が、防火扉になっていた。

取っ手を掴み、引き開けると。

思った通りだ。窓のない空間は階段だった。見上げると、頭上までずっと続いている。

よし。

屋上ヘリパッドまで、行ける――

「――――」

ひかるは歯を食いしばると、また床を蹴った。

●総理官邸　地下

NSSオペレーションルーム

『総理』

壁のモニターの一つから呼びかけてきた声は、特徴ある早口だ。

『報告が一件あります。急ぎです』

「？」

常念寺貴明は、壁に目をやった。

先ほどから、門篤郎の後ろに立ち、情報席の様子を見ていたところだったが。

誰に呼ばれたのかはわかる。

声は、〈市ケ谷　統合幕僚本部〉とテロップの出た画面からだ。

「どうされました、井ノ下大臣」

情報席の画面も気になるが――

画面では、ライブカメラの映像が揺れている。NSSの女子工作員――常念寺自身も前に生命を救ってもらったことがある――舞島ひかる一曹の視界だ。カメラの主は建物の内階段を駆け上がっていく。

シックス・βバクテリアの〈サンプル〉を奪った者を追っていたはずが、なぜ建物の階段を登って行くのか。

不可解に思い、見ていたところだ。

その常念寺へ
『総理』

壁のモニター——市ヶ谷の地下にある自衛隊統合幕僚本部の作戦室から、井ノ下和夫防衛相は早口で報告した。

『やっと判明しました。例の国籍不明機三機の、飛び上がった位置です』

「何」

常念寺が訊き返すと。

「————？」

「————⁉」

周囲にいた人々も壁のモニターに注意を向けた。

国籍不明機の飛び上がった位置……？

あの三機のＪ７は、どこから来たと言うのか。

『イージス艦など、複数のレーダー情報から特定できました』

画面の井ノ下は続ける。

『奴らが飛び上がった位置は、意外と近い――日本海、隠岐島西方三〇マイルの海面上です』

「海面？」

『そうです総理』

「井ノ下大臣」

横で、障子有美が訊いた。

「隠岐島西方というのは――まさか」女性危機管理監は、左手でメインスクリーンの方を指す。「ついさっき沈没した？」

『その通りだ、危機管理監』

モニターの中で井ノ下はうなずく。

『その海面は、二時間ほど前に突如、爆発炎上して沈没した所属不明の大型貨物船の位置とほぼ合致する。現在、海保が急行し、捜索救助に当たっているが、今のところ海面上に脱出した乗員らしき姿は皆無だ』

「――」

「――――」

いつの間にか、情報班長の門、厚労省技官の仮屋、そして堤厚労相も、市ヶ谷からのモニター画面へ注意を注いでいる。

腹《ふく》の膨れた改造ミグ――

拡大画像で見せられた、国籍不明機の『飛び上がった』位置。

それが海の上だった、というのか。

『あの三機は』井ノ下は続けた。『空幕の専門家の分析によりますと、貨物船の船上からJATO――すなわちロケットブースターで打ち上げられ、海面上の低空を這《は》って飛来しました。それも、無人機であった可能性が高い』

「無人機？」

常念寺は訊き返す。

「誰も乗っていなかったのか」

『F15が背後から撮影した画像を拡大し、分析しました。垂直尾翼に隠れていて見え難《にく》いのですが、コクピットのキャノピーの下に操縦者のヘルメットがなく、代わりにカメラが据えられていると分かります』

「むう」

常念寺は唸った。

「遠隔操作されていたのか」

『いいえ総理』

画面の井ノ下は頭を振る。

『遠隔操作ではなく、ＡＩにより自律飛行していた――そう見るのが妥当です』

自律飛行。

常念寺は目を見開く。

無人機というのも意外だったが――改造ミグはＡＩ（人工知能）のコントロールにより、自律的に飛行して来たというのか。

いったい、何のために。

『背後からの画像を、さらに詳細に分析しましたが』井ノ下は続ける。『機体の外装に、リモートコントロール用の信号を受信するアンテナの類《たぐい》が見られない。また当該機が飛来した時間帯の周辺の電波情況の記録を調べましたが、三機がどこかと電波をやり取りした痕跡《こんせき》が見られません。船上からブースターで射出された後、自律的に飛行して来たと見るのが妥当です』

「なるほど」

常念寺の横で、門が腕組みをした。

「山などの地形は、あらかじめインプットしたマップに従って避けて行くが。いきなり針路に割り込んで来た大型機を咄嗟《とっさ》に避けることは出来なかったわけか」

『三機を射出した後』

井ノ下はさらに続けた。

『貨物船の乗員たち——つまりテロの犯行グループは、証拠隠滅のため船を自沈させて脱出。おそらく、他の工作船に乗り移って逃走していると見られます』

「工作船か」

7

●出雲医大病院

「はっ、はっ」

ひかるは折れ曲がる階段を二段飛ばしで駆け上がった。

この階段も、非常階段として使われるものらしい。人気はない。防火扉でフロアから仕切られていて、病院のスタッフなどとは全く出合わない。

踊り場で折り返す度、床で靴がキュッ、と鳴る。

わたしが。

こんなに、走るなんて――


ひかるは細身で色白で、小さい頃はいつも白い木綿《もめん》のワンピースを着ていて、地元の年長者たちから『べっぴんさん』と呼ばれていた。三つ年上の姉とは正反対で、あまり活発な方ではなかった。

それが自衛隊へ入隊してから、ずいぶん鍛《きた》えられた。曹候補の訓練課程の仕上げには〈三〇キロ走〉という科目があるが、意外なことに自分は上位で走り切った。福島県の海岸の町にあった実家は代々、合気道の道場を経営しており、物心ついた時には姉の茜と一緒に道着を着せられていた。運動の素養は、ひょっとしたらあったのかもしれない。

ＮＳＳ工作員となる時、ＣＩＡの訓練シラバスを適用され、さらに鍛えられた。アメリカ人の教官からはまず呼吸から直された。ＣＩＡ工作員も、海軍のシールズの隊員もみなタクティカル・ブリージングという呼吸法を習い、それから格闘術の訓練に入るという（初めの五日間は依田美奈子と共に、呼吸だけやらされた）。

鋭く息を吐きながら飛ぶように昇る。

もう、十三階までの半分は上がったか。

縦に長い階段の空間には、頭上からボトボトという空気を叩くような響きが伝わって来る。ヘリコプターのローターの響きだ。

(ヘリなら)

すぐに、追いつける――

問題は。

あの黄色い４ＷＤに追いつき、どうやって止めるか――

追いついてみなくては分からない。

(最悪)

ちら、と思う。

最悪――ＣＨ47のキャビンには床面ハッチがある。

あの機長には、地表面ぎりぎりに一定の高さを保って飛ぶ技量がある。

問題は、わたしがヘリから動く車両の屋根へ跳び下りた経験が無いことだ……

「…………」

変だ。

自分が考えている内容を、ひかるはふと『変だ』と思った。

手足を振って鋭く息を吐き、階段を駆け上りながら一瞬、笑いそうになった。

おかしい。

自分がこんな『肉体派』の考えをする……？

お姉ちゃんでは、あるまいし――

姉の茜ならば、こういう時に、こういうことを考えるかもしれない。

三つ年上の茜は活発だった。小さい頃は男子とばかり遊び、子猿のようで、合気道もどんどん上達して昇段して中学三年からは道場の師範代を務めた。

わたしは。

(全然、そんなじゃない)

初段までは取ったけれど、それきり稽古《けいこ》もやめてしまった。

あんなことも、あったし――

(――――)

いけない。

ひかるは駆けながら一瞬、目を閉じて脳裏に蘇《よみがえ》りかけた〈記憶〉を押し戻す。

出て来るな――

心の奥の奥に封じ込めた『おぞましいもの』は、油断すると出て来る。大人になっても、些細《ささい》なきっかけを捉《とら》えてむくむく出て来ようとする。

出て来ないようにするには。

最近、少しわかった。

目の前の、やるべきことから目をそらさないことだ。向き合うべきものと向き合い、戦うこと。それしかない気がする。

逃げよう、と考えるとその瞬間に出て来るのだ。

だから、この頃わたしは――

そう考えかけた時。

折れ曲がる階段は唐突に終わって、ひかるの目の前に大きく〈H〉と描かれた両開きの扉が現われた。

●総理官邸　地下
ＮＳＳオペレーションルーム
『総理。テロ犯が工作船で逃げています』

壁のモニターから、井ノ下大臣は続けた。

『洋上の貨物船から無人戦闘機三機を発進させ、わが国の領土に突入させて重大な破壊行為を働いたテロの犯行グループが現在、工作船に移乗して逃走しようとしています。よって、統幕本部ではただちに海自へ指示。鹿屋《かのや》、下総《しもふさ》、八戸《はちのへ》から発進可能なP1、P3哨《しょう》戒機《かいき》を全機出動させて当該海域の捜索にかかります』

「――テロ？」

常念寺は思わず、訊き返した。

今、井ノ下は何と言ったのか。

「ちょっと待ってください。テロを働いた〈犯行グループ〉、ですか？」

『そうです総理』

井ノ下はうなずく。

『テロの犯行グループです。逃走しているのです。捕まえます』

「わ、わかった」

常念寺は応えた。

「その〈犯行グループ〉が捕まえられるものなら。是非、頼みます」

返事はした。

しかし。

これは、テロなのか。

眉を顰める。

そういう扱いでよいのか……？

常念寺は腕組みをし、メインスクリーンを見やった。

今のこの事態……。これは他国からわが国への『武力攻撃』ではないのか。

訝る常念寺に
「総理」

横から、門篤郎が言った。

「適当と思います。井ノ下大臣が言われるように、テロとして処理した方が、自衛隊も動きやすい」

「ううむ」

唸る常念寺に
『総理』

モニターから井ノ下は重ねて告げて来た。

『私は防衛大臣として、ただ今より自衛隊に〈海上警備行動〉を発令したい。ご承認をお願いします』

「〈海上警備行動〉か」

確かに。

自衛隊を行動させるときに、自衛権を発動させる〈防衛出動〉は敷居が高い。〈防衛出動〉は、他国からわが国への武力攻撃が行なわれ、明確に『これは侵略だ』と国会で認められない限り、発令できない。

しかし〈海上警備行動〉なら。

防衛大臣が必要と認め、総理が承認すればただちに発令できる。

「総理」

門が続けた。

「〈海上警備行動〉を発令して頂ければ。海自には今はＳＢＵがあります。昔の『能登沖不審船事件』のようには決してなりません。ヘリで乗り付けて犯行グループを――」

その時

「舞島一曹が屋上へ出るようです」

門の言葉に重なり、情報席から湯川が告げた。

だが
「屋上のヘリパッドに――えっ⁉」

●出雲医大病院　屋上

内階段を上り切り、目の前に〈H〉と大きく描かれた扉が現われた（ヘリパッドへの出口だ）。

（何だ……？）

床を蹴り、両開きの扉へ向かう。

扉には金網の入った窓があり、外の光が差し込んでいる。

光と共に、空気を震わせる爆音も。

だが
違う……？

（……音が違う）

耳に感じた違和感。

何か違う、と勘が教えている。ひかるは駆けながら眉を顰める。

何だ。

爆音が――

（軽い……？）

だが勢いの付いた両手足は止まらず、数メートルを一瞬で走って、目の前にうわっ、と両開きの扉が迫る。

左の体側をぶつけるようにして、ノブを右手で摑み、押し開けた。

ぶわっ
風が吹きつける。

屋上へ出た――

しかし
「――⁉」

CH47じゃない。

ひかるは、押し寄せる風圧にのけぞらされ、足を止めた。

右手で顔の前を覆うようにして、違和感の正体――爆音と風圧の根源を見定めた。

黄色いヘリ……⁉

キィイイインッ、とタービンエンジンの高速回転音をさせ、屋上ヘリパッドの中央に浮いて、今にも降着用ソリを着けようとしているのは卵型の黄色いシルエットだ。こちらに尾部のテイルローターを向け、位置を合わせ、ヘリパッド表面にどすんっ、と着地した。

ひかるは目を見開く。

卵型胴体の、小型のヘリだ（CH47よりもだいぶ小さい）。何と言う機種なのか――その左舷《さげん》胴体部に卵を三つ並べたようなロゴ。

（……NHK⁉）

ひかるが息を呑むのと、開きかけた左舷ドアから乗り込もうとしていた人影――ジーンズに革ジャンの男がこちらに気づき、黒サングラスを向けて来るのは同時だった。

あの男は。

取材班のディレクター……⁉

（まさか）

見間違いではない、さっき渡り廊下ですれ違ったNHK取材班のリーダーの男だ。

どうして。

なぜ、ここに――

廻《まわ》り続けるローターの下、男は左手でヘリの後部座席ドアを開き、乗降用ハンドルらしきものを摑むと、ステップに足をかけて身体を引き上げる。同時に右手を革ジャンの懐へ突っ込む。

その肩には、ストラップで四角い金属製ケースを斜め掛けしている。銀色の表面に、ステッカーが貼られている――〈ＮＨＫ〉。

「………!?」

待て。

「ま」

だが、ひかるが床を蹴って駆け出しながら「待て」と叫ぼうとした瞬間、男の右手が懐から摑み出した黒い物体をスイングさせ、向けて来た。

(!?)

あれは。

ひかるは目を見開き、咄嗟に左足を外側へ蹴り出して、右前方へ身体を投げ出した。

緑色のゴムマットの上へ、跳び込み前転のように頭から転がる――一瞬遅れて宙を引っ張られるショルダーバッグが、ひかるがたった今いた位置で破裂した。鋭い衝撃波が身体のすぐ上を通過し、滑り止め加工のマットに顔を思い切り擦りつけた時にようやくパンッ、という発射音が空気を伝わって来た。
「うぐ」

撃たれた――⁉　でも訓練で習った通り、銃の射線の外へとにかく飛び出すようにしたのが幸いした。

ざらざらした滑り止め加工のマットで頬を擦りむいたが、そのまま止まらず身体を回転させ、ヘリコプターのテイルローターの真下へ転がり込む。破裂して残骸《ざんがい》のようになったショルダーバッグ（タブレットを銃弾が貫通したか）をかなぐり捨て、転がる。

卵型の胴体の左側面からは、死角に入った。

だが
止まるな。

ここでべったり貼り付いていたら、また撃たれる――自分の身体を叱咤《しった》し、歯を食いしばって手のひらと膝で身を起こし、這いずるように前進した。膝がゴムマットに粘《ねば》りつくようだったが前へ進む。途端に、自分の左足があったところにパシッ、と煙が上がってゴムが散った。

（くそっ）

這いずるようにしながら、目線はヘリの左舷の下あたりへ向け続ける。訓練で培《つちか》った勘のようなものが教えている。ヘリの機体の下へ入れ。そうすれば、自分を撃とうとする時、相手もかなり姿勢を低くしないと当てられない。簡単にはやられない――

「はっ、はっ」

両肘《りようひじ》と膝を使い、前方へ這った。

男の姿は見えない（ステップを上がって機内へ乗り込んだのか）。


銃を持っていた……。

這いながら、考えが浮かんだ。

やはりあの男は外国工作員だったか。病院の入口には金属探知機など無いから、銃を持ち込めたのか。

研究センターに押し入り、責任者の医師はスタンガンで気絶させた。あの状態なら、素人《しろうと》が見れば何かの発作で倒れたと思うかもしれない（時間が稼げる）。だが今、ヘリに乗り込むところをわたしに見られた。

金属ケースを持っていた。あれが〈サンプル〉なのか。ならば、さっき派手な動きで走り出て行った4WDは……？　残りの二人が乗っていたのだろう。まさか、あっちは〈囮《おとり》〉か。警察には向こうを追わせて――

考えながら、ヘリの胴体下へ潜《もぐ》り込む。小型の機体だ、人の乗る卵型の胴体は自動車くらいの大きさか——？　さっき一瞬見ただけだが、前席と後席にそれぞれドアがあり、車のように乗降するようだ。

激しく息をつきながら、胴体の真下で上半身を起こす。頭がヘリの腹につかえるが、膝をついた姿勢のまま左舷側へにじり寄る。

あいつが。

肩を上下させ、呼吸を整えながらひかるはさらに考える。

あの男が、わたしを再度、撃とうとするなら。

この位置にいるわたしを撃とうとすれば、いったん上がった乗降用ステップから降り、姿勢を屈めて、胴体下の隙間を覗き込むしかない。

あるいはキャビンの後部座席から腹ばいになり、足だけを固定し、逆さまに上半身を振って胴体下の隙間を狙《ねら》うか——いずれにしても、この位置のすぐ目の前へ姿を現わすはず
……。

目と鼻の先に現われた瞬間が、チャンスだ——

（——）

肩を上下させ、空気をむさぼり吸う。

さんざんしごかれた教官からの教え——中国工作員は銃器を所持していることがある、任務において、銃を持った〈敵〉と格闘することがあるかもしれない。

だが恐れることは無い。銃には、弾丸を命中させられるコーン――円錐状《えんすい》の範囲があり、この円錐の中に居さえしなければ当たる心配はない。

NSS工作員が主に相手にするのは中国の女スパイだ。わが国の要人へハニートラップを仕掛けようとする女スパイに対し、職務質問をして、法律の範囲内で身柄を確保・拘束する。

訓練では、相手が抵抗した場合に備え、建物など閉鎖空間内で格闘、制圧するシミュレーションをやった。相手が銃を持っている想定もした。教官や、依田美奈子を練習相手に嫌と言う程、六週間にわたり様々なパターンで数千回は繰り返した。

屋上へリパッドで、こんなふうに闘う実習はしていなかったが。不思議と『応用』は利くものだ――

冷静に考えている自分に少し驚きながら、頭の中でシミュレーションした。

男が目の前に現われると同時に跳びかかり、体当たりしながら左腕で頸椎《けいつい》をロック、同時に右手で相手の銃を上方へそらせ、身体を捻《ひね》ってわたしの全体重をかけ、相手の首を捩《ねじ》り下げる。

呼吸を整え、ひかるは全神経を目に集中した。

だが

（――⁇）

男は現われなかった。
代わりに、ヘリの腹の上——キャビン内で人が争うような気配がした。何か叫ぶ声と、
身体がぶつかり合うような鈍い響き。
何だ……？
眉を顰める暇もなく
パンッ
頭上で乾いた銃声がすると、次の瞬間、ひかるの目の前に何かがおちて来た。
どさささっ
「⁉」
人間……⁉
ひかるは息を呑む。
目の前のゴムマットに、横向きでおちて来た人体が叩きつけられ、弾んだ。
ジャンパーを着て、サングラスをしている——しかしディレクターの男ではない。その
頭から、通信用らしいマイク付きヘッドセットが外れて吹っ飛ぶ。
まさか。

（操縦士を――）

殺した……!?

息を呑む間もなく。

キィイイイインッ

頭上の高いところでタービンエンジンの回転が上がると、吹き降ろしの風圧が襲ってきた。ヘリの腹の下に居ても息が止まるようだ。

「――うっ」

くそ。

ぶわぁっ、と風圧を叩きつけながらヘリの胴体が上がって行く。頭上の空間が、たちまち大きくなる。

逃げるか――!?

8

●出雲医大病院　屋上

「うわ」

小型ヘリの機体が上がる。

呼吸も止まるような風圧と共に、卵型の機体は舞い上がろうとするが。すぐに横風で位置がずれ、ふらつくような動きで、右舷側の降着用ソリがひかるの上半身を背後から横殴りに打撃しようとする。

ブンッ

くそっ。

伏せようとしたが間に合わない、ひかるは咄嗟に、中腰の姿勢のままアルミ合金製のソリを両腕で受け止めた。合気道の受け身の要領でそのまま上方へいなそうとしたが、逆に上半身をすくい上げられるように持ち上げられた。

ぐううっ

「…………!?」

踊るような動きで、ヘリは宙へ舞い上がる。

足をつけて逃げようとしたが、爪先が空を蹴る。

えっ……!?

ひかるは下を見て、目を剝いた。

地面が、遥《はる》か下。

(嘘《うそ》)

空中にいる——!?

ヘリはほぼ一瞬で、病棟の屋上から横向きに外れていた。

湖からの風か。飛び上がると、すぐに流された……!?

足の下に何もない。

高い。

(まずい)

手を離せば死ぬ。

●総理官邸　地下
NSSオペレーションルーム

「ま、舞島一曹が」

湯川が声を上げた。

「撃たれた、撃たれましたっ」

「何」

「⁉」

「――⁉」

常念寺をはじめ、全員が情報席の画面を覗き込む。

だが

声に驚いて、見た時には。

画面にはすでに動きはなく、緑色のゴムマットの平面が斜めになってフレームの半分を占めているだけだ。

「何が起きた」

門篤郎が訊く。

オペレーションルームの空間では、たった今まで、〈海上警備行動〉を発令するための常念寺と井ノ下防衛相のやり取りに注目が集まっていた。

門も、常念寺が発令を許可するところを見守っていた。

舞島ひかるが耳につけているライブカメラの映像をウォッチしていたのは、情報席の湯川だけだった。

「屋上のヘリパッドに、黄色い小型ヘリが」

湯川は画面を指し、説明する。

「舞島一曹が、そちらへ視線を向けるなり。乗り込もうとしていた男が、おそらく銃を向けて来た。一曹は床に転がって」

「おそらく、だと⁉」

門が訊き返す。

「何者かに銃撃されたのか」

「見えたのは一瞬でした」

湯川は画面を指す。

「直後に、この状態です」


「まさか――」

画面の視野は、大きく傾いたまま止まっている。

舞島ひかるは何者かに銃で撃たれ、倒れて転がっているのか。

このカメラの視野――

門は携帯を取り出し、警察庁の番号を親指でタッチする。

ただちに病院の屋上へ、誰かを救護に向かわせなくては。

くそっ。

ここから直接に指示は出せない、警察庁経由になる。

依田が現地へ入っていれば……。

舌打ちする。

と
（――――?）

舌打ちする間に、緑のゴムマットばかりの視野は風圧に運ばれるかのように横向きにずれ、ちらつく。

次の瞬間、何も映らなくなった。

待て。

門は目をしばたたかせる。

待てよ。

ライブカメラは、舞島ひかるの腰のホルダーに差した衛星携帯電話を通じて画《え》を送って来る。電話を身につけた本人と離れれば、映像は切れる――

「情況が知りたい。映像を巻き戻せ」

「はっ」

●島根県上空

（——く、くそっ）

風圧で、ほとんど呼吸が出来ない。

ひかるは、鉄棒で逆上がりがなかなかできない子供のように、小型ヘリの右舷側降着用ソリに両腕でしがみついていた。

すでにヘリは機首を巡らせ、いずれかの方向へ飛行し始めている。

ちらと目をやると、足の下は木々に埋め尽くされた山だ。うねうねと続く——宍道湖に面した病院を後に、黄色いヘリコプターは山地を越えようとしている。

ふいに
ぐうっ
ヘリが、機首を前傾させた。


「う、うわっ」

水平だったソリのフレームが、機首方向へ傾く——

同時に頭上でキィイイイッ、というタービンの排気音が増す。

加速している。機首が下がった瞬間に身体は前方へずれ、続いて強まった風圧で今度はずりずりっ、と後方へ押しやられる――ひかるは反射的に両腕で、鉄棒のようなソリのフレームにしがみつき直す。

肘がこすれる。痛い。

呼吸が、出来ない……！

吹き付ける気流がさらに勢いを増す。速度が上がっている。ヘリは機首を前傾させることで加速するのか。

さらに
ゆらっ
「………⁉」

ヘリの卵型の機体がゆらゆらっ、と左右に揺れ始めた。

強まった気流の中を、踊るように進む。

この不安定さは。

わたしがぶら下がっているのに気づき、振り落とそうとしているのか――？

（いや）

そんな感じではない。

わたしの存在に気づいて、振り落としたければ、急旋回《せんかい》して遠心力をかければいい。そうなったら両腕はもたず、瞬時にソリからちぎれるように外れ、わたしの身体は空中へ吹っ飛んで行くだろう。

そうではなく、ゆらゆらと左右に踊っているような動きは、単に上手《うま》くない――操縦技量が未熟で、機体を水平に安定させられない。そんな感じだ。

さっきから、そうだった。飛び上がるなり横風に流され――

（――――）

ひかるは腕の痛みをこらえながら、ちらと上を見た。

見えるのは胴体の底面だ。

この上――操縦席にはたぶん、あの男が座っている。

あのディレクターの男が操縦している。

（このヘリは）

さっき見た、ヘリ全体の姿を思い出す。この機はＮＨＫの社有機なのか。

あの男を含む三人の工作員は、ＮＨＫ職員を襲って成り代わり、病院へ来たのか。あるいは工作員がＮＨＫに採用されてもともと職員をやっていたのか、定かではない。

しかし社有機の操縦士は〈仲間〉ではなかった。何かの理由をつけ、社有機を病院の屋上へ呼び寄せたが、わたしに向かって発砲したことで操縦士は驚いただろう。お前は何者か、何をするつもりかと問われ——機内で争いとなり、撃ち殺した。あるいは初めから操縦士は銃で排除して、ヘリを奪う計画だったか。

ディレクターの男が〈サンプル〉を携え、社有ヘリを奪い、どこかへ向かう計画だったのか……？　テロリストが操縦資格を習得してテロ行為に航空機を利用することは、最近はよくあるという。上にいる男も、そのたぐい——

ぶぉおおっ

空気の音が変わった。

何だ……？

（⁉）

ハッ、として見下ろし、ひかるは息を呑む。

下界では山地の緑が途切れ、一面に白波の立つ海原が広がった。

卵型のヘリは、遮《さえぎ》るものの無い洋上へ進んで行く。

海に出た……⁉

●総理官邸　地下

NSSオペレーションルーム

「止めろ」

門は指示して、カメラ画像のプレイバックを止めさせる。

画面を注視した。

これは――

静止した光景に、息を呑む。

「NHKのヘリか」

「!?」

「――!?」

全員が、画面を覗き込んだ。

静止した中に捉えられているのは、卵型をした黄色のヘリコプター。大きくはなく、胴体は自動車サイズだ――その側面に〈NHK〉のロゴがある。機体はテールローターをカメラの方へ向け、ヘリパッドの緑色の床面に着地している。その機体左側面から、乗り込もうとしている人影がある。黒サングラスの男……。

（こいつは）

門は目を見開く。

見覚えがある。

さっきの取材班の、ディレクターの男……⁉

黒サングラスの男は、ヘリの胴体側面にあるハンドルを左手で摑み、乗降ステップに片足をかけている。

その姿勢で、撮影しているカメラの主に気づいたか。黒いサングラスをカメラの方へ向けている。

「見てください」

仮屋が、後ろから画面を指した。

「この男が肩からかけているのは、さっきの〈定温運搬ボックス〉だ」

「――――！」

門の左横で、堤美和子が息を吞む。

確かに仮屋の指摘通り、ディレクターの男は金属製の四角いケースを斜め掛けに携え、ヘリに乗り込もうとしている――

「むう」

門は腕組みをした。

「画像を動かせ。少しずつだ」

門の指示で、湯川がキーボードを操作した。

コマ送りで、画像がクッ、クッと動く。

男はヘリの乗降用ハンドルを左手で掴んだまま、右手を革ジャンパーの懐へ突っ込むと、何か黒い物体を取り出してスイングさせるように向けて来る。

ほとんど同時に、カメラの主はその正体に気づいたか。画面が急にぶれ、左斜め上方へ吹っ飛ぶように流れる。

「そこでいい」

門は、再生を止めさせた。

「舞島は」

画面を指し、門は自分自身で確かめるように言った。

「おそらく何らかのきっかけで、病院の駐車場を走り出た４ＷＤは〈囮〉だと気づいた。奴らは、我々には車を追わせ、その間に屋上からヘリでリーダー格が〈サンプル〉を持って逃げる」

「ううむ」

常念寺が唸った。

「舞島一曹は、その策略に気づいたのか」

「だから車を追わずに階段を上って、屋上へ向かったのです」

門は説明した。

「撃たれてしまいましたが」

「舞島君は大丈夫か？」

「私の推察ですが」

門は止まった画面を指す。

「舞島は、銃口を向けられると同時に右斜め下へ跳んで避けている。ヘリパッドの床へ跳んで転がったのです。ライブカメラは転がった瞬間に外れて吹っ飛んだ。なので画像から確認はできないが、この間合いでは地面に転がる標的を一発で撃ち抜くのは難しい。まして ディレクターの男は安定しない姿勢からの片手撃ちだ」

「門君」

障子有美が眉を顰めて訊く。

「あの子、大丈夫なの」

「まず当たらない」

門はうなずき、情報席へ指示する。

「湯川、舞島の衛星携帯の位置情報を出せるか」

9

●島根県沖　上空

(――どこへ行くんだ……⁉)

ひかるは、周囲を見回した。

やや前傾した降着用ソリのフレームに両腕をからめてしがみつき、身体を支えている。風圧で身体を持って行かれそうになるのを、肘でこらえる（その度に痛む）。

猛烈な風圧で、前方へ顔を向けるのが辛い。

機体の後方へ目をやると、山陰の緑の山々は急速に離れ、霞《かす》んでいく――今ヘリの周囲はすべて洋上の空間だ。

どこへ向かっている……？

顔をしかめ、機の進行方向を睨む。

前方には何もない。

島根県の海岸線から出て来たのだから、下の海は日本海――

太陽の位置は……？

駄目だ、頭上は雲が覆っている。方角は正確には分からない。でも海岸線を真後ろにしているから、北へ向かっているに違いない。

（……あの男）

つい数分前、自分に銃を向けて来た男。

自衛隊に入った時の基礎訓練で、銃の取り扱いは習った。NSS工作員となる時にも、CIAの教育課程《シラバス》に沿って、拳銃《けんじゅう》射撃のトレーニングはしている。前回の〈天然痘《てんねんとう》テロ事件〉のさなかにも自動拳銃は取り扱った。でも実際に〈敵〉から銃弾を浴びせられたのは、初めてだ。

訓練が功を奏し、殺されずには済んだが――

わたしを殺して。

社有機の操縦士も射殺して、ヘリを奪い、あのディレクターの男はどこへ向かおうというのか。

あの〈サンプル〉を、どこへ――？

「――くっ」

体重を支えている腕と肘の痛みが、辛い。

筋力も限界に近付いている。

この姿勢も、あと数分ともたない――

飛行高度は高くはないが、海面まで一〇〇メートルはある。おちれば死ぬ。

ひかるは目を上げる。

頭のすぐ上が、ヘリの胴体の底面だ。底面しか見えない（身体が右舷側のソリよりも内側にあるからだ）。

この上にキャビンと、操縦席がある……

「く」

ひかるは歯を食いしばり、鉄棒のようなソリのフレームを左の肘でしっかり抱え込むようにすると、右手を離した。

ぶわっ

風圧で身体が持って行かれる――左肘で全体重を支え、振り子のように反動をつけて、身体の向きを変えた。右手を伸ばしてフレームの前の方を掴む。

(!?)

駄目だ、掴み損ねた。

もう一度、身体を振って反動をつけ、右手を伸ばす。

今度は掴んだ。

「はぁっ、はぁっ」

顔をしかめ、左肘の痛みをこらえながら身体を引き揚げ、右肘でもフレームを抱え込むようにする。

「──はぁっ、はぁっ、う」

風圧で呼吸が出来ない、肺が熱い。

まずい、早くしないと身体がもたない。

●総理官邸　地下

NSSオペレーションルーム

「出ました」

湯川が声を上げた。

情報席の別の画面を指す。

「舞島一曹の、衛星携帯の位置です」


「どこだ」

門は、湯川の指した画面を見やる。

先ほども表示させた、衛星携帯のGPSポジション・マップだ。

画面のマップ上に、位置が赤い点として現われる。

光点を中央に、背景が流れるように動く。

しかし
何だ、この位置は……!?

「おい、この位置は正しいのか」


「間違いはありません」

湯川は振り向いて、全員に説明した。

「今、このマップに出ている赤い点が、舞島一曹の所持している衛星携帯電話のGPSポジションです。リアルタイムです」

「海の上か？」

常念寺が訊いた。

「海の上を――北上しているのか？」

「かなりのスピードです」

湯川がキーボードに向かい、測定値を出す。

「概算ですが、時速二〇〇キロ出ています」


「総理」

門は口を開いた。

画面の赤い点を指す。

「あれは、ヘリの位置です。洋上を移動するスピードから推測し、ヘリと見るのが妥当だ。舞島はさっきのあのヘリに乗っています」

「何」

「やはり思った通り、カメラは外れて飛んだのです。舞島本人は奴らに拉致《らち》され、ヘリに乗せられたか――あるいは何らかの方法で、機体のどこかに潜り込んだ」


「門君」

障子有美が言う。

「まさか、人質に」

「班長、衛星携帯を呼んでみますか」

湯川が訊く。

「本人へ確認を」

「いや――待ってくれ」

門は考えて、頭を振る。

この情況なら。

そうだ――『拉致』の可能性は低い。

「呼ぶのはまずい、舞島は捕まってはいないと思う。奴らが舞島を捕らえて、拉致しているなら、位置のわかる衛星携帯は真っ先に取り上げて壊すか、捨てる」

「じゃ」

「舞島は、何らかの方法でヘリに潜り込んでいる」

「――――」

「――――」

全員が一瞬、絶句する中
「〈サンプル〉を」

堤美和子が言った。

「奪われずに済むのですか」

●横田基地　地下
総隊司令部　中央指揮所（ＣＣＰ）

「先任」

静かにざわめく地下空間。

工藤慎一郎は、先任指令官席でシートにもたれたまま正面スクリーンを見上げていた。

先ほどから、その姿勢で動かない。

これを小康状態――というのか……？

午前中の事態は一段落している。

黒を背景に、巨大なピンク色の日本列島が浮かぶ情況表示スクリーン。広大な空域をカバーする視野には、異状を知らせる視覚情報は何も現われていない。

散らばっているのは、すべて『友軍』を示す緑の三角形シンボルと、飛行計画を提出して航行している無害な民間機――無数の白色シンボルだけだ。

スクリーン左半分には、山陰沖を拡大するウインドーが開き、Ｃ２輸送機の捜索活動の情況が見られる（十数機のヘリと、救難指揮機が旋回中だ）。少し離れた位置では、海上保安庁の所属機だろう、やはり緑の三角形シンボルが十個余り、ある位置を中心に向きを変えながら這い回っている。

Ｃ２は。

やはり、あのアンノンと衝突して、分解したのか。あるいは運よく損傷だけで済み、着水したか――

生存者がいるのなら、そろそろ発見されてもいいはず……。

くそっ。

アンノンを見に行ってくれ、と頼んだのは俺だ。

スクリーンを見上げ、唇を噛んでいると、連絡担当幹部が呼んで来た。

「先任、統幕から指示です」

「――統幕？」

工藤は、席で身を起こした。

統幕から指示……？

ＣＣＰ先任指令官である自分の直属上官は、航空総隊司令官だ。

何か命令が下りる時には総隊司令から達される。それが普通だが――

ただし、航空自衛隊では急を要する事案も起きやすいので、市ヶ谷の統合幕僚本部が総隊司令官を通さず、ここCCPへ直接に指示をしてくることも時にはある。

何だろう。

現在の現状につき報告しろ、というのなら分かるが。

指示……？

「何だ」

「はっ」

連絡担当幹部は、通話を書き取ったメモを読む、

「二件あります——一件目、今から与えるGPSポジションを飛行中の民間ヘリ一機を、ただちに捕捉《ほそく》せよ」

「民間ヘリ？」

「はい」

連絡幹部はメモを見下ろす。

「数字は——緯度・経度は、おおむね西日本の日本海側。山陰沖です」

「？」

民間ヘリを捕捉しろ……？

どういうことだ。

正面スクリーンの左半分を見やる。

拡大させたウインドー――日本海西部には、小松基地のF15を数機、CAP（戦闘空中哨戒）に出している。緑の三角形が二機ずつのペアで、ゆっくりと動いている。

国籍不明機のさらなる出現に備えるためだが――CAP中のF15のうち一つのペアを、振り向ければいいか。捕捉しろ、と言うのは〈対領空侵犯措置〉で国籍不明機に対して行なうように、傍《そば》について行動を監視しろ、という意味か……？

命じて来たのが統幕だからな。指示がおおざっぱで困る。

「日本海第二セクター」

工藤はインカムに呼んだ。

「統幕から送られたGPSポジションの民間機を、スクリーン上で識別できるか」

「お待ちください」

最前列の要撃管制官の一人が、指示を受けて連絡幹部から数字をもらい、キーボードを操作した。

「わかりました。おそらくこの民間機です、黄色で表示します」

「――」

工藤は眉を顰める。

スクリーン左半分の拡大ウインドーの中、ぎざぎざの山陰の海岸線を後に、ぽつんと黄色の三角形が一つ、尖端《せんたん》を真上――北へ向けて浮かんだ。

ふいに出現したのではなく、無数に飛んでいる白い民間機シンボルの一つが、黄色に変わったのだ。

黄色の三角形の脇に〈003　120〉という数字。

(高度三〇〇フィート、速度一二〇ノット――ヘリか)

民間ヘリ、と統幕から言って来た。

何者で、どこへ向かっているのか。

黄色い三角形の尖端の先は、ちょうど二時間ほど前に爆発沈没した国籍不明貨物船の遭難位置だ。海保の捜索機がまだ多数、旋回して生存者の発見に努めている。

マスコミの取材ヘリが、沈没現場へ撮影をしに向かっているのか……?

しかし、ならばどうして市ヶ谷が『捕捉せよ』なんて言ってくる。

と

(針路を変えた……?)

工藤が見上げる中。

黄色い三角形は、身じろぎするように、尖端をわずかに左へ振る。

針路は真北から、北北西になる——

何だ。

取材にしては、おかしい。

このままでは、貨物船の沈没水域からやや西側の、何もない海面を目指すことになるぞ……

「あのヘリは」

右隣の席から、笹一尉が言う。

「どこへ行くつもりでしょう。まさか、朝鮮半島の北東部へ」

「まさかな」

工藤は腕組みをする。

「仮にだが。あれがマスコミが使うような小型ヘリだとすれば、航続距離が足りない。日本海を斜めに横断するには——」

「先任」

左横の情報席から明比二尉が告げた。

「日本海ですが。C2遭難水域、および貨物船の沈没水域の周辺は、天候が悪化しています」

「天候?」

「そうです」

明比は情報席の画面を見て言う。

「イージス艦〈みょうこう〉からの天候情報です。日本海西部には大陸方面から低気圧が接近。現在は全天が雲に覆われ、かつ雲底高度は低くなって、海面上一〇〇メートルから上はすべて雲です。捜索活動が難航しているのも、そのせいでは」

「とにかく」

工藤はインカムに命じた。

「統幕の指示に従おう。日本海第二セクター、CAP中の小松のFを二機、民間ヘリへ差し向けろ。並走して行動を監視」

「先任、速度差がありすぎて並走は無理です」

「かまわん。周囲を旋回して行動を監視しろ。統幕からは、追って具体的な指示も来るだろう」

「はっ」

「連絡幹部」

そうだ。

市ヶ谷の統幕会議からは、指示は『二件来ている』と言った。

「もう一件の指示は、何だ」

「は」

離れた席で、連絡幹部が再度、メモを読む。

「二件目です。ええ、次に言う『秘匿《ひとく》任務機』をCCPの指揮下に入れよ。ただし当該はレーダーに映らない」

「？」

第Ⅳ章　シックス・β《ベータ》バクテリア

1

●日本海上空
ＭＤ５００ヘリコプター

「うわ」

ぐうっ
ひかるがソリのフレーム上に身体《からだ》を引き揚《あ》げようとするのと、ヘリの機体が大きく左へ傾くのは同時だった。

外側へ、振られる――

びゅううっ、と風圧がかかり、遠心力がひかるの身体を右方向――旋回《せんかい》の外側へ引きはがそうとする。

く、くそっ……！

水平に近い角度まで振られ、両肘《りょうひじ》でフレームにしがみつこうとするが、駄目だ。身体を持って行かれる――

「――！」

肘が外《はず》れた。だが両手で咄嗟《とっさ》にフレームを摑《つか》み、まるで鉄棒にぶら下がるように、引きはがされるのをこらえる。

わたしを振り飛ばすつもりか……!?

ここにぶら下がっているのが、操縦している男にばれたのか。

（いや）

そうではなかった。

ひかるを振り飛ばすつもりなら、急旋回を続けて遠心力を掛けるはずだが。

空中を突進する卵型の機体は、すぐにバンクを戻す。

直線飛行へ戻った。

針路を、左へ振った……？

ヘリは、島根県の海岸線を出て、ほぼ真北へ向けて飛んでいたように見えたが。
今、機首を少し左へ振り、北北西へ向け飛行し始めた。
ひかるを振り飛ばすような挙動は、もう見せなくなったが。
代わりに、機首を下げ始めた。
少しずつ降下する。
速度が増加する──
「うっ」
ピシピシッ、と顔に冷たい針のようなものが突き刺さる。何だ……⁉
雨⁉
両手でぶら下がったまま、目を上げると。
猛烈に回転するローターの上で、グレーの雲の底面が流れていく。
いつの間にか、頭上はすべて灰色の雲が天井のように覆《おお》っている。
雲が、低くなっている。
雲の底面から海面へ降り注ぐ雨の中へ、入って行くのか。
前方が見えなくなるから、少し高度を下げたのか。いったい、どこへ向かうつもりだ？
(どこへ行くにしても)

ひかるは顔をしかめ、機体の進行方向をちらと見る。

雲の下、水平線が煙《けむ》っている。

白い細い針のような雨滴が押し寄せる——痛覚で、顔を向けていられない。

どこへ行くのか知らないが、このままでは、わたしは一分と持たない。

フレームに摑まる両の手のひらが、もう限界だ。

横殴りの風圧の中、ひかるは顔を上へ向け、機体表面を目で探《さぐ》る。

黄色の卵型胴体——銀色の『ＭＤ５００』というエンブレムは機体の型式名か……？

胴体には乗用車のように、前後席にそれぞれ乗降ドアがある。埋め込み式のハンドル。その横に赤い矢印と共に〈ＲＥＳＣＵＥ〉の文字。

あれだ。

ひかるは歯を食いしばり、渾身《こんしん》の力を込めて懸垂《けんすい》のように両腕を引き付ける。

上半身を、引き上げる。

目の上には、ソリを胴体下へ突き出させている支柱がある。支柱の中ほどに搭乗者が足を掛けるためのステップがある。上半身を引き上げた勢いで右手を伸ばし、摑む。

摑んだ。

「——くっ」

伸ばした右手でステップを摑んだまま、空気をむさぼり吸う。凄《すさ》まじい風圧で、肺に入って来ない。胸が焼ける。

くそっ。

身体の力は、もう十数秒しか持たない、水泳で潜水をしている時のようだ。ひかるはもう一方の左手も伸ばしてステップを摑む。また歯を食いしばり、両腕の最後の力を振り絞《しぼ》って、身体をソリの上へ引き上げた。ローヒールの右足、左足をかけ、残っていた脚の筋肉の力で立ち上がる。左手を伸ばし、何でもいい、胴体の機首部分の下側に出ている突起を摑んだ。左腕と脚の力で、ソリの上に中腰で立つ。

ぶぉおおおっ

横殴りの風圧。黒のパンツスーツの上着がちぎれて飛びそうだ。息が出来ない中で目を上げると、すぐ額《ひたい》の前に操縦席の右舷《うげん》側乗降ドア——ドアの底部がある。曲面の強化プラスチックの向こうに操縦席の床面が覗《のぞ》いている。奥の方——左側操縦席にジーンズの足が見えている。やはりあのディレクターの男か。操縦席についている。素早く左右へ目をやるが、それ以外の搭乗者は居ない。

ひかるは目を額の上へやる。

ドア左端に〈ＲＥＳＣＵＥ〉の文字と紅《あか》い矢印——矢印は、埋め込み式のハンドルを指《さ》している。

これだ――

ひかるは政府専用機の客室乗員――航空機搭乗員だ。緊急事態に対応するための訓練を受け、知識もある。

だから知っている。航空機のドアが、内側からロックされていることは、無い。

ドアはロックされていない。

むしろ、離着陸時に不慮《ふりよ》の事態で機体がクラッシュした際、駆け付けたレスキュー隊員が迅速《じんそく》に機内の搭乗者を助け出せるよう、すべての航空機の乗降ドアは外側からは容易に開けられるように作られている（ただし上空で与圧がかかっていると、ドアは空気の圧力で機体の枠に押し付けられ事実上ロックされるので、旅客機などのドアが航行中に開いてしまうことは無い）。

だがこんな小型ヘリのキャビンに、与圧がかかっているはずはない（高度も低い）。

〈ＲＥＳＣＵＥ〉の文字と矢印は『このハンドルを引いてドアを開け、救助せよ』と示している。

左手を伸ばし、ひかるは埋め込み式のハンドルに指をかける。五本の指をかけて摑むと、引いた。

途端《とたん》に
バクッ
ドア全体が、数センチ浮き上がった。
びゅおおっ
空気の音が変わる（乗降ドアに隙間《すきま》があき、空気抵抗が増えたのだ）。
次の瞬間
びゅるるるっ
震えるような音と共に、ヘリの機首がゆらっ、と右方向へ振れた。
「わっ」
右側面の抵抗が増し、卵型ヘリは進行方向に対してやや右へ機首を振った姿勢になる
（熟練したパイロットならば即座に修正するが、それはなされない）。
それに続き、ひかるの額を打つように、いきなり乗降ドアは数十センチ手前側へ開いた。ひかるは知らなかったが、空気に対して斜めに進むことで胴体の左右に気圧差が生じ、負圧となった右舷側ドアが半《なか》ばまで開いたのだ。
開いた……！

ひかるは頭を一瞬だけ低くし、開くドアの底部をかわすと、開口部（三〇センチほど開いた位置でバランスがとれたように止まっている）へ首を突っ込んだ。

顔に当たる風圧がなくなる（呼吸が出来る）。

目の高さが操縦席の床面だ。

「はぁっ」

息を吸い、両足でソリのフレームを蹴《け》った。這《は》い上がろうとするのと、左側操縦席の黒サングラスの男が驚愕《きょうがく》した動作で顔を向けて来るのは同時だった。

気づかれた。

視界の中、男が反射的な動作で右手をスティック式操縦桿《かん》から離し、革ジャンパーの懐《ふところ》へ突っ込む。

その動作を目にしながら。ひかるは左手で右側操縦席の土台フレームを摑むと身体を引き上げようとした。同時に右手は上着の内ポケットへ突っ込む。

（やれる）

大丈夫だ、やれる。

男は動揺している、自動拳銃《けんじゅう》を取り出しても、右の親指で安全装置を解除しなくては撃てない。わたしを撃つのに三秒半はかかる……！

ひかるは右足をソリの支柱のステップに掛け、ステップを蹴るようにして右側操縦席の

シートへ一気に身体を引き上げようとするが
「──うっ」

その瞬間、身体が止まった。

どうした。

肺が熱い。

息苦しい、身体に力が入らない──!?

「──はぁっ」

手足を動かすのに、酸素が足りなかった。まるで二五メートルのプールを潜水だけで泳ぎ切った直後のように、ひかるの身体は空気を欲した。

駄目だ。

息を吸わないと、動けない……!

(……?)

間合い一メートル半で、男の動きは見えている、しかし身体が動いてくれない。必死で息を吸い込むが手足が動かない。

カチリ
額の前に突き出される銃口──黒い銃身の側面で、安全装置の外される音が聞こえた気がした。

撃たれる。

だが
ぐらっ
男の指が引き金を引くのと同時にヘリの機体は気流にあおられ、左へ大きく傾《かし》いだ。男の股の間でスティック式操縦桿はフリーの状態だ。次いで雨雲の底面をローターがかすったか、機体はずんっ、と押し下げられた。

パンッ
銃が発火し、跳ね上がった銃口から放たれた銃弾は右側乗降ドアの強化プラスチックの窓を一瞬で真っ白にした。

外れた。

今だ。

機体は押し下げられ、機首が下がる。

風切り音が増す。男が慌《あわ》てた動作で左手を伸ばし、操縦桿を摑むと、引く。

ぐううっ、と下向きのG。

「――はぁっ、はぁっ」

ヘリがどんな姿勢なのかは分からない、ひかるは息を吸い込みながら、ようやく蘇《よみがえ》った筋力を振り絞って這い上がる。両肘を使って右側操縦席のシートへ上半身を引き上げる。

ざぁあああっ、と風切り音に包まれながら機首が上がる――間合い一メートル余り、ぎりぎり手の届かぬところで男が何かしている。計器パネルで何か操作――途端に操縦桿が生き物のように動いて、中立の位置で止まった（自動操縦を入れたのか？）。

まずい。

ヘリの姿勢が安定した。男はシートベルトのバックルを左手で開放すると、フリーになった両手で黒い自動拳銃を保持する。上半身をスイングさせ、這い上がろうとするひかるの眉間《みけん》へまっすぐに向けて来た。

何か叫んだ（「死ね」と言ったのか……？）。

「くっ」

●石川県　小松
小松基地　司令部棟二階

（……？）

舞島茜は、胸に右手を当てた。

顔をしかめる。

何だろう——

「どうした」

人気《ひとけ》のない会議室へ戻され、一時間余り。

がらんとした空間のテーブルで、缶コーヒーを前に暇そうにしていた白矢英一が顔を向けて来た。

「どうした、舞島」

「——うん」

茜は、わけが分からない、と言うかのように頭《かぶり》を振る。

右手は、飛行服の胸に当てたままだ。

「何だろう、今、急に胸が締め付けられるみたいな」

「胸が？」

「うん」

茜は息をつく。

ふいに襲った、ぞっとするような感じ……。

これは何なのだろう。

周囲を見回す。

会議テーブルの席に座り、白矢と同じように、目の前に缶コーヒーを置いている（高好三尉がさっき差し入れてくれた）。

もう、午後遅い時刻になりつつある。

日本海では天候が悪化しているのか、窓のない会議室に居ても、雨が壁に当たるような響きが微《かす》かに、壁越しに伝わって来る。

今。

確かに胸がぞくっ、とした。

何か、不吉なことでも起きたのだろうか……？

でも違和感は、数秒すると消えて行く。

「――宍道湖で」

茜は思い出しながら言う。

「メディックが意識を失ったって、言ってたよね」

宍道湖上空から帰投し、それからずっと、茜と白矢は『軟禁状態』が続いている。

謎《なぞ》の国籍不明機――二機（いや三機か）のJ7戦闘機への〈対領空侵犯措置〉の任務を終えてから。

帰投しても、直属の飛行隊で報告をすることも許されず。二人だけ隔離され、先ほどは司令部の地下にある〈特別指揮所〉へ呼びつけられ、口頭で報告を求められた。

茜の機の照準システムに残っていた映像も、基地幹部たちの前で再生されて見せられた。正直、顔から火が出た――

やっちまった、のか……？

私のした処置は、まずかったのだろうか。スクランブルの編隊長としての判断は。

分からない。

目の前で、湖へ突っ込んだボギー・ゼロツー。

あれは――腹の膨《ふく》れた異形《いぎょう》の機体は、いったい何をしにやって来たのだ。

何が起きているんだ。

TVも見せてもらえないし、自分のロッカーへ携帯を取りに行くことも許してもらえない（外部からの情報には触れられない）。

ただ、地下の〈特別指揮所〉で、映像を見せられた後で立たされていた間。

さまざまな〈報告〉は耳に入った。団司令の橋本空将補以下、第六航空団の幹部たちが集まる指揮所には、市ヶ谷や総理官邸との間に映像回線が繋がっていた。

　気になる〈報告〉を耳にした。

　あのJ7――ボギー・ゼロツーが突っ込んだ宍道湖で、私たちと入れ違いに湖面上空へ進入して行ったUH60（たぶん美保基地救難隊だろう）がいた。

　彼らは、国籍不明機の搭乗員が脱出して浮いていないか、確認しに行ったのだ。どんな国のどんな人間か分からなくても、助けられる生命がそこにあれば救難隊は行く。

　しかし、ヘリから湖面へ降りたメディック――救難員一名が昏倒《こんとう》した。意識不明のまま美保基地の医療施設へ収容されたという報告が、偶然に耳に入って来た。

　あの湖で、何が起きているのだろう。

　だが、茜と白矢には事態の全体像が知らされることは無く、亘理防衛部長の指示で、再び防衛部の会議室へ戻って『待機』するよう命じられてしまった。

　それから小一時間。

「何とかして」

　茜は唇を嚙《か》む。

「撃墜すればよかったのかな」

「そんなこと」

白矢が頭を振る。

「あの情況で、どうしろって」

●日本海上空
MD500ヘリコプター

パンッ
目の前でトリガーが引かれる――それを見たひかるは咄嗟に両手で右側シートを突き飛ばし、身体を反らせた。

同時に額を棒で殴られたような衝撃。

「うぐっ」

目の前が白くなる――やられたか⁉　いや、当たっていたら死んでいる（額の上すれすれを銃弾がかすめたのだ）。

だが何も見えない、衝撃を食らったせいか視野が真っ白だ、身体が宙に浮く――⁉　浮いている、後ろ向きに落ちる。ひかるは目の前を両手で掻《か》く。このままでは落下する、右手に突起のような物が当たったった。必死の思いで、それを摑み取った。

びゅううぅっ

「はぁっ、はぁっ」

落ちるところ――ドア開口部から後ろ向きに飛び出し、落下するところだった。

ひかるは左手も伸ばし、機首下面のどこかに装着されている短い管状の突起を掴んだ。手に触れる堅いものはそれだけだ。風圧の中、身体は斜め後方へ持って行かれそうになる(突起一つにつかまってぶら下がっている)。

腕が、ちぎれる――

歯を食いしばりながら視線を上げるのと、頭のすぐ上でギチチッ、と金属のきしみ音がするのは同時だった。

(――!?)

来た。

くそっ。

かすむ視野の中、男が乗降ドアを左肩で押し広げ、両手に保持した黒い拳銃をひかるの額にぴたり、と向けた。

のしかかるような姿勢から黒サングラスの男が口を動かす。

「今度こそ死ね」

ひかるは目を見開く。

駄目か……!?


だがその時。

ふいにヘリの機体がぐらっ、と右へ傾き、ロールした。

何だ。

ひかるは、知らなかったが。両手で必死に摑んでいた管状の突起はピトー管——機の速度を検出するセンサーだった。ヘリは自動操縦で水平に飛んでいたが、ひかるの手が動圧検出口を塞《ふさ》いでしまったため速度の計測値が瞬間的に『ゼロ』となり、エアデータに信頼性がなくなったと判断したオートパイロットは自動的にコントロールを放棄して、外れた（自動操縦の外れたことを知らせる警告音が鳴ったが、そんなものは耳に入って来ない）。

機体右側に二人分の体重が偏《かたよ》っていたので、自動操縦の外れたMD500ヘリは右へ大きく傾いだ。

黒サングラスの男が驚愕の形に口を開け、バランスを崩す。

ひかるはその挙動を見逃さず咄嗟に左手を伸ばすと、男の右腕上部を外側から摑み取った。同時にトリガーが引かれたのか背中で銃が発砲されるが、構わずに左手に全体重をかけた。男の右腕に、ぶら下がる——

「う、うわ、うわ」

今だ。

ひかるは右手を上着の内ポケットに突っ込むと、〈お守り〉を摑み出す。

前の事件で中国の女スパイから奪い取った小さな凶器——口紅型スタンガンは今ではひかるのお守りだ。右手の指で摑み出すと親指で底部のボタンを押し込む。カチ、カチ、カチ——最大強度。

食らえ。

ひかるは底部のボタンを押し込んだまま、引きずり下ろす男の頸筋《くびすじ》へ思い切りぶち当てた。

バチィッ
「ぎゃ」

すぐ耳元で男の悲鳴。

電気ショックを食らったタコのように、激しく痙攣《けいれん》しながら男がずり落ちる。

「ぎゃぁあああっ」

前のめりの姿勢でドアの外へ落下する男と入れ違いに、ひかるは右側操縦席足元のフレームを摑むと、渾身の力で身体を引き上げた。

操縦席のシートへ、這い上がる。

「――はぁっ」

まだ頭がくらくらする。視界も霞《かすみ》がかかったみたいだ、肩で息をしながら両手で計器パネルのグレアシールドを摑んで、座席につく。

「はあっ、はぁっ」

風切り音がする。

傾いている……？

くらくらして分からない、自動操縦が入っていたのではないのか――？

呼吸を整えながら、前方を見る。

海面――!?

白波が猛烈な勢いで前方から押し寄せる。脚の下へ吞《の》み込まれる――どうしたんだ、海面へ向かって急降下しているのか？

(操縦桿)

操縦桿は。

これか……!?

ひかるはスティック式の操縦桿を、右手で摑む。

ヘリはどうするんだ、どうすればいい、分からない。

だが
引け。

ひかるの中で勘のようなものが教える。

何度か、飛行機を操縦して危機を切り抜けた。いつの間にか、ひかるには生き残るための〈勘〉が備わったのか。

何かが教えてくれた。

操縦桿を引け。

2

●日本海上空
MD500ヘリコプター

ぶぉおおっ

右手に握った操縦桿を引く。風切り音と共に、半球形の前面風防の向こうでグレーと白のまだら模様が上から下へ激しく流れる。

（――――！）

下向きG――操縦桿を引く右手の力に呼応するように、顔から血の気が下がるような加速度がかかる。

ヘリの機首が、真っ逆さまの姿勢から、上を向いていく。

機首が上がる。

ぶぉおっ

だが

上げ過ぎるな。

〈勘〉のようなものが教えた。

そうか。

ひかるは、理解する。海面に突っ込むのを恐れ、機首を上げ過ぎると。

今度は頭上の雲の中へ突っ込んでしまう。

そうなったら。

（姿勢が分からなくなる――）

空気を切る音と共に、風防の向こう、額の上から水平線——雲と煙った海面の境目が降りてくる。

あれが水平線……？

卵型胴体のヘリコプターは、バランスを崩して海面へ突っ込みかけていたところを、ひかるの操縦によって機首を上げ、水平姿勢へ戻ろうとしている。

「くっ」

ひかるは右の手首を少し前方へ押し、機首の上がる勢いを殺す——うまくいった。海と空の境目はやや左へ傾く角度で、ひかるの眉間の先にぴたり、と止まる。

本能的に、操縦桿をやや左へ取り、傾きかけた姿勢を戻す。

水平になる——

「——はぁっ、はぁっ」

肩を上下させ、半球形の風防越しに前方視界を見やる。

何とか、姿勢は回復した。

水平に飛んでいる——ただし高度はかなり低い、白とグレーのまだら模様が前方から足の下へ、猛烈な勢いで吸い込まれる。

ここは……。

ここは、どこだ。

ひかるは右側操縦席で、右手に操縦桿を握った姿勢のまま見回した。

狭いコクピット。まるで昔の金魚鉢のような、半球形の前面風防は頭上から足元までぐるりと視界はよい。

風防の手前には、左右の操縦席の中間の床から生えているみたいに、計器パネルのコンソールがある。でも政府専用機のコクピットのように、自分の位置が一目でわかる画面式のナビゲーション・ディスプレーはついていない。いくつかの円型計器があるだけだ。

とりあえず、陸地へ戻らなくては。

このヘリは。

（…………）

ちら、と右側乗降ドアを見る。

まだ隙間があいている――絶え間なく、衣擦《きぬず》れのような音がする。

ひかるは操縦桿を左手に持ち替え、前方の水平線から目を離さないようにして、右手を伸ばしてドアのハンドルを摑む。引き付けて、閉める。

少し静かになる。

このヘリは、あの男の操縦で、北北西とおぼしき方角へ飛んでいた。わが国の沿岸から離れて、どこかへ向かおうと――

「――――」

そうだ。

思い出し、また機内を見回す。

あれは、どこだ……？

操縦桿を握る左手を動かさぬよう注意しながら、後席を振り返ると。

（あった）

後席にあった。銀色の、四角い金属製ケース――公共放送のロゴのステッカーが貼られている。一見してカメラバッグにも見えるそれは、後部座席の片方に無造作《むぞうさ》に置かれていた。

あの男は。

思い出す。男は仲間の二人に、局の取材車で病院の駐車場を出て行かせ（ウインカーを出さずに曲がったり、わざと目につく走り方をしていた）、その間に自分はこの社有ヘリを屋上へ呼びつけて乗り込んだ。研究センターから持ち出したこの金属ケースは、男が持っていた。ヘリの後席に置き、操縦士は射殺して放り出し、男が操縦して病院の屋上から飛び上がった。

わたしが偶然、見つけなければ——


陸地へ戻ろう。

ひかるは前方へ向き直る。

今、どちらを向いて飛んでいる……？

頭上を雲に塞がれているから、太陽の位置で方角は分からない。

ひかるは操縦桿を右手に戻し、視野の中の水平線の位置と傾きが変わらないよう気を付けながら、計器パネルを覗き込んだ。

方位を示す計器は……？　格闘する間、ヘリは右に左に機首を振った。今、どちらを向いて飛んでいる。南はどっちだ？　この海の上ならば、とにかく南へ機首を向ければ日本のどこかに——

その時
（——？）

赤い紙片が目に入った。

●総理官邸　地下
NSSオペレーションルーム

「どこへ行くんだ」

総理席へ戻った常念寺が、つぶやいた。

市ヶ谷の統幕会議を通じ、自衛隊にはNHK社有ヘリの追跡を命じたが――

ドーナツ型テーブルから見上げるメインスクリーンには、日本海西部の空域がCG画像で拡大されている。

横田CCPから回線を通じて、防空情報がリアルタイムで送られてきている（地下の指揮所で要撃管制官たちが見上げる情況表示スクリーンと同じ映像が、リピーターとして映し出される）。

今、島根沖の日本海がウインドーで拡大され、ぎざぎざの海岸線から離れるように、黄色の三角形が一つ、尖端《せんたん》を斜め左上へ向けている。

あれがヘリか。

防空レーダーや上空のAWACS――E767のレーダーがスイープする度に位置が更新されるので、三角形はほぼ二秒おきにクッ、クッと動く。陸地から離れて行く。

あれに、舞島ひかるが――？

「どこへ行くんだ」

●横田基地　地下
総隊司令部　中央指揮所

「どこへ行きやがる」

工藤はスクリーンを見上げ、腕組みをする。

拡大されたウインドーの中、北北西へ尖端を向けた黄色い三角形がクッ、とまた少し進む。

市ヶ谷の統合幕僚本部から『捕捉《ほそく》せよ』と指示された、民間ヘリ。

しかし、その素性《すじょう》までは告げられていない（宍道湖へ突っ込んだ国籍不明機と、何か関係でもあるのか……？）。

まさか。

かつて起きた不審船事件のように、外国工作員が逃走しているとでも……？

「あのまま、まさか半島まで」

「それはありません、先任」

工藤の左横で、明比二尉が情報コンソールの画面を見て言う。

「上空で監視中のE767が、索敵情報から分析し、当該ヘリの機種を推定しました。やはりMD500型、あるいはそれに類似する単発エンジンの小型ヘリです。報道取材などに使われる機種です。詰め込んでも五人しか乗れず、航続距離は長くない」

「むう」

そこへ

「先任」

最前列の管制官が、振り向いて報告した。

「小松のFが、ヘリに接近していますが」

「おう」

工藤はうなずく。

「目視できたら報告させろ」

「は。それが」

「どうした」

「当該空域の天候が、さらに悪化しています」

日本海第二セクター担当の管制官は頭を振る。

「編隊長からの報告では、雲底高度が低くなっており、降下しても雲中飛行が続いている。雨による視程の低下もあり、接近しても当該ヘリの目視は困難と」

「何」

「気象の悪化は本当です」

明比も言う。

「〈みょうこう〉から、天候情報の続報です」明比は画面を切り替え、自衛艦隊司令部経由の情報を読み上げる。「周辺海域の雲高はさらに低くなり、二〇〇フィート未満。雨により視程は一マイルを切っているそうです」

「まずいですね、先任」

右横で笹一尉が言う。

「もともとF15は速度が大きいから、ヘリに並走しては飛べません。これでは目視確認は無理です」

「ううむ」

工藤はスクリーンを見上げる。

黄色の三角形はごくゆっくりした動きで、北北西へ進んでいる。

その周囲を、半径五マイル（約九キロメートル）ほどの間合いをあける形で、二つの緑の三角形が遠巻きに廻《まわ》り始める。二機のF15だ。

工藤も管制官だから分かる。雲底高度二〇〇フィート未満で視程が一マイル――一六〇〇メートルを切るというのは、例えば民間旅客機が空港へ着陸する時に、ＩＬＳ計器進入方式を使ってぎりぎり滑走路へ降りられるかどうか、という気象条件だ。スピードの速い戦闘機から、パイロットが目視で超低空の飛行物体を発見するなど――

そう考えた時。

「――ん？」

工藤は目をしばたたく。

また、何か現われた。

島根沖の空域を拡大する長方形のウインドーの下端――ぎざぎざの海岸のすぐ上の辺りだ。新たに二つ、緑の三角形が現われた（正しくは、内陸側からウインドーの範囲内へ侵入して来た）。

あれは何だ。

場所から言って、ＣＡＰ（戦闘空中哨戒《しょうかい》）中のＦ15ではないぞ……。

工藤は眉《まゆ》を顰《ひそ》める。

緑は、友軍を示すシンボルだが――本土の内陸側から新たに海上へ出て来た。二機が編隊を組んでいるのだろう、二つの三角形は揃《そろ》って尖端を左斜め上――北北西へ向けている。

「おい、あれは」

工藤は頭上のスクリーンのウインドーを指して、訊《き》いた。

「どこの機だ」


そう言えば。

さっき、市ヶ谷の統幕から『〈秘匿《ひとく》任務機〉を指揮下に入れよ』とか、わけのわからないことを言って来た。

追って、何か説明が来るとは思っているが。

あれが、そうなのか……？

「さっき市ヶ谷から言って来た機かな」

重ねて問う工藤に、

「お待ちください」

最前列の管制官は、少し慌てたように管制卓のキーボードを操作する。

予想外のものが現われた――と言いたげな感じだ。

「判明しました。今、識別表示が出ます」

管制官の声と同時に。

頭上のウインドーの中――新たに下側（南側）から出現した二つの緑の三角形の脇に、いくつかの記号と数値が浮かび出る。

二つ。

〈MCH101　〇〇二　一五〇〉

〈MCH101　〇〇二　一五〇〉

何だ。

ざわっ、と地下空間がざわめく。

工藤は眉を顰める。

この機種表示は。

高度二〇〇フィート、速度一五〇ノット――たぶんヘリコプターだ。

（MCH……？）

●日本海上空
MD500ヘリコプター
（これは何だろう）

視野に入った赤い紙片に、ひかるは目を留めた。

何だ。

右手に操縦桿を握った姿勢で、眉を顰める。

ポスト・イット……？

左下――計器パネル左下の辺りに、正方形の大判の付箋《ふせん》が貼り付けられている。ピンクに近い、目立つ赤色だ。

その上に、黒マジックで数字が書かれている。濃いピンクの中に四桁《けた》の数字。

何だろう。

右手の操縦桿を動かさないように気を付けながら、読み取る。

（……一三一・五？）

この数字は――

ひょっとして、無線の周波数？

思いつくのと同時に、付箋を貼られたすぐ上に数字をダイヤルでセットするパネルがあるのに気付く。横長の小窓に『131・5』と出ている。スイッチパネルには『VHF COM』という表示。

無線のパネルか。

初めからここに、この数字はセットされていたのか……？　あるいはディレクターの男が、ヘリを占拠してから自分で付箋を貼り、書かれている数字をダイヤルでセットしたのか。

国際緊急周波数ならば、一二一・五メガヘルツだ（これとは違う）。

「……？」

左側操縦席を見やる。

その座面に、投げ捨てられたように細いフレームのヘッドセット――通信用のマイク付きレシーバーがある。

あの男は、操縦席でヘッドセットを頭に掛けていただろうか……？

分からない。

ひかるは唇を結ぶ。

思い出せない、必死で格闘したのだ。そこまで憶えていない。わたしを撃つために、シートベルトのバックルを外していた。その時に頭のヘッドセットもかなぐり捨てたか。

（…………）

とにかく、助けを求めないと。

操縦桿で姿勢は保てる。水平飛行も維持できる。しかしヘリの操縦なんて、まったく初めてだ（着陸のやり方は分からない）。

ひかるは左手でヘッドセットを摑み上げると、自分の頭に掛けた。

レシーバーを耳に当て、左手を伸ばし、無線パネルの周波数を変えようとする。

国際緊急周波数は、これまでの〈事件〉でも使った。基本的に、すべての管制機関、航空機も一二一・五メガヘルツは常時モニターしているはず。

呼びかければ、誰かが答えてくれる。

だが
「……………!?」

左手の指で周波数のダイヤルを回そうとした時
『――ツゥリー・ツゥリー・ジェロ』

何だ。

ふいにレシーバーのイヤフォンに、何か聞こえた。

ゆっくりした、くぐもった声。

誰だろう。

『トゥー・マイル、トゥー・マイル』

英語で、何か言っている――男の声で、巻き舌のような独特のイントネーションだ（日本人ではない)。

「――――」

『コンティニュー・プレジェントヘディング、ディスタンス、ナウ、ワン・マイル・アンド・ハーフ』

ディレクターの男は、この声と交信していた……?

分からない。

今は、とにかく機首を南へ向けなくては。

(コンパスは、これか)

ひかるは計器パネルの中に、方位を標示するらしい円型計器をみつけた。

中央に飛行機のシルエットがあり、円周上に細かい目盛りが刻まれ〈N〉、〈W〉、〈S〉、〈E〉の文字記号が配されている。

今、飛行機のシルエットの尖端が指しているのはちょうど〈N〉と〈W〉の間――機首方位三三〇度くらいか。

格闘する間、ヘリは左右へ機首を振った気がしたが。案外、最初の北北西からあまり針路を変えていなかった。

(南は、左か)

左へ旋回——円周の三分の一くらい、廻ればいい。

そうすれば南だ。

ひかるは視線を上げ、前方で煙る水平線——低いグレーの天井のような雲と、まだら模様の海面の境目を見やる。

舌で唇を舐《な》めた。ちょっとでも上昇すれば雲に入り、何も見えなくなる。反対に機首を下げればすぐ海面へ突っ込む。

慎重に、水平を保つんだ……

「…………」

息を吐き、水平線を見据えながら、ゆっくりと操縦桿を左へ——

だがその時

(——!?)

見つめる水平線で、何か光った。

3

●日本海上空
MD500ヘリコプター

(――あれは……!?)

ひかるは思わず、機を旋回させようとした手を止める。

何か光った。

前方視界の中央――水平線の手前で、小さな白色の閃光《せんこう》が瞬《またた》いた。

あの光は。

目を凝《こ》らす。

あそこに、何かいる……?

低い雲の天井と、まだら模様の海面のちょうど境目――煙るような水平線の奥から、白い閃光はチカチカ、チカッと瞬いた。

瞬く光は、煙る視界の奥から急速に近づいて来る。

(信号か)

ひかるは直感した。

航空自衛隊に入隊した際の基礎教育で、モールス符号は習っている。

ただし、速い信号を読み取るには熟練が必要だ。任官しても日常の業務ではほとんど使わない。ひかるもモールス符号は『知っている』程度だ。速い明滅は読み取れない。

読み取れないが。でもあの光は――

そう思った時
パッ

まだらに揺れ動く海面の奥から、灰色のシルエットが見えてきた――そう思った瞬間、白い閃光の光源から上空へ一筋の煙が伸び、その先端で赤い焔《ほのお》のような閃光が散った。

雲の底面が一瞬、赤く染まる。

(……信号弾!?)

やはり。

灰色のシルエットはみるみる近づく――〈船〉の形になる。

船だ。

シルエットは貨物船のような大きさではない、でも小型でもない――目測で全長二〇〇フィートくらい、平たい後甲板《かんぱん》を持っている。後尾からまだらの海面に長く白い航跡を曳《ひ》いている。スクリューの力が強いのか、荒れる海面を速い速度で前進している印象だ。

(あれは)

漁船……？

●総理官邸　地下

NSSオペレーションルーム

「総理」

門篤郎が近づいて来ると、常念寺へ告げた。

「あのヘリの行き先ですが。おそらく工作船に合流しようとしています」

「――工作船？」

常念寺は訊き返す。

頭上のメインスクリーンと、NSS情報班長の顔を交互に見た。

「それは、貨物船沈没現場から離脱して行ったという？」

「そうです」

門はうなずく。

「国籍不明機の来襲と、〈サンプル〉の強奪はおそらくリンクしています」

「しかし」

常念寺はスクリーンへ目をやる。

「その船——工作船というのは、見つかっているのか」


メインスクリーンの拡大ウインドーでは、黄色い三角形が尖端を斜め左上へ向けたまま、先ほどからゆっくり進んでいる。

確かに、黄色の三角形は、貨物船沈没現場から北西へ外れた海域を目指しているようにも見える——

その周囲を、二つの緑の三角形が間隔をあけ、大廻りに旋回し始めたところだ。

「発見は、時間の問題です」

門はスクリーンを指す。

「あそこで旋回を始めた二機は、表示から、小松所属のF15だと分かります。おそらく戦闘空中哨戒中の編隊をCCPが差し向けた。ヘリの飛行を監視し、その行く手の海面に不審船が居れば発見できる。天候さえ良ければ、ですが」

「むう」

「情報班長」

テーブルの一方の席から堤美和子が訊いた。

「やはり事態は、私の危惧《きぐ》していた通りに」

「はい」

門は息をつき、手にした携帯を美和子と常念寺へ示す。

「残念ながら台湾国家安全局の楊子聞とは、あれきり連絡できません。しかし彼が教えようとしてくれたことは分かる」

「――――」

「――――」

「奴《やつ》らは――我々の〈敵〉は、何らかの毒物――化学兵器を抱えた無人機を使い、宍道湖の生態系を全滅させたうえで、唯一のシックス・β《ベータ》バクテリアのサンプルを奪取して持ち去る計画だった」

「――――」

「――――」

ドーナツ型テーブルの常念寺、堤美和子をはじめ周囲の全員が息を呑む。

「〈日本科学会議〉を通じて」

門は続ける。

「シックス・βの存在が中国に知られてしまった。アミノ酸であるシックス・βは『食品』に類するもので、薬としての承認も必要ない。大量に生産され普及すれば、たちまち世界はコロナ禍《か》から救われる──奴らにはそれが都合悪いのです。そこで急きょ、今回のテロが計画された。台湾国家安全局は大陸に浸透させた工作員から計画の情報を得て、我々に知らせてくれた。

今回のテロには休眠工作員が使われている。わが国に潜入した外国工作員が、密《ひそ》かに国民に成り代わり、普通に生活しながら仕事もし、社会に溶け込んでいる。本国からの指令が来た時点で初めて活動を開始するのです。さっき舞島を撃ったＴＶ局のディレクターの男は休眠工作員だった。〈サンプル〉を奪い、ヘリを乗っ取って、今、沖合の工作船へ向かっている。おそらく工作船からは何らかの方法で誘導を受けている」

「工作船が」

障子有美が口を挟《はさ》んだ。

「あのヘリを誘導？　レーダーか何かで？」

「おそらく」

「門班長」

堤美和子が言った。

「女子の工作員一名だけで、〈サンプル〉を奪い返せますか」

「それについては、あれを――」

門がスクリーンを指そうとした時、

『総理』

ふいに壁のモニターの一つから呼ぶ声があった。

『総理、お待たせしました。ご報告します』

●日本海上空

ＭＤ５００ヘリコプター

漁船だ。

（…………）

ひかるは、煙る水平線から現われたシルエット――灰色の船影に息を呑む。

見えて来たのは、やはり貨物船の類《たぐい》ではない。長さ約二〇〇フィート、平たい後部甲板

──大型の遠洋漁船か。

その船体前部──船橋らしい突起部からチカ、チカッと白い閃光。

信号を送っている……？

すると
『──ハヴ・ユー・インサイト』

またイヤフォンに声。

やはり日本人ではない──ひかるはすでに政府専用機の客室乗員として、何か国かを訪れている。くぐもった、この独特のイントネーションは、中国などアジア系の人々が英語を話す時によく聞かれる。

無線の声は繰り返す。

『ランド、ランド』


そちらが見えた。

降りろ。

そう言ったのか……？

わざと英語を使っているのは──そうか。母国語を無線の電波に乗せて傍受《ぼうじゅ》されたら、素性がばれる。それを防ぐためか。

（どのみち）

ひかるは思った。

降りろとか言われたって、わたしには船の甲板にヘリを降ろすことなんか、できないし。

でも。

逃げる前に、あの船影を撮影して送れないか。


ひかるの頭に浮かんだのは。

あのディレクターの男は、前方にいる大型漁船に合流する――甲板へ降りるつもりで、このヘリを飛ばして来た（あんな腕前で船の甲板へ降ろせるのか、定かでないが、すぐそばに着水したっていいわけだ）。後席に置いてある〈サンプル〉を持って、あの船に乗り移り、どこか国外へ逃げる――

わたしが今、目にしているのは漁船に偽装した外国の工作船か。

船体のディテールは、わが国の安全保障にとって重要な情報になる。

だが
「――くそ」

左手を耳にやり、ウェアラブルカメラが外れて無くなっているのに初めて気づいた。
舌打ちしたくなるが、仕方ない──あれだけ立ち回りをして、風圧の中で格闘もした。
耳につけるカメラなんて、吹っ飛んでなくなっていて当然だ。
携帯は。

（──）
思わず、唇を嚙む。
私物の携帯は、タブレットと一緒にショルダーバッグにしまっていた。
腰につけている衛星携帯には、撮影機能は無いし──
（──！）
そう思いかけて、初めて『衛星携帯があるんだ』と思い出した。
なんてことだ、これで助けが呼べるじゃないか。
操縦桿を左手に持ち替え、右手を腰へやる。
無骨な衛星携帯電話は、ベルトのホルダーにしっかりと収まっている。
イリジウムだ。地球上、どこに居ても通話できる。
右手の指の感触に、少しほっとした。

よし。

（――〈仲間〉だと思われているなら）

そうだ。

工作船の方では、無線の誘導に従って接近してきたこの機を、当然、仲間だと思っている。銀色のケースに入った〈サンプル〉は貴重な物だ。これを持ち帰るのが、彼らの〈任務〉なのだろう。

ならば。

もっと接近したって、下から撃たれるような心配はない。

ひかるは再び右手で操縦桿を握ると、ヘリの機体の姿勢は変えずに、直進させた。

操縦には少し慣れた。

何とか、高度は保てる。

前方へ目を凝らす――灰色の船体はみるみる大きくなる。近づいて来る――いや、こちらが近づいて行く。

ピッ

計器パネルの方で。何か鳴ったが。

ひかるは前方から目は離さず（離せず）、姿勢と高度を維持する（海面からの高さは五〇フィートくらいだ）。

高くすれば雲に入って何も見えなくなる、低くしたら、漁船の船体に引っ掛けるかもしれない。

大型漁船は、こちらへ斜めに船尾を見せている。船尾から後方へ真っ白い筋を曳いている（かなりの速力か）。

ひかるのヘリは、工作漁船の左斜め後方から接近する形だ。

急速に船体の細部が見えてくる。

（――――）

船には詳しくはない、でも後部の平たい甲板には漁具の類がほとんど置かれず、ヘリが降りられるようにか、フラットな状態にされている。前部の船橋からは一本の角のように、トラス構造のアンテナマストが屹立《きつりつ》している。マストにはお椀《わん》のような構造物がいくつも付着している（そこだけ軍艦のマストみたいだ）。やはり普通の漁船ではない、と分かる。

「あれは」

ひかるは、白い航跡を曳く大型漁船の船体が前面風防の足元へ隠れるまで接近した。

ヘリの方が速度が大きい、ちょうど船橋の真上を飛び越す形だ。

右下へ顔を向け、船体のディテールを目に焼き付けようとした。

と

あれは何だろう。

目を引いたのは、船橋のすぐ後ろ、後部甲板の付け根の辺りに防水カバーを被《かぶ》せられた構造物がある——角ばった直方体が、斜め上を仰いでいるような物体だ。船橋の横に張り出すウイングブリッジと、後部甲板には複数の人影がある。黒っぽい防水作業服姿がいくつか、こちらを見上げている——

「——う⁉」

防水カバーを被せられた物体は何だろう——？　そう思いながら見ていると、上空を飛び越しざま、甲板にいる人影の一つと目が合った（気がした）。双眼鏡を顔に当てて、こちらを見上げていたのだ。

よし、潮時だ。

ひかるは向き直って目を上げ、前方の水平線を見据えると、右手の操縦桿をゆっくり右へ倒した。

ぐうっ

離脱しよう。

前方視界が左へ傾き、ゆるやかに横向きに流れ出す（右旋回だ）。

南へ向かうのであれば、右旋回ではなく左旋回の方が近い。

しかし。

出来るだけ早く、漁船から離れる方向へ飛びたい（船体は観察したから、あとは逃げるだけだ）。

「――――」

顎《あご》を引き、右の肘を締めるようにして、傾く水平線の位置が一定になるようにする。旋回を続ける――固定翼機では機体を傾けると、主翼の揚力《ようりょく》の上向き成分が減るので、高度は下がろうとする。ヘリコプターでも、その傾向は同じだ。旋回に入れると高度は下がろうとする。操縦桿を少し引きつけて、機首を上げるようにしないと、機体はズルズル下がって海面へ近づこうとする――

ピピッ
計器パネルでまた何か鳴ったが、目をやる余裕はない。

「くっ」

目測で三〇フィートくらいまで高度が下がってしまう。足元を斜めに、激しく海面が流れる。まだら模様の波濤《はとう》まで一〇メートルくらいしかない。

右手首を引き付け、ようやく機体が下がるのを止める。

（――よし）

その時
『――フー、アー、ユー』

無線のイヤフォンに、声が入った。

この声――

さっきまで、ヘリを誘導していた声。巻き舌のイントネーションが、さっきとは違うゆっくりした低い声色で呼びかけて来た。

『フー、アー、ユー？』

しまった。

船体を飛び越す時、甲板から双眼鏡で顔を見られたのか。

あのディレクターの男とは、明らかに違う。それは分かっただろう。不審に思われたか
――？　おまけに甲板へ降りる挙動を見せず、旋回し、離脱して行くのだ。

『ストップ、ストップ』

お前は誰だ。

止まれ。

だが

「止まらないよ」

ひかるは旋回を続けながらつぶやく。

さっさと逃げよう。

外国工作船ならば、何らかの武装はあるだろう。機関銃や、肩に担《かつ》ぐ形式のロケット砲も所持しているかもしれない。さっさと、弾丸の届く範囲から脱してしまおう――

（――南は、どっちだ）

機首が南へ向く辺りで、旋回を止め、水平に戻せば。

あとは陸地が見えて来るまで、まっすぐ飛べばいい――

旋回を終えたら操縦桿を左手に持ち替え、衛星携帯を腰から取って、官邸の情報班長をコールするのだ。ヘリの操縦法――着陸させるやり方も、自衛隊の本職パイロットに取り次いでもらってレクチャーを受ければ……

だが

ピピピッ

（……………!?）

方位を示す計器は、これだったか……？　と目をやった時。

その横——計器パネルの警告灯群の中で、オレンジ色のランプが一つ、点灯しているのが見えた。

〈ＦＵＥＬ〉

えっ……!?

それだけではない、オレンジ色の〈ＦＵＥＬ〉という警告灯の隣で、もう一つ赤色の〈ＬＯＷ　ＦＵＥＬ　ＰＲＥＳＳ〉という警告灯が点滅を始めた。

ピピピッ

ピピピッ

4

●総理官邸　地下

ＮＳＳオペレーションルーム

『お待たせしました、ご報告します』

壁からの声に
「おう、井ノ下大臣」

常念寺はうなずいた。

壁のモニター画面から呼んで来たのは。

特徴ある早口で分かる、井ノ下和夫防衛大臣だ。

先ほど、常念寺から井ノ下へは、舞島ひかるが潜り込んでいるらしいヘリを自衛隊で識別し、捕捉・追尾するよう指示していた（オペレーションルームからは市ヶ谷へ、舞島ひかるの衛星携帯のGPSポジションを提供した）。

井ノ下は、それについて報告して来たのか。

「今、こちらでも横田CCPの映像は見ています」

『ならば、話は早いです総理』

市ヶ谷の地下に詰めている井ノ下は、早口で続けた。

『先ほどの総理のお話では。当該民間ヘリは、重要な国家資産を強奪した外国工作員に乗っ取られている――そういうことでしたが』

「うむ」

常念寺はうなずく。

「そのヘリにはNSSの要員が一名、潜り込んでいるか、囚《とら》われている。衛星携帯の所持者です。出来れば助けたい」

『お任せください』

「――――」

「――――」

全員の視線が、壁のモニターへ向く。

『危難に際して、国と、国民を助けるために自衛隊があるのです』

画面の中で井ノ下は強くうなずくと、続けた。

『まず、空自では、頂いたGPSポジションのデータから、乗っ取られた当該民間ヘリをレーダー上で特定。上空のE767と地上防空レーダーで追尾すると同時に、付近を戦闘空中哨戒中のF15戦闘機二機を確認に向かわせました』

「うむ」

『併せて、海上自衛隊はすでにSBUチームを出動させています』

SBU――

特別警備隊か。

常念寺も、その名称は知っている。

総理になる前の時代だが。

能登半島沖で国籍不明の不審船が発見され、海保と自衛隊がこれを捕捉すべく追跡した事件があった。〈能登沖不審船事件〉だ。

その後も、本州の太平洋側で不審船と海保の巡視船が交戦する事案が発生、この時は不審船が自沈することで終結したが、船体を引き揚げてみると特殊装備で武装していることが確認された。

外国の工作員が、不審船――工作船を用いて、わが国に入り込んで活動していることが明らかとなった。

これを受けて組織されたのが海上自衛隊SBU――スペシャル・ボーディング・ユニットと呼称される特別警備隊だ。

SBUは、わが国に危害を及ぼす不審船に強制的に乗り移り、これを武装解除し無力化することを任務とする。

もちろん、SBUを任務に就かせるには、防衛大臣から〈海上警備行動〉が発令されている必要がある。

「特別警備隊が、もう出動しているのですか」

『総理、スクリーンをご覧ください』

井ノ下は、メインスクリーンを見るよう促した。

常念寺と、全員の視線がスクリーンへ向くと、

『あのように、拡大ウインドーの下側から緑の三角形が二つ、現われております。実は私は、爆沈した貨物船から国籍不明機が射出されたに相違ないと分かった時点で、呉のＳＢＵに対して『出動待機』を命じておりました。今、十三名のチームが二機の高速輸送ヘリに分乗、あのように乗っ取られたヘリを追尾しています』

「――」

「――」

オペレーションルームの全員の視線が、拡大ウインドーへ注がれる。

大海の中に、黄色い三角形がぽつん、とある。山陰地方の海岸線を後に、日本海を対岸まであと三分の一くらいのところまで進出している。

その後方から、二つの緑の三角形が追いかける形だ。

『乗っ取られたヘリは小型です。おそらく間もなく燃料は尽きる』

井ノ下は続ける。

『ヘリの針路の先には、必ず工作船が居ます。ＳＢＵが強襲し制圧、お任せください、国

家資産は奪還、舞島一曹は必ず救出します』

「？」

常念寺が思わずモニター画面を振り返り、目をしばたたくと。

『知っていますよ。さきの〈政府専用機乗っ取り事件〉で、たった一人でテロリストと闘って機を救った工作員でしょう。知らないで、どうします』

「し、しかし」


常念寺はモニター画面と、メインスクリーンを見比べながら言う。

「特別警備隊には、期待しているが。しかし私には懸念する――危惧することがあるのだが」

●横田基地　地下
総隊司令部　中央指揮所

「ＭＣＨ１０１二機の、コールサイン判明」

最前列の管制席から、日本海第一セクターの担当管制官がインカムに報告して来た。

「これより当該二機をアルバトロス・ワン、およびツーと呼称します」

報告の声と同時に。正面スクリーンの拡大ウインドーの中で、揃って北北西へ尖端を向け進む緑の三角形二つの横に〈ＡＬＢ01〉、〈ＡＬＢ02〉の文字が新たに浮かび出た。

黄色く識別された民間ヘリを、追いかける形だ（速度は緑が優速であり、じわじわと追いついていく）。

「うむ」

工藤はうなずくと、立ち上がってスクリーンを仰いだ。

「ＭＣＨということは」

そこへ

「先任、わかりました」

情報席から顔を上げ、明比二尉も報告した。

自分の画面には自衛艦隊司令部の情報を呼び出している。

「アグスタ・ウェストランドＭＣＨ１０１は、海自の新型輸送ヘリです。タービンエンジンを三基も持っていて、高速です。あそこのアルバトロス・ワンとツーは第一一一航空隊の所属。今回の任務は呉のＳＢＵチームの輸送です」

「やはりＳＢＵか」

ということは――

工藤が右横の方へ視線を向けると同時に、

「先任」

連絡幹部が、タイミングを合わせたかのように受話器を手に報告した。

「報告。市ヶ谷からです。一六〇〇《ヒトロクマルマル》時、〈海上警備行動〉を全自衛隊向けに発令」

ざわっ
地下空間に、言葉にならないどよめきが走った。

何が起きているのか。

民間ヘリを追え。〈海上警備行動〉発令、そしてSBUの出動——

「先任。SBUが出たということは」

右横の席で、笹一尉が言う。

「あの黄色いヘリの行く先に、不審船が？」

「うん」

工藤は腕組みをしたまま、うなずく。

「そういうことになる」

「では我々が追尾中の、あの民間ヘリは」笹はスクリーンを指す。「やはり外国工作員の活動に関わっていると？」

「ここにいたのでは」

工藤は舌打ちをする。

「さっぱり、全体の情況は教えてもらえ――」

工藤が言いかけた時、

「あっ」

遮《さえぎ》るように、最前列の管制官が声を上げた。

「ただ今、ブロッケン・スリーとフォーがチャフを散布」

「何」

眉を顰める。

何と言った……!?

チャフ?

拡大ウインドーの上側へ、目を移す。

今、言われたブロッケン・スリーとフォー――戦闘空中哨戒中の小松のF15二機だ。先ほど工藤の指示で、ヘリの監視へ差し向けた。

そのF15が二機とも、チャフを撒《ま》いた……!?

二機は黄色いヘリの周囲を、半径五マイルの間合いで大きく旋回していたはずだ。

だが工藤が視線を向けると。

確かに、管制官の言うとおりだ。拡大ウインドーの上半分で、大きく輪を描いて旋回していた二つの緑の三角形〈BR03〉と〈BR04〉の横に『CHF』というオレンジ色の文字が浮き出て、明滅する（データリンク経由で、レーダー欺瞞《ぎまん》チャフが散布されたことは自動的に知らされる）。

同時に、二機のF15は急機動に入ったのか。三角形シンボルの横に表示されているGの数値が急増する。

「……馬鹿な」

工藤は息を呑む。

戦闘機がチャフを撒く、ということは――

だが
「間違いありません」

最前列の管制官が叫んだ。

「ブロッケン・スリーとフォーは、射撃照準レーダーにロックオンされましたっ」

●日本海上空
MCH101ヘリコプター

同時刻。

「隊長」

気流は悪く、小刻みに揺れている。

前方から押し寄せる水蒸気の中を突き進むコクピットの右側操縦席から、このヘリの機長が振り向いて、言った。

「やっこさん、海面すれすれで旋回に入った。不審船は、この辺りにいるぞ」

「――――」

特別警備隊隊長・加藤助清《かとうすけきよ》三佐は、操縦席の後ろのオブザーブ席でシートに深く身を沈め、力を抜いた姿勢で見返した。

中肉中背、黒いドーランを塗り込んだ顔の中で目だけがぎょろり、と大きい。

薄暗い。

低空を飛行するヘリのすぐ頭上が分厚い雨雲だ――まだ一六〇〇時過ぎだが、まるで薄《はく》暮《ぼ》飛行だ。

右席の機長が指さす戦術航法ディスプレー画面を、うっそりと見やる。

カラーのディスプレーだ。

この機を示す三角形シンボルを中心に置き、長方形の画面には蜘蛛《くも》の巣のような方位線が描かれ、進行方向に黄色いシンボルが一つ。

自衛隊の統合データリンク——リンク17システムを介し、上空の空自E767からのレーダー情報が、海自所属のヘリのコクピットへも送られて来る。

「——そこか」


黄色いシンボルは北北西へ進んでいた。

出動待機がかかった時点で、加藤の率いる特別警備隊チームは呉の地上で待つことはせず、ただちに岩国《いわくに》基地からヘリ二機を呼び寄せて搭乗、出動をした。

〈海上警備行動〉が発令されないと、任務にはかかれないが。

ヘリに乗った状態で、中国山地の上空で旋回しながら待機していてはいけない——とは言われていない。

出雲市にある病院の研究施設から、外国工作員が重要な国家資産を盗み、民間ヘリを乗っ取って逃走した。ヘリは日本海洋上で工作船と合流する可能性大、さらに当該ヘリにはNSS要員一名が囚われている可能性がある——

ただちに追撃し、工作船を制圧、国家資産を奪還しNSS要員を救出せよ。〈海上警備行動〉を発令する。

自衛艦隊司令部を経由し、統幕会議からの命令が達せられると。

加藤は機長に依頼し、民間ヘリの追撃にかかった。指揮下の隊員たちには後部キャビンで準備させ、みずからはコクピットのオブザーブ席について情況を把握した。

情報はデータリンクでもらえる。

乗っ取られたヘリは、黄色いシンボルとして、操縦席の中央計器パネルにある大型の戦術航法ディスプレー上に表示された。一〇〇ノット（時速約一八五キロメートル）余りで、ゆっくりと北北西へ進んでいた。

「機長」

加藤はぎょろりとした目を上げ、コクピットの前方視界を見やった。

「どれくらいで、見えて来る」

「対象は二〇マイル前方で、右旋回に入った」

機長は戦術航法ディスプレーと、自分の前の計器パネルを見比べる。

このヘリのレーダーは働かせていないし、空中目標を捉えて追尾する機能もないが、空自のE767がレーダー情報をリアルタイムで送ってくれている。追尾すべき民間ヘリの位置と動きは分かる。

「もう北へ進むことは止めている。現在の速度で接近すると――海上の視程は一マイル程度だから、対象を視認できるとしたらおよそ七分後だが」

「わかった」

「わかった――って」

機長は、操縦はオートパイロットに任せているのか、オブザーブ席へ半身を向けた。

「このまま、まっすぐ近づいてもいいのか」

「いいさ」

加藤はうなずく。

「行ってくれ」

「助清さんよ」

機長はヘルメットの下から、黒装束《しょうぞく》の隊長の顔を見やった。

「いいか。俺は構わんが、お前さんたち――〈敵〉の船の概要も構造も、何もわかっていないんだろう」

民間ヘリが旋回に入ったので、工作船の位置も、だいたいその辺りと分かる。

しかし、〈敵〉である工作船の概要も構造も分かっていない。敵勢が何人いて、どんな装備を持っているのか。

それも分からない。

「――――」

黒装束の隊長は、しかし表情を変えない。

顔も、戦闘服も、上半身を覆う戦闘ベストもすべて真っ黒だ。

まるで猫科の獣が獲物を狩る前にリラックスしているかのように、力を抜いた姿勢でオブザーブ席に収まっている。

その加藤に
「一時間も待てば」

機長は続ける。

「鹿屋と下総のＰ１が追いついて来て、展開してくれる。〈敵〉の様子もわかるだろう。接敵はそれからでも」

だが
「おい、山本《やまもと》」

加藤は右横を呼んだ。

ＭＣＨ１０１のコクピットには、左右の操縦席の後ろにオブザーブ席が二つある。

加藤の横に、もう一名。同じ真っ黒の戦闘服に身を包んだ下士官が座っている。年齢は若く、二十代の終わりか。中背の加藤とは対照的に、長身を持て余し気味にして座っている。

「はい」

呼ばれて、戦闘服の下士官は顔を向ける（服装はすべて黒なので階級章も見えない）。

「何すか隊長」

「敵情が」

加藤は前方へ視線を向けた。

「何もわからねえとさ。どうする」

「そうすか」

下士官は、表情も変えずにうなずいた。

「後ろの連中、全員準備は出来ていますよ。助さん」

「だとさ」

「────」

絶句する機長に、

「心配すんな」

加藤は微かに笑う。

「情報は、来るよ」

「?」

「そら」

言葉にタイミングを合わせたかのように、加藤の左腕に取り付けた戦闘情報端末——スマートフォンを改造した薄型の端末が振動した。

「情報が来た——間に合ったな」

「機長」

左側の操縦席から、同時に副操縦士が声を上げた。

「データリンクで、情報が来ています」

●日本海上空　超低空
ＭＤ５００ヘリコプター
ピピッ
ピピッ

警告音と共に、〈LOW　FUEL　PRESS〉という赤色の警告灯が明滅する。

ピピピッ

何だ。

（――!?）

ひかるは目を見開く。

右手は操縦桿を保持し、何とか海面上三〇フィート程度の高さを維持しながら機体を旋回させていたのだが――

ヒュゥウウ

コクピットの天井の上――機体上部で響いていたタービンエンジンの排気音が、急速に弱くなって、止んでいく。

ヒュゥンン

これは。

（まさか）

燃料切れ……!?

排気音が止んでしまう。

風切り音がコクピットを包む。

シュンシュン
頭上で、何かが惰性で回転する音。

（まずい）

ひかるは咄嗟に、右手を戻して機体を水平にしようとする。

このままの姿勢で海面へ突っ込んだら、まずい。

だが
「う」

タービンエンジンがフレームアウトしてしまい、油圧系統の圧力も低下したのか。ひかるが操縦桿を中立に戻しても、右への傾きが戻らない。あれだけセンシティブに感じた操縦桿の反応が、スカスカだ。

「くそっ」

やばい、海面へ突っ込む。

ざぁあああっ
金魚鉢のような前面視界に、風切り音と共に波濤――白黒まだらの海面が迫る。視界には計器パネル上に赤、オレンジの警告灯が無数に光っているが、目をやる余裕などない。

思い切り操縦桿を、左へ倒す。

すると
ゆらっ
（……？）

少し残っていた油圧が、メインローターの回転面を戻してくれたのか。

ヘリの機体は右へ傾いた姿勢から、水平に戻る。

だがまだ機首が下がっている、すぐそこが海面だ。

「――くっ」

ひかるは思い切り、操縦桿を引いた。引き付けた。

びゅううううっ
視界が下向きに流れる。

最後の油圧で、メインローターの回転面が起き上がり、惰性で廻っていたローターが揚力を振り絞った。ＭＤ５００の卵型の機首を上へ――天を仰ぐように引き起こす。

機首が上がり、視界がすべて雲の底面になった――そう感じた瞬間。

「きゃ」

凄まじい衝撃が突き上げるようにコクピットを襲い、シートベルトをしていなかったひかるの身体を上向きに跳ね上げた。

「きゃぁあっ」

5

●日本海　海面

ＭＤ５００ヘリコプター

「ぐわ」

気を失わなかったのは、奇跡か。

いや。

小さい頃からの合気道の稽古《けいこ》が、ひかるの身を守った。

ヘリの機体が大きく仰角《ぎょうかく》を取るのと同時に海面へ接触した瞬間。下から突き上げる衝撃がひかるをコクピットの天井へ——前面風防の上部へ向け吹っ飛ばしたが。

反射的に身体を丸めた。宙に浮いた状態で膝《ひざ》を抱え、ひかるはダンゴ虫のように丸くなって回転し、逆さまに背中から前面風防に激突した。

これまでに経験したことのない衝撃に頭蓋骨《ずがいこつ》と背骨が分解するか――!?　と思ったが、気は失わなかった。

強化プラスチックの曲面で跳ね返され、もう一度宙に浮き、次の瞬間、操縦席のシートの背もたれに前向きに叩《たた》きつけられた。

「ぎゃ」

だが

「――は、はぁっ」

死んではいない。

意識もある、動ける――

数秒して聴覚が戻った。

ずざぁああっ

上下に、揉《も》まれるように揺れている。

シートの背もたれにしがみつき、肩で息をしながら顔を上げると。

球形の風防は半ば水没し、振り向いたひかるの目の高さでグレーの波濤が泡立って、生き物のようにのたくっている。

パリッ

(——!?)

何かが割れる響きに、思わず目をやると。

右側の乗降ドア——弾丸が貫き蜘蛛の巣のように白くなっていた部分だ——が外側から割れ、海水がなだれ込んだ。

「わっ」

横殴りに塩水を食らい、吸い込みそうになる。

やばい。

ぐらっ、と機体が傾ぐ。

沈む……!?

傾く。乗降ドア開口部から濁流のように灰色の海水がなだれ込み、コクピットが水没して行く。機体が傾いて沈んで行く——泡立つ水面がひかるの膝から、たちまち胸元までせり上がって来る。

(やばい、沈む)

ひかるは、喉《のど》まで上がって来た泡立つ水面の上で、大きく息を吸った。

いや、大丈夫だ。

何かが教えた。

球形のコクピットが、このまますべて水で満たされれば。

海水の流入する勢いは止まるはず。破れたドアの開口部から外へ出られる――

航空機乗組員として訓練を受けたひかるの知識が、そう教えている。流入の勢いが止まったら、右側ドアの開口部から外へ出るのだ。そうすれば機体と共に沈まなくて済む。

「はぁっ」

上がってきた泡立つ水面で、頭が天井につかえそうになる。ひかるは大きく息を吸い込み、思い切って潜った。

水中はごぼごぼと凄まじい音だ。

しかしコクピットがほぼ完全に水没して、流れ込む濁流のような水の勢いは止まっていた。

（――今だ）

ひかるは息を止め、水中を見回す。

出口は――!?

あった。

銃弾で弱められたところに外から水圧がかかり、割れたのか。

右側の乗降ドア。強化プラスチックの窓の部分に、大穴が空《あ》いている。

あそこだ。

わたしの身体なら通り抜けられる――

だが
「――！」

水中で身を翻《ひるがえ》そうとした時。

視野の片隅に、何かが見えた。

何だ。

銀色の箱……？

そうか。

ひかるは操縦席のシートを摑んで身体を沈め、後席に置かれていた銀色の箱――金属製のケースへ右手を伸ばす。ちょうど肩掛け用のストラップが浮き上がっていた。水中でそれを摑み、引き寄せる。

TV局のステッカーが貼られた金属ケースは、引くと浮き上がった。

そのまま引っ張って、水を蹴った。大穴――乗降ドア開口部の縁を左手で摑み取ると、あとは身をくぐらせて海中へ出た。

●総理官邸　地下
NSSオペレーションルーム

「井ノ下大臣」

危惧することがある——そう発言した常念寺は。

ドーナツ型テーブルの総理席から壁のモニター画面へ目を向け、続けた。

「現在、〈敵〉の工作船に関する情報が、まだ何もない。どんな船なのかも分からない状態で、突入させせて大丈夫なのですか」


メインスクリーンでは。

拡大ウインドーの中、二つの緑の三角形が北上し、黄色の三角形にまたじりっ、と近づく（黄色はほとんど止まっているように見える）。

間もなく、SBUチームが〈敵〉の工作船に接触するのか。

井ノ下大臣は『制圧する』と言うが——

「おまけに〈海上警備行動〉では」

常念寺は懸念を口にした。

「自衛隊は、警察官職務執行法に準じた行動を行なう。つまり、警察官が犯人を追って取り押さえ、逮捕するのと同じ行動を取るわけだが。これによると、こちらから先に相手を撃つことは出来ない」

「――」

「――」

全員が、懸念を表明する常念寺と、市ヶ谷に詰めている井ノ下大臣のやり取りに注目する。

「SBUは」

常念寺は続ける。

「相手から先に撃たれ、自分の生命が危ない場合の正当防衛や、このままでは民間人が殺されるかもしれないとか、緊急に必要な場合でなければ犯人に対して武器を使用することは出来ないのだ」

「そ、そうですね総理」

横で、乾首席秘書官が相槌《あいづち》を打つ。

「〈敵〉も、かつて起きた不審船事件などは十分に研究し、対抗手段を用意していると見るべきです」

しかし
「それでしたら」
画面の中で井ノ下はうなずいた。
「お任せください。手は打っております」

●日本海上空
ＭＣＨ１０１ヘリコプター

「情報が来ています」

左側操縦席の副操縦士が、戦術航法ディスプレーに現われたアイコンを指した。

「自衛艦隊司令部から――画像情報のようです。切り替えますか」

最新のデータリンクシステムを備えたＭＣＨ１０１ヘリは、作戦に関する情報を画像で受け取ることが可能だ。

右席の機長が「出せ」とうなずくと。

副操縦士はディスプレーの縁に並ぶボタンを押し、画面を〈戦術情報表示モード〉に切り替える。

マップ表示が消え、代わりに何かが浮かび出る。

「これは――？」

機長が、思わず、という感じで声を上げる。

「――まさか。工作船か」

大型の画面に浮き上がったのは、モノクロの画像だ。

一見して、写真のようだ。

荒天の海面――白と黒のコントラストで、上下する波濤が静止した状態で描写される。

波濤の只中《ただなか》に埋まるように、船影がある。

斜め前方、空中からのアングルで捉えている――船首が波濤を跳ね上げるように割り、跳ね上がったしぶきが静止している。後方には長くまっすぐ航跡を曳いている。船体の長さは二〇〇フィート程度か、一見して貨物船ではなく大型の漁船だ。

「これは写真……？　いや違う。この画像は」

「３Ｄだよ。そら」

加藤三佐は言うと、自分の左腕に装着した端末の画面を、右手の指で弾いた。

左腕を返し、前席の二名のパイロットに示す。

「そっちに出ているのと、同じ画像だ。こうやって画面をくるくる回せば、全周から船体を見られる」

「これは――」機長は、目を見開いた。「まさか。合成開口レーダーの画像⁉」

「そうだ」

「しかも、全周囲から撮られている」

機長は計器パネルの画面へ目をやり、唸《うな》った。

「細部まで見える――これは低空で接近し、周囲を旋回してスキャンしたのか。しかしP1はまだ来ていない。いったい誰が」

「ふん」加藤は鼻を鳴らす。「この際、どうでもいいこった」

「――――」

「しかし、思った通りだな」

「ええ隊長」

加藤の隣で、山本と呼ばれた下士官がうなずく。

「ミサイルです」

「うむ」

「船橋のマストに対空監視レーダーと射撃管制レーダー」下士官は、自分の腕の端末の画面を指で回しながら言う。「こいつは、ちょっとした軍艦ですよ。後部甲板に防水布をかけたキャニスター一基。おそらくHHQ10型近接防御対空ミサイルです。この大きさなら最低八連装。射程は五マイル」

「あちらさんの五マイル以内に近づいた航空機は」

加藤はまた鼻を鳴らす。

「残らず餌食《えじき》か」

「ええ。射撃管制レーダーでロックオンされ、百発百中です」

●横田基地　地下
総隊司令部　中央指揮所
「ロックオンされた、だと――!?」

工藤はスクリーンを仰いだまま声を上げた。

だが。

確かに、正面スクリーンの拡大ウインドーの中、〈ＢＲ03〉、〈ＢＲ04〉の二つの緑の三角形の横に『ＣＨＦ』に加え『ＲＷＲ』の文字が現われ、明滅した。

あそこにいるＦ15戦闘機二機――それらの機上レーダー警戒装置が、揃って〈ロックオン警報〉を発した――そうデータリンクを介して知らせて来た。

「どういうことだ」


工藤が声を上げる間にも。

二つの緑の三角形は、揃ってＧの数値を急増させながら尖端をクッ、と右へ廻す。

スクリーン上ではゆっくりした動きだが。五Ｇ以上をかけて右へ急旋回している――この動きは、射撃管制レーダーが照射されて来るのとは直角の方向へ、とりあえず掛けられる限りのＧ（運動荷重）で旋回しようとしている。

何に狙《ねら》われたのか、何が起きたのか――そう考えるのは、機の向きを変え、いったん離脱してからだ。どこかから不意に射撃管制レーダーにロックオンされた場合に取る、戦闘機パイロットの基本行動だ。

しかし

「どこにも、国籍不明機の姿は無いぞ——？」

「先任」

最前列の管制卓から日本海第一セクター担当の管制官が振り向いて、報告した。

「ブロッケン・スリーより。左側方よりミサイルロックされたため、チャフを撒き離脱したと報告です」

「先任」

続いて日本海第二セクター担当管制官も振り向き、報告した。

「上空のE767より。射撃管制レーダーの発振をキャッチした。発振源は民間ヘリに近い海面。データベースにより波長を照会、HHQ10型艦対空ミサイルの指揮レーダーと判明」

「な」

工藤は息を吞む。

何……⁉

艦対空ミサイルにロックオンされた⁉

そこへ

「先任」

右横から、笹一尉が言う。

「あそこの海面上に多分、工作船がいて、わが方のF15へミサイルの射撃管制レーダーを向けて来たのです」

「むう」

唸る暇もなく、

「先任、E767の解析したミサイルの種別ですが」

左の情報席から明比二尉が言う。

画面に情報を呼び出し、眼鏡《めがね》を光らせて言う。

「やはり艦艇に積まれるタイプです。HHQ10は、中国製の近接防御用艦対空ミサイル――射程は五マイル、赤外線でなくレーダー誘導。装備する艦艇のサイズに応じて大小のキャニスターがあり、小型艦艇用の物でも八連装です」

「――レーダー誘導の対空ミサイルが、八発……？」

「そうです」

明比はうなずく。

「五マイル圏内に近づいたら、危険です」

「先任」

第一セクターの管制官が、さらに報告した。

「追尾していた民間ヘリが、レーダーから消えました」

●日本海　海面

「――うっぷ」

ひかるは水を蹴ると、波の間の水面へ顔を出した。

水面へ、出た……

空気がある。

思わず、大きく口を開ける。

沈むヘリコプターの機体は、急速に沈降した。ひかるが乗降ドアの開口部から水中へ出た時には、すでに海面下へ数メートルも潜っていた。

頭上の水面が遠い。

息を止め、一心に水を蹴って浮き上がった。

(た)

助かった……。

しかし
「うわっぷ」

数メートルの高低差のある波に、ひかるは持ち上げられ、沈められる――

波が襲いかかり、頭から塩水をかぶった。

口に吸い込んでしまう。

むせる。

く、くそっ……。

ひかるは顔をしかめ、上下する波の中で慎重に空気を吸いながら、右手の感触を確かめた。

布製のストラップを、確かに握っている。

立ち泳ぎしながら、引き寄せると。

金属製のケースは浮き上がって、両腕に抱えることが出来た。

(これは)

なくすわけにいかない……。

ストラップを肩に回して掛け、左腕でケースを抱えるようにすると、ひかるは空いた右手を腰へやる。

革製ホルダーのスナップが、海水で濡《ぬ》れて硬くなっている――

「――くっ」

指先を使って、数秒かかってスナップを外す。

イリジウムはごつい携帯電話だ。ヘビーデューティーで、砂漠でも洋上でも使える。

電話の本体を水面の上へ出し、振って、水気を飛ばす。

通じてくれ――

メモリーさせた番号を親指で呼び出し、耳に当てると。

ツー
風の唸りに交《ま》じって、微かにコール音がし始めた。

よかった、電話は生きている。

「はぁっ、はぁっ」

ここは、どのへんだ――？

コール音に神経を集中させながら、立ち泳ぎのまま周囲を見回した。

衛星携帯が生きているなら。

たとえ官邸のオペレーションルームと通話が出来なくても、こちらの位置はGPSで分かるはずだ。

救助が来てくれれば――

（――!?）

だが。

上下する波の間に、水平線――低い雲と煙る海面の境目が見えた。

しぶきに見え隠れしながら、灰色の船影がある。シルエットが、真横を向いている。

「!?」

真横……？

ひかるは目を見開く。

こんな風に、見えるはずがない。

工作船が向きを変えている……？

あの船の船尾から離れる方向へ飛んだのだ。

しかし十分に距離を取る前に、というか旋回する途中でタービンエンジンが燃料切れで停止してしまった。

目測で、間合いはせいぜい一キロメートルくらいだ。

向こうからも、わたしが海面へおちるところが見えたか――

低い天井のような雲の下、シルエットの形が変わる――こちらへ船首が向く。

やはり船は向きを変えている。

ひかるは息を呑む。

（やばい）

6

●横田基地　地下
総隊司令部　中央指揮所

「ヘリがレーダーから消えた……？」

工藤は立ったまま、正面スクリーンの拡大ウインドーを仰ぐ。

確かに。

目で探しても、黄色い三角形は無い。

たった今まで、ほとんど止まっているように見えていた――おそらく緩《ゆる》い速度で旋回をしていた民間ヘリの黄色い三角形シンボルは、消えてしまった。

「位置をマークしろ」

「先任」

横から笹が言う。

「ヘリが、工作船の甲板へ降りたのでしょうか」

「ううむ」

工藤は腕組みをする。

〈海上警備行動〉が発令され、今、海自の特別警備隊が二機のヘリで急行している。

情況から、民間ヘリは海上の工作船と合流した――そう見るべきか。

工作船。

そんなのものが、あそこにいるのか。

しかしたった今、ブロッケン・スリーとフォーがチャフを撒き、一時避退したばかりだ
……

そこへ
「先任」

最前列から日本海第一セクターの担当管制官が振り向き、報告した。

「ヘリの最後の位置を、スクリーン上にマークしました。黄色のバツ印です」

「うむ」

「それから、海自のアルバトロス・ワンとツーですが」管制官は続けて報告する。「やはりマークした位置へまっすぐに向かっているようです。一五〇ノットで急速接近中」

「……何」


工藤は我に返った。

確かに拡大ウインドーの中、緑の三角形が二つ、揃って尖端を斜め左上へ向け進んで行く――〈ALB01〉と〈ALB02〉だ。見ている間にも、黄色い×のシンボルへじりっ、とまた近づく。

やばい。

このままでは、〈工作船〉の位置から五マイル圏に入るぞ。

「おい」

工藤は最前列を呼ぶ。

「あの二機を、引き返させろ」

しかし

「駄目です先任」

第二セクターの管制官が振り向いて頭を振る。

「あの二機――アルバトロス・ワンとツーは、自衛艦隊司令部の指揮下に入っています。周波数が分からない、こちらから直接に呼びかけることができません」

●日本海　海面

(――――!)

こっちへ来る……!?

ひかるは、立ち泳ぎをしながら目を見開く。

数メートルの波が上がって、下がる度に。

水平線に見えていた灰色の船影――船首をこちらに向けたシルエットは大きくなる。

船橋の上に、尖塔のようなマストを頂いた大型の漁船。鋭い舳先《へさき》で波を切り裂き、しぶきが上がる――

やばい。

向こうの船橋から、わたしが見えているのか。

こちらへまっすぐに近づいて来る、しぶきの立つ勢いで速度の大きさが感じ取れる。何ノットか分からないけれど軍艦並みの速さだ。

(早く出て)

ひかるは携帯を耳につけたまま、念じる。

コール音はしている。

でも。

班長と連絡がついたところで、どうなる――そう考えた時。

また大波が、ひかるの身体を持ち上げた。

●総理官邸　地下

NSSオペレーションルーム

「うん?」

門篤郎は、手にしていた携帯が急に振動したので、右手を返して画面をあらためた。

台湾国家安全局の楊子聞から、呼んで来たのか……!?

だが

「!?」

画面を一瞥《いちべつ》し、息を呑んだ。

「総理」

会議テーブルの総理席へ呼びかけながら、携帯を耳に当てる。

「舞島から連絡です――舞島かっ」

だが
『――きゃぁあっ』

「………？」

一瞬、甲高《かんだか》い悲鳴が聞こえたと思うと。

繋がったはずの携帯は沈黙してしまう。

何の音もしない。

「お、おい舞島っ」
●日本海　海面
「きゃあっ」

大波が、ひかるを巻き込んで水中へ引きずり込んだ。

がぼがぼっ、とものすごい音。

しまった――耳につけた携帯と、水平線から近づく船影に気を取られていた。

なすすべなく、ひかるは水中で回転し、上も下も分からなくなる。渦巻く水流が斜め掛けにしていたストラップをもぎ取ろうとする。

(うっ――!)

こ、これをなくすわけには。

思わず両手でストラップを摑み、金属製ケースを流れに持って行かれないよう必死で抱え込んだ。

水中で何度か回転し、ようやく水面へ出る。

「げほっ」

上向きに口を開け、空気をむさぼり吸った。

「はぁっ、はぁっ」

だが
しまった。

波間で目をしばたたきながら、背筋がぞっ、とした。
ケースはキープしたけれど。
衛星携帯をなくした、水流に持って行かれた……
（……？）

ケースを抱えたまま、立ち泳ぎで周囲を見回したひかるは、振り向いて息を呑む。
やばい。
後ろから来る。
工作船――大型漁船だ。
水中でもがいている間に、さらに近づいたか。
灰色の船首は、まるで視界の上方へそそり立つようだ。
（もう）
もう二〇〇メートルない……！
上下する海面を左右に押し広げ、ひかるの視界を埋めようとする。
船に、轢《ひ》かれる……!?
そんなことがあるのか。

くそっ。

必死で、水を蹴った。

巨大にそそり立つ灰色の船首から——船の進むコースから少しでも横向きに外れよう、と水を蹴るが。

波に揉まれ、ほとんどひかるの位置は変わらない。

（やばい）

迫る。

このままでは船首の下へ呑み込まれる——

●総理官邸　地下
NSSオペレーションルーム

「情報班長っ」

壁際の情報席から湯川が叫んだ。

「舞島一曹のGPSの信号が、切れましたっ。信号ロスト」

「——!?」

「!?」

「――何っ」

●横田基地　地下
　総隊司令部　中央指揮所

「自衛艦隊司令部へ、ただちに通知しろっ」

　工藤は叫んだ。

「あのSBUのヘリ二機を、引き返させるんだ。このままではミサイルにやられる」

「――はっ」

　連絡担当幹部が声を上げ、自分のコンソールの受話器を掴み取る。

「自衛艦隊司令部へただちに連絡します」

　そこへ
「先任」

　情報席から明比が言う。

「やはりMCH101ヘリは、性能要目によるとレーダー警報受信機を持っていません」

「むう」

工藤は唸る。

RWR（レーダー警報受信機）が無い。

海自の輸送ヘリなんだから、当然か。

ミサイルの射撃管制レーダーにロックオンされても、あの二機には知るすべがない。

「先任、まずいです」

笹が言う。

「二機は、まっすぐ近づきます。五マイル圏内へ入るぞ」

「くっ」

工藤は、スクリーンに目を剝《む》いた。

黄色い×印——民間ヘリがレーダーから消えた位置へ、二つの緑の三角形は尖端を向けたままたクッ、と近づく。シンボル横に表示される速度は『150』。

まずい。

目測でも、黄色い×へ五マイルの間合いに入った。

だがSBUチームの分乗する二機のヘリには、ミサイルをロックオンされても警報を発する機能が無いという——

　このままでは。

「——連絡は」

まだか。
連絡はまだか——そう言おうとした時。
ふいに
『CCP』
天井スピーカーに、声が入った
『こちら、デビル・ファイブゼロゼロ。聞こえますか』

●総理官邸　地下
NSSオペレーションルーム
「大丈夫です、総理」
壁のモニター画面から声がした。
騒然としかけたオペレーションルームの空気を制するように、早口の声は告げた。

「舞島一曹は無事です。海面に浮いている、いま助けます」

「な、何」

常念寺が目をしばたたく。

●横田基地　地下

総隊司令部　中央指揮所

「――!?」

何だ。

工藤は、ふいに呼んで来た声に天井を仰ぐ。

この声――

『デビル・ファイブゼロゼロよりＣＣＰ』

声は続ける。

低いアルト――女の声だ。

「!?」

「……‼」

驚きの視線が、天井を向く。

ざわっ、と驚きの呼吸が広がる中、声は続けた。

『ＩＦＦを起動します。位置を確認してください』

するど

（――‼）

工藤は、目を見開いた。

頭上のスクリーンの拡大ウインドーの中。

黄色い×のシンボルにほぼ重なって、新たに緑の三角形が一つ――北北西へ尖端を向ける形でふいに出現した。

何……‼

「おい」

あれは何だ。

思わず工藤は叫んだ。

あんなところに、どうして突然……？

「あれは何だ。今まで、どこに――」

『ＣＣＰ、ただいまＩＦＦを起動し、姿を現わしました』

「先任、中抜きの緑です」

明比が言う。

「よく見てください、あれはレーダーに映っていません。自分からデータリンクで位置を知らせてきているんです」

「何」

「先任」

笹が、思い出したように言う。

「多分、あれが〈秘匿任務機〉です」

『聞こえますか』

「――――」

工藤は一瞬、絶句するが。

この指揮所の指揮官は、自分だ。

インカムのマイクを口元へ引き寄せると、スクリーンを仰ぎながら応《こた》えた。

「――ＣＣＰ、先任指令官だ。君は誰だ」

しかし
『本機は現在、ＣＣＰの指揮下に入っています』

女の声は名乗らずに、続ける。

『〈海上警備行動〉の規定に則《のっと》り、警察官職務執行法に準じて武器の使用を上申します』

「な」

何……？

工藤は、わけが分からない。


「コールサイン、出ます」

最前列の管制官が声を上げる。

「当該機はデビル・ファイブゼロゼロ、単機です。機種の表示は――う」

●日本海　海上（超低空）
Ｆ35Ｂ　デビル五〇〇

「早くしないと」

大型のヘッドマウント・ディスプレーのバイザーの下で、女はつぶやいた。

「あの子が、船に轢かれる」

機体は雲の中。

海面上一二〇フィートを、定位置を保ってホヴァリングしている――前方視界は白い水蒸気だけだ。

この機体では、パイロットの顔を覆うHMDはヘルメットマウント・ディスプレーではなく、ヘッドマウント・ディスプレーと呼ばれる（単にヘルメットにディスプレーを後付けしたのではなく、半球形のバイザーによりパイロットにほぼ全周のVR視界を与えるからだ）。

単座のコクピットに収まった女は、黒い飛行服に、黒髪を後ろで縛って束ね、大型のHMDを被って装着している（前の世代の人々がよく『X星人』と呼ぶスタイルだ）。

顔を下へ向けると、バイザーの視界には薄い水蒸気の向こうに海面の様子――真下の海の様子が見える。

EODASシステムの六基のカメラの視野を合成し、機体の腹の下をじかに『見せる』のだ――新機種導入試験に先立っての訓練で最初に説明を受けた時には、どんなふうに見えるものなのか想像もつかなかった。

最近になって慣れた。

「突然、言われたって」

右肘を固定し、操縦桿を一定の位置に保ちながら女は自分の股の下――コクピットの床へ視線を向けた。

ＨＭＤの視界には床は映らず、機体の腹をも透過して、真下の揺れ動くまだら模様の海面が『そこにあるように』見えていた。

短い髪の女の子が、四角い金属ケースを抱え、波に揉まれている。

この、すぐ真下だ――

「分かりっこないよね」

無線の向こうの総隊司令部の先任指令官は、絶句したままだ。

無理もない――

でも一応、指揮系統へ武器使用の許可は上申した。

立て付け上、これでいい。

「海面の民間人が、工作船に轢かれます」

女は左手のスロットルの送信ボタンを押し、短く言った。

「緊急です。これより〈犯人〉を阻止《そし》します」

『――えっ』

女——音黒聡子《おとぐろさとこ》一尉は、操縦桿を握った右の手首を少し前へやる。
ヒュウウウ
HOVER《ホーヴァー》モードの操縦系が反応し、背中のファンの回転音がわずかに低くなる——機体がゆっくりと下がり始める。

●日本海　海面

「——くっ」
逃げなくては。
ひかるは四角いケースを抱えたまま、横向きに水を蹴った。
必死に蹴った。
筋肉が消耗し、脚が重くなっても蹴った。
しかし
(だ、駄目か)
上下する海面に揉まれ、自分の位置は少しも変わらない——

ドロドロドロ
身を包んでいる海水が、震え始めた。
ドロドロ
（くそっ）
巨大な灰色の船体が、膨大な量の海水をかき分け、近づいて来る。ドロドロというのは
大出力ディーゼルエンジンが水を震わせているのか。
駄目だ。
ひかるは迫りくる船首に、目を見開く。
逃げられない。
灰色の船首が波を割り、しぶきを上げる。駄目だ、もうすぐあの下へ――

だが
ヴォォオオオッ
その時。
別の轟音《ごうおん》が、ひかるの耳を打った。
上だ。
ヴォォオオオオオッ

(――――!)

この響きは。

頭上か――

顔を上げて真上へ目をやり、ひかるは息を呑んだ。

何だ。

グレーの天井のような雲を割り、ふいに出現したもの。

黒い、巨大なコウモリのように見えた。

真っ黒いコウモリが翼を広げて雲の下へ――ひかるの頭上へ覆いかぶさるように現われると、中空に止まった。

ヴォオオオッ
「きゃあっ」

猛烈な熱風の吹きおろし。

何だ、これは。

●横田基地　地下
総隊司令部　中央指揮所

「F35Bです」

コンソールに情報を呼び出して、明比が声を上げた。

「機種判明、あそこのデビル・ファイブゼロゼロはF35B――それもどこかの飛行隊の所属ではない、飛行開発実験団の運用試験機です」

「何」

工藤はスクリーンを仰いで、息を呑む。

「飛行開発――」

「先任」

笹が言う。

「その通りです。まだ、F35のB型は自衛隊に配備されていません。海自の〈いずも〉に搭載するため、運用試験中のはずだ」

7

●日本海　海上（超低空）

F35B　デビル五〇〇

「――――」

バイザーの視野で、渦巻く水蒸気の層が額の上へ流れていき、次の瞬間ぱっ、と視界が広がった。

雲の下へ出た――

ピッ

今まで身を隠していた雲は、まるで頭上を覆うグレーの天井だ。

広がった視界――雲の天井と海面に挟まれた空間に重なって、バイザー視野の右下に黄色い数字が明滅する。

〈50〉、〈40〉――

電波高度計の数値が黄色く変わって、海面が近いことをパイロットに知らせている。

「――わかってるよ」

音黒聡子一尉はつぶやくと、右の手首をわずかに返す。

HOVERモードにした操縦系がまた反応し、背中でファンの回転音が上がり、同時に真下へノズルを向けたエンジンの推力も増加して、聡子の操る機体の沈降を止める。

ふわっ

宙に停止する。

電波高度計の表示が止まる。〈25〉――海面から二五フィート。

視線を上げると。

いる。

真正面だ、間合い六〇〇フィート――いや五〇〇フィートちょっとか。

灰色の船首がこちらを向き、波を割って左右へしぶきを上げる。

上下にぶれながら近づいて来る。


こいつが工作船か。

〈生《なま》〉で――肉眼で見るのは初めてだ。

聡子の目の高さが、ちょうど船橋の窓の高さだ。

正面から見合う形だ、向こうは驚いているか――？

今まで、まったく存在に気づかれていない。雲が低かったせいで視覚的にも身を隠し、あの工作船の周囲を低空で周回して合成開口レーダーで好きなだけスキャンできた。船体の形状から、甲板にいる乗組員の数、積載しているレーダーの種類やミサイルの種別に至るまですべてデータを取り、圧縮して、衛星経由で市ケ谷へ送った。船は中国製の対空監視レーダーを備えているようだが、探知されてはいない。こちらのレーダー反射面積は、実にＦ15戦闘機の五〇〇分の一——たとえて言えば、ゴルフボールが飛んでいるようなものだからだ。

（————）

下方をちら、と見て、音黒聡子は右手の中指をわずかに握り込む。

サイドスティック式操縦桿の横腹についたエルロン・トリムスイッチは、ＨＯＶＥＲモードで滞空している時には『前進』のコマンドに使われる。

ふわっ

尾部ノズルが真下からわずかに後ろへ向き、宙に停止していた機体は人が歩くくらいの速さで前方へ出る——

ここにいたのでは。

また、下をちらと見やる。

あの子——真下の海面に浮いているＮＳＳ要員を、ローストチキンにしてしまう。

視線を戻す。

灰色の船影を睨《にら》む。

間合いは詰まる——目測で、五〇〇〇フィートを切るか。

左手を股の間へやり、計器パネル下側中央のマスターアーム・スイッチを弾きあげて、

ONに。

ピッ

計器パネルをほぼすべて占める、横長のパノラミック・ディスプレーの左半分で兵装管理画面が自動的に開き、機体兵装図が示される。

左手をスロットルレバーへ戻し、親指で兵装選択スイッチを〈GUN〉に。

ピピ

F35シリーズには初めからヘッドアップ・ディスプレーが無い。パイロットはHMDのバイザーに投影される情報だけで、機体を操縦し、ミッションをこなす。

「――遅い」

バイザーの視野で、灰色の大型漁船の船橋に重なって照準レティクルが浮き上がり、測距レーダーが働いて間合いを測定する。レティクルの円環がきゅうっ、と縮み、外側に激しく減る数字。〈480〉、〈460〉――

十字のガン・クロスが現われて船橋の窓に重なり、横にシュート・キューが表示される。

ほぼ同時に、灰色の船体は身じろぎするように左横へ――聡子の視界の中央から左へずれようとする（右へ舵《かじ》を切ったか）。

工作船は旋回の外側へ傾きつつ、聡子から見て左手へ急激に回頭しようとする。

雲の中から突如現われ、真正面に立ちふさがったわたしに驚いたか。

あるいは。ヘリの水没した海面をひき潰《つぶ》すように通過する気は、初めから無かったか
〈奪った〈ブツ〉を引き揚げて帰らなければ、処罰されるだろう〉。急回頭して、舷側から
ボートを下ろして海面を捜索するつもりだったか。

だが、どちらにせよ。

下にいるあの子へ危害が及ぶことに、変わりはない。

逃げるか。

遅い。

聡子は、バイザー視野のガン・クロスからもがくようにずれようとする船橋の窓を睨み、右手の人差し指を絞った。

「フォックス・スリー」

●日本海　海面

「うわぁっ」

ひかるは思わず、声を上げていた。

頭上に突如現われ、覆いかぶさるように宙で停止した黒い機体——まるでコウモリのような飛行物体は、焼けつくような熱風を噴《ふ》きつけながら宙を少しずつ前進、迫りくる灰色の船体の真ん前に立ちふさがった。

これは。

浮いている黒い機体の後部には、割れた尻尾——二枚の垂直尾翼が生えている。

これは戦闘機——!?　そう思うのと同時に、黒い機体はその尖端のどこかから一筋の真っ赤な火焔《かえん》をほとばしらせた。

(な)

何だ……!?

目を見開く暇もなく。

細い火焔の筋は宙を鞭《むち》のようにしなって、灰色の船体の船橋部分へ吸い込まれる——たっぷり二秒間。

ひかるは知らなかったが、眩《まばゆ》い火焔の筋に見えたものは二五ミリ機関砲の射弾だった。

空中戦においては、一発でも敵機に命中すれば大穴を空ける炸薬《さくやく》入りの砲弾——それが二秒間で約一〇〇発、工作漁船の船橋部分へ殺到した。

(!!)

火焔の鞭を吸い込んだ工作船の上部構造は一瞬くしゃっ、と縮むように見えたが。

次の瞬間パッ、とオレンジ色の閃光を噴き出した。

一秒遅れて衝撃波と、爆発の轟《とどろ》きが空気を伝わってきた。

ドドドーンッ
続いて爆風。

「きゃぁああっ」

真っ白い波が横殴りに襲い、ひかるを船から離れる方へ無理やりに押しやる――

また水中へ引きずり込まれる、両腕で金属ケースをしっかり抱えて、水流に巻かれるままになるしかない。

水に運ばれる――

「ぷはっ」

たっぷり十秒間、水中を回転して、ようやく波間へ顔を出すと。

(も)

燃えている……!?

強い火焔の照り返しで、顔が熱い。

立ち泳ぎのまま振り向くと。

数百メートル離れた海面だ。灰色の船体がこちらへ横腹を見せ、上部構造から黒煙を噴いていた。黒い煙の中にオレンジ色の炎がちらちら踊っている——工作船は撃たれるのと同時に転舵《てんだ》をしたのか、あるいは自分が爆風に運ばれて船を横から見る位置へ来てしまったのか、ひかるには分からない。横向きになった船体の上部で、燃える船橋の上に屹立していたトラス構造の高いマストが重みに耐えかねるように根元から折れ、後部甲板の上へ倒れかかって行く。

まるで怪獣に倒された鉄塔のように、マストはゆっくりと後部甲板へ倒れかかると、構造物を根こそぎ押し潰すように砕《くだ》け、煙を上げた。

凄《すご》い。

(……あの戦闘機は)

目で探すと。

いた。

黒い機体——自分を助けてくれたように見える、でも自衛隊に、こんな黒い戦闘機は配備されていただろうか——？　空中で停止できる戦闘機なんて。

黒い機体は、工作船のすぐ横にまだホヴァリングしていて、小爆発を繰り返す船体の様子を俯瞰している感じだ。

●日本海　海上（超低空）

F35B　デビル五〇〇

「民間人へ危害を加えようとした〈犯人〉の船は、停船しません」

音黒聡子は、短く無線へ報告した。

「まだ航走中。これより後部へ廻って船体を射撃、エンジンを停止させます」

●横田基地　地下

総隊司令部　中央指揮所

「おいっ」

工藤は天井からの声に、目を剝いた。

「あいつは何だ。あそこで何を――」

「工作船を」

右横で笹が言う。

「――いえ〈犯人〉を阻止する、とか言いましたよね」

「〈犯人〉だと」

工藤は唸る。

「急にいったい――」

しかし
「いえ、そうです」

情報席から明比が言う。

「今、我々が使えるのは警察官職務執行法だけです。〈犯人〉と言わないと武器が使えません」

●日本海　海面

（――何をするんだ……）

ひかるはただ、立ち泳ぎをして見ているしかない。

灰色の船体は黒煙を上げながらも、ひかるに横向きのシルエットを見せながら白波を蹴立て、移動して行く――まだ動力航行している。

その横を、黒いコウモリのような機体は横向きに移動し、船体の後尾の真横の位置へぴたり、とつける。

よく見ると双尾翼の機体は、背に蓋《ふた》のような物が上向きに開き、尾部ノズルが直角に曲がって真下を向いている――ああやって宙に浮いているのか……?

（……凄い）

工作船が少しずつ遠ざかるので、黒い戦闘機も付き添って遠くなる（もう一キロ半くらいは離れた）。

黒い機体は、さらに海面すれすれへ降りる――後部甲板に機首の高さを合わせるかのようだ。

「――――」

●日本海　海上（超低空）

F35B　デビル五〇〇

「う」

ピピッ

ピピッ
聡子は右手首をわずかに左へこじり、機体を左向きに横移動させながら同時に右手首を前方へわずかに押して、海面すれすれの高さまで降りて行った。

目の前、約一〇〇フィートの間合いに横波を蹴立てる船体がある——後部甲板の床面に目の高さが合うところで、右手首を返し、機の沈降を止める。

ピピピピ
着陸脚を下ろさずに、海面上一〇フィートまで降りたので、バイザー視野右下の電波高度計の数値が赤くなると同時に地表接近警報が鳴る（地表接近警報は警告音をキャンセルできないので、鳴りっぱなしだ）。

だが聡子が息を呑んだのは、警報が鳴ったからではない。

工作船のエンジンを撃ち抜くつもりで、船体後部の左舷の真横一〇〇フィートの位置で機をホヴァリングさせた。依然として二〇ノット近い速力で進み続けている（船橋は潰してしまったので、機関が勝手に回り続けているのだ）。自分も横向きに進みながら、高さを合わせ、船体後部の機関室とおぼしき辺りへ機関砲の照準をつけようとした。

その時だった。

ふいに甲板の煙の中から、人影が現われた。

二つ——

煤《すす》に汚れきってわからないが暗色の戦闘服姿だ。人影は二つとも、肩に細長い円筒状の物体を担いでいる。

聡子の方を指さし、揃って担いだ細長い物体を向けて来た。

(——可搬式ロケット砲……!?)

ピピピッ
バイザー視野では、照準レティクルが二つの人影を含む甲板の床部に重なり、十字のガン・クロスは甲板の数十センチ下の船腹にぴたりと合っている。

聡子は右の人差し指をトリガーに掛けるが、同時に、二つの戦闘服姿も甲板に片膝をついて細長い物体をこちらへ向けて来る。

「——ちぃっ」


機関砲を放てば、甲板構造もろとも二人の戦闘員も吹っ飛ばしただろう。

しかし今は、自分は警察官職務執行法に基づいて行動している。さっきは海面上を漂流している〈民間人〉に危害が加えられそうだったから、船を止めるためにやむを得ず船橋を射撃した。

だがテロリストの戦闘員から、自分自身が武器を向けられた場合。

武器を向けられたからと言って、こちらから先に撃つことは出来ない。相手を撃てるのは、自分が撃たれて生命が危ない時の〈正当防衛〉だけだ（相手に先に撃たせないと、こちらから撃てない）。

それが法だ。

私は航空自衛隊幹部だ。

舌打ちしてから、聡子は右手首を反対側へ倒し、機体を右方向——船体の進むのとは逆方向へ横移動させる。同時に左ラダーを踏み込んで機首を左へ廻す。

視界の中で船体の後部甲板は左手へ流れていき、機体が垂直軸廻りに左へ回頭するにつれ、船体後部甲板は聡子の右横へ移動して来る——

「くっ」

右手を右へ倒したまま、船体真後ろの位置へ移動しながら聡子は唇を嚙む。

戦闘員二名を殺傷しないように、船の真後ろへ回り込んで機関砲を使おう——そう思ったのだが。黒煙に見え隠れしながら二つの人影は甲板上を走り、聡子の機を追いかけてくる。聡子が機首姿勢を調整して照準レティクルを船尾部分へ合わせる前に、甲板上に膝をついて再度ロケット砲を向けて来た。

（まずい）

撃たれる。

至近距離だ、二発撃たれたら最低どちらかは直撃で当たる――

聡子は射撃をあきらめ、右手を強く右へ倒した。

しかし
(――!?)

前方視界は、ゆったりと左へ動くが、右手を強く倒したのに移動速度は速くならない。

「し」

しまった……!

思わず、顔をしかめる。

F35BのHOVERモードは、もともと母艦の飛行甲板へ着艦するため、自動操縦で機体を宙に浮かせる――安定して垂直着艦をさせるシステムだ(操縦桿の操作は、あくまで自動操縦システムにコマンドを与えるだけで『操縦』しているわけではない)。安全に着艦するため、ゆったり安定して宙を動くようにできており、パイロットが操縦桿を強く倒しても操縦系の反応速度はそう変わらない(テロリスト戦闘員のロケット砲を素早くサイドステップでかわすようには出来ていない)。

機種転換訓練では、HOVERモードでの操縦は地面の同心円マークの中央に機体を下ろす練習ばかりで、いつも操縦桿は微妙に優しく操作していた。海面上一〇フィートで、至近距離から発射されるロケット砲を素早く横へ避ける——などという想定の練習など、もちろんやっていない。垂直着艦モードの時は操縦桿を強く操作しても移動速度はそう変わらない。今やってみて、初めてわかった。まずい——！

（——）

離脱しなくては。

聡子は咄嗟に左手でグレアシールド下の〈ＳＴＯＶＬ《ストーヴル》〉スイッチを押して解除、機の操縦系を通常飛行モードへ戻す。

ピッ

〈ＴＲＮＳＩＴ〉

通常の飛行へ戻し、いったん船から離れるのだ。

しかし、ＨＯＶＥＲモードから通常飛行モードへの遷移《せんい》も、自動操縦で行なわれる。

バイザー視界に〈ＴＲＮＳＩＴ〉の黄色い文字が浮かんで明滅すると、機体は自動的に右への横移動を止め、ゆっくりと水平に直進を始めた。パノラミック・ディスプレーに操縦系の情況を示す画面が開き、尾部メインノズルが真下から後方へ向かってゆっくり角度をとり始める。

「え」

しまった。

聡子はバイザーの下で目をしばたたく。

まずい。

これでは、船の右舷に沿ってゆっくり追い抜く形だ。

反射的に操縦桿を摑み、右へ倒すが。

(くそっ)

機は反応しない。

まっすぐに飛んで行く。

そうか――

舌打ちする。

遷移――通常飛行モードへ戻る十数秒の間、F35Bは自動操縦で水平に直進し加速をする。対気速度一六〇ノットに達するまで、パイロットに操縦を返さない。母艦から安全に発艦をするための仕組みだが、主翼が揚力を得てメインノズルが真後ろへ向くまでは、操縦桿のインプットを受け付けない。

これじゃ、かえって狙われる。

左下方を見やる。

バイザーに、機首に隠れる下方のVR視界が映る。

甲板上に戦闘員がいる――二名とも上半身を回し、直線飛行する聡子の機体へ狙いをつけている。

（私と、したことが――！）

だが

撃たれる――そう思った瞬間。

ふいに機体の下側を見せるVR視界が真っ赤になった。

「え」

EODASの故障……？

そうではなかった。

工作船の甲板――黒煙に包まれる船体後部で突如、真っ赤な光がひらめいたかと思うと。

ドゴッ

下からの衝撃波が機体を突き上げ、ハーネスで身体を固定していたはずの聡子は一瞬跳ね上がって、ヘルメットの頭をキャノピーにぶつけそうになった。

「ぎゃ」

8

●市ヶ谷　防衛省
統合幕僚監部作戦室

同時刻。

「おう」
「おぉう」

地下空間——四面の壁すべてがスクリーンとなっている、大型体育館サイズの暗がりの中。
真っ赤な閃光で正面スクリーンが一瞬、まるで花火が炸裂したかのように明るくなると。
空間の底から呻《うめ》きのような声が湧いた。

「爆発したか」

　空間の底の中央には、格闘技のリングのように周囲より一段高くなった台座があり、その上に長方形の会議テーブルが載っている。

　台座の周囲を放射状に、多数の管制席が囲み、着席するオペレーターたちが暗がりを埋めている。特徴的なのは様々な色の制服が入り交じっていることだ。全自衛隊――陸・海・空を統合運用する、ここはわが国の防衛の中枢《ちゅうすう》だ。

　台座の上、情報端末を前にした席の一つで、濃緑の制服を着た陸上幕僚長が発光するスクリーンに目をすがめた。

「キャニスター内で潰されていたミサイルの弾体か。遅れて誘爆したか」

「あるいは」

　隣の席で黒い制服の海上幕僚長が目をしばたたかせる。

「どこかから自爆装置を起動させられた――おう」

　また閃光が走る。

　二回目の閃光が止むと、スクリーンには斜めに見下ろす角度で炎上する船体の様子が浮かび上がる。映像はフレーム自体が上下にぶれ、船体から上がる火柱もカク、カクと動く。

映像は衛星経由で送られてきている。日本海で行動中のＦ35Ｂは、機体六か所に埋め込んだＥＯＤＡＳシステムのカメラで撮影したデータを圧縮し、自動的に送って来るが、動画で見ようとするとタイムラグが生じ、画像も粗《あら》くなる（それでも爆発炎上する工作船の様子は把握できる）。

船体の姿はコマ送りのように小さくなる（撮影しているカメラが遠ざかっている）。小さくなりながら、ある時ふいに真ん中から二つに折れ、鉛色の海面へ呑み込まれ始める。

「おう」

濃紺の制服に身を包んだ五十代の人物――弓本《ゆみもと》透《とおる》統合幕僚長（航空幕僚長を兼ねる）が声を上げた。

「爆沈したようですな、大臣」

「――うむ」

会議テーブルの中央の席で、一人だけ普通のスーツを着ている井ノ下和夫防衛大臣は腕組みをする。

案ずるような表情。

「Ｆ35のパイロットは、無事ですか？　爆発がかなり近かった」

「大丈夫でしょう」
統合幕僚長はうなずく。
「こうして映像が送られて来るのが、そのしるしです」
そこへ
「報告致します」
テーブルの反対側の席で、背後から渡されたメモを一瞥した統合運用部の運用第一課長
（一等空佐）が声を上げた。
「〈秘匿任務機〉はミッションを完了、現場空域を離れ帰投します」
「そうですか」
井ノ下がうなずき『ご苦労』と口にする前に、会議テーブルの末席でガタッ、と立ち上
がる音がした。
「も、申し訳ありません」
立ち上がって軽く頭を下げたのは、一等空佐の階級章を肩につけた四十代の人物だ。
左胸にはパイロットであることを示す航空徽章《きしょう》もある。この場に慣れていないのか、硬
い口調で続ける。
「工作船を停船させ、ＳＢＵを突入させて外国工作員を捕らえる計画でしたが。爆沈させ
てしまいました」

「いい」

大臣に代わるように統合幕僚長が言う。

「法規違反は何もしていない」

「そうだ」

海上幕僚長もうなずく。

「爆発物を大量に積んでいる方が悪いのだ。この映像は、世界中のどこへ出しても文句を言われん——出さんがね」

「F35に乗っているのは」

統合幕僚長はスクリーンへちら、と目をやって訊いた。

「君のところのエースかね。番匠《ばんしょう》一佐」

「は」

番匠一佐と呼ばれた幹部パイロットは恐縮したような表情でうなずく。

「搭乗者は、F35Bの運用評価試験主任です。まだ一尉ですが」

「よくやってくれました」

井ノ下がうなずき、手で『いいから座ってください』と促す。

「皆さん」井ノ下は会議テーブルにつく十数名の幕僚たちを見渡して続ける。「空自で試験運用中のF35Bと、発足成った海自SBUを組み合わせて運用する――皆で考えたオペレーションであり、私の長年の念願でもあった構想です」

「――」

「――」

「今回のように、密かに〈敵〉に近づいて情報を収集でき、いざとなれば打撃することも出来る――F35Bは、わが国の安全のために利用価値の高い防衛リソースです。そのことが証明されたと思う。皆さんの奮励《ふんれい》に感謝します」

井ノ下は、今回の〈作戦〉が急きょ自分のアイディアで実行されたことを誇らず「皆で考えたオペレーション」と表現した。労をねぎらわれた幕僚たちは、素直な様子で大臣へ一礼した。

「今回の事例はよく研究し、戦訓として行きましょう」

井ノ下はうなずくと、自分の席の情報端末に向かう。

「官邸の総理へ報告します――あぁそうだ、武藤《むとう》幕僚長」

「は」

黒い制服の海上幕僚長が顔を向ける。

井ノ下は振り向いて、スクリーンを指す。

「SBUの出動は、空振《からぶ》りではありません。まだやって頂くことがある」

●日本海　上空
MCH101ヘリコプター

「前方、雲の下に何か見える」

右側操縦席で機長が眉を顰め、前面風防の向こうを顎で指した。

「何か燃えている――火柱のようだ」

コクピットは気流に揺さぶられ続けている。

低い雲の下を、海面上一〇〇フィート以下の高度で突き進んでいる。

間もなく、民間ヘリ――外国工作員に乗っ取られたという小型ヘリコプターが着水したというポイントだ。

白い靄《もや》によって前方視界は一マイル――一六〇〇メートル程度しかない。

「何だろうな」

前方のどこかに、工作船がいるのだ。

接近を一時的に中止し、旋回に入るか……？

情況を、確かめなくてはならない。

右後方に続いている二番機にも、指示をしなくては——

そう機長が考えるのと同時に
「自衛艦隊司令部から入電です」

左側操縦席で、副操縦士がヘルメットの上からレシーバーを押さえて言う。

「命令のようです」

●MCH101ヘリコプター
後部キャビン

『加藤隊長』

キャビンの暗がりの中。

側壁にもたれる形で、十名の部下と共に装備の点検をしていた加藤助清は、黒い戦闘ヘルメットの内蔵イヤフォンに入った声に、手を止めた。

『隊長、機長だ』

「——」

指揮無線の通話チェックも、しなければならないタイミングだ。

加藤は喉(ここまで真っ黒いドーランを塗りたくっている)に貼り付けた声帯マイクを右手の指で押さえるようにすると、つぶやくような声で応えた。

「聞こえている」

『艦隊司令部から命令が二件』

短距離を秘話回線で結ぶ戦闘指揮無線は、ヘルメットに内蔵されている。加藤指揮下のSBUチームの隊員全員と、輸送ヘリのコクピットとも通話を可能にする。

『突入ミッションは中止』機長の声は繰り返した。『突入は中止だ』

「――」

同時に。

加藤の黒い戦闘服の左腕につけた情報端末――スマートフォンサイズの画面も、短く振動した。

指先でタッチすると、画像と共に文字情報が浮き上がる。

「――」

「助さん」

隣で、同じように情報端末を覗く山本一曹が小声で言う。

「工作船、爆沈したんすか」

隊員全員に、同時に配信された画像は。

赤黒い火柱を噴き上げながら二つに折れ、海面に埋まろうとする大型漁船――斜め上方から俯瞰したアングルで捉えた、これは可視光線画像のようだ。

「命令は『突入中止』――出番無しっすか？」


「うん」

加藤はただうなずく。

ぎょろりとした眼で、端末に浮き上がる静止画を見る。

表情は変えない。

「――――」

「どうしたんすかね。いったん、覚悟を決めて出て来たんですが」

「そういうこともある」

加藤は小さく息をつき、また喉のマイクを指で押さえると、つぶやくように言った。

「総員、装備を解け。撤収用意」

「拍子《ひようし》抜けです」

「任務はまだある」

加藤は、端末の画面をめくって言う。

「命令が、もう一件来ている」

「え」

山本一曹は、自分の腕の端末の画面をめくる。

「あ――来ていますね」表示された文字列に眉を顰める。「ええと。『海面を漂流中のNS要員一名を救出し帰投せよ』ですか？」

端末には、もう一枚の静止画が送られて来ていた。

海面を、真上から見下ろすアングルだ。

指で拡大すると、人の頭が見える。

鉛色の波に揉まれ、短い髪の娘が一人――黒スーツにシャツ。肩から上がかろうじて水面に浮いている。何か箱のような物を大事そうに抱きかかえ、立ち泳ぎしているのか。

「え？」

山本は意外そうな声を出す。

防衛省の情報処理システムが顔認証したのか、人物データが横に表示されている。

所属と、官職姓名だ。

「この子が、国家安全保障局の工作員ですか?」

「ふん」

加藤が、初めて表情を緩めた。


「こいつか」

加藤が、苦笑のような表情をしたので。

若い一曹は、意外そうに上司の顔を見た。

「ご存じなんすか。助さん」

「会ったことは無い」

加藤は頭を振る。

「だがこの間、送られてきた人事シートで写真を見た。この事件が無ければ、今日からうちへ研修に来る予定だった。特輸隊のCAの姉ちゃんだ」

「えっ」

山本は目をしばたたかせる。

「うちで研修……?」

「格闘のレクチャーを受けたい、とさ」

「そりゃ物好きな」

「機長」

加藤は喉のマイクを押さえると、指揮無線に告げた。

「命令を確認した。突入は中止、代わりに前方海面で捜索に入ってくれ。漂流者を一名、救助して帰る」

●小松基地
司令部棟二階　会議室

十分後。


(!?)

いきなり扉が開いた。

静かな会議室で、じっとしていたので扉の音は大きく聞こえた。

茜は目を見開く。

外の廊下から、足を踏み入れて来たのは濃紺の制服姿——亘理二佐だ。

えっ――？

軽い驚き。

自分でドアを開けて入ってきた……？

驚いている場合ではない。飲みかけの缶コーヒーをテーブルにおいて、立ち上がる。

同時に立ち上がった白矢と並んで、敬礼をした。

「待たせた」

中背の亘理二佐は、自身もパイロットだ。左胸に航空徽章をつけている。しかし最近は飛行服でいるところを、茜は見ていない（司令部のデスクワークが忙しいらしい）。

速足で歩いて来たのだろうか、亘理は少し呼吸が速い。立ち上がった二名のパイロットへ答礼するのもそこそこに、口を開いた。

「二人とも、ご苦労だった」

「――――」

防衛部長が、向こうから来た……？

呼びつけられるなら、話は分かるけれど――

茜は敬礼を解きながら、思わず出かけたくしゃみをこらえる。

飛行服の汗が冷えてしまって、少し寒い（普通は、フライト後に汗みずくの飛行服のままでずっと過ごすことは無い）。

どうしたのだろう、つい先ほどは地下の特別指揮所で『吊《つ》るし上げ』を食ったばかりだ。

白矢と一緒に立たされ、司令部の幹部たちに機の飛行中のＨＭＤ画像を見られ、目の前で舌打ちをされたり、ため息をつかれたりした。

地上階の会議室へ戻されてからも『待機』は命じられていて、何となく『処分を待たされている』感じだった。

（何を、言われるのかな）

だが

「事態は一応、収拾した」

亘理は早口で続けた（少し急いでいる様子だ）。

「わが航空団は通常の警戒態勢に復する。君たち二名は、司令部の事務方の聴取に応じ、報告書の作成に協力したならば通常の任務へ戻ってよい」

「――――」

「――――」

茜は目をしばたたく。

特に、何か咎《とが》めを受けるのではないのか……?

だって。

出動中にレインボー航空のE170と、湖の上空ですれすれ――一〇〇フィート差で交差したのだ（その旅客機を『うっかり』ロックオンまでしている）。

もしも自衛隊の大嫌いなマスコミが知ったら、大騒ぎするのではないのか。

心配が顔に出たのだろうか。

「舞島二尉」

亘理は茜を見て言った。

「問題ない」

「――は?」

「舞島二尉」亘理は早口で続けた。「君の編隊長としての判断と行動に、問題は無かった。橋本団司令と、私も同意見だ。白矢二尉、君もだ」

「――は、はい」

茜の横で、白矢英一は会議室の入口へちら、と視線をやっていた。

亘理防衛部長の後から、遅れて一人の女子幹部が入室して来るところだ。

高好三尉は、両手で黒漆《うるし》塗りの盆を抱えるように持っている。

白矢は慌てたように視線を戻すと「ありがとうございます」と一礼した。

そうだ。

茜は思った。

普通は、秘書役の女子幹部が扉を開け「防衛部長が見えました」と告げてから、自分たちが立ち上がったところに防衛部長が入って来るものだ。

「ただし」

亘理は続けた。

「今回の事例を受け、通常の訓練の内容に修正が行なわれる——HMDの視線誘導モードで誤った標的にロックオンしてしまった時に、速やかにロックオンを外す手順が訓練に追加され、皆が練習するようになるだろう。二人ともやってしまったのだから、これは皆に起きうる事例だった」

「は、はい」

「はい」

「話は以上だが」

亘理は言葉を区切ると、背後に立ち止まった女子幹部を振り返った。

「高好三尉、ありがとう。辞令をくれ」

(──??)

辞令……?

誰にだ。

まさか──

目を見開いていると。

「私のオフィスまで、取りに行ってもらっていたのだ」

亘理は「すまん」と言って、高好三尉の差し出す盆の上から白い長方形の紙をつまみ上げる。

「これから、事後処理のためのミーティングをいくつも抱えていてな。今しか、渡す暇が無かったのだ──舞島二尉」

「?」

「君に辞令だ」

亘理は、茜に『近くに寄れ』と目で促した。

「舞島二尉」

「は、はい」

茜は一応、姿勢を正すと、防衛部長――第六航空団の実務上のトップの前に立った。

辞令――？

問題は無かった、と言われながら、実はどこかへ飛ばされる……？

訊きたいけれど。

この基地の総責任者である団司令の橋本空将補とは、実は街中の合気道の道場で『兄妹弟子』の間柄だ。普段から稽古で組み合ったり、話もよくするから、父親のいない茜には肉親に近い存在だ。

でも、目の前のこの人に甘えはきかない。

「舞島」亘理は、白い長方形の厚紙を渡しながら言った。「早速だが。明後日から岐阜《ぎふ》へ行ってもらう」

「………⁉」

目の前に、紙が差し出される。

昔、中学校で賞状をもらった時のようだ。

飛行機のテクニカル・オーダーも電子化され、報告書も電子ファイルで提出する時代に、厚紙の辞令を受け取るのは妙な感覚——

一応、一礼して受け取って、その面《おもて》を見る。

今、防衛部長は何と言った。

明後日から岐阜……？

黒い文字が目に飛び込んでくる。

何だ。

（——『飛行開発実験団』……!?）

「あの」

茜は、亘理を見返すと、言った。

「岐阜へ行くのでしょうか」

「そうだ」

「実験団——」

「そうだ」

「どういうことでしょう。私は、大学を出ていません」

「テストパイロットになれ、と言うのではない」

亘理は頭を振る。

岐阜基地――そこに居《きょ》を置くのは飛行開発実験団。

航空支援集団の傘下にあり、実験団は、わが国の自衛隊が採用するすべての航空機のテストを行なっている。新装備の開発も行なう。

実験団の飛行隊は、テストパイロットの集団だ。どんな機種も乗りこなす。

腕ももちろんだが。テストパイロットとなるにはまず、TPCと呼ばれる養成コースに入る必要がある。TPCに入るには、防大または理科系の一般大学を出ていることが必須
――そう言われている（航空物理や機械工学に明るい必要がある）。

「TPCには入らない。君は岐阜で、新型機への転換訓練を受けろ。F35Bだ」

「――――」

茜は、目をしばたたく。

今、何と言われた……？

「――F35B、ですか」

隣で、息を呑む気配。

白矢が横目で見て来るのは分かるが、視線を返す余裕がない。

手にした辞令に載っているのは『飛行開発実験団への出向を命ず』だ。

文面には、転換する機種名は記されていない。

「よく見ろ」

亘理は、辞令の文面を指した。

「出向、とあるだろう」

「はい」

「実験団へ転属するのではない。君の転属先の飛行隊はまだ未定——というか、まだ存在しない」

「？」

「新田原《にゅうたばる》で、創設準備中だ」

亘理は茜に、九州とおぼしき方角を顎で指して見せる。

新田原で創設準備中の飛行隊——？

何だろう。

（そうか）

Ｆ35Ｂの飛行隊……。

聞いたことはある。

海自の護衛艦〈いずも〉、〈かが〉に搭載されることになる新型機F35Bは、海自ではなく空自の運用となる。数か月後には導入されるが、その飛行隊は、すでにF35Aが配備されている三沢《みさわ》ではなく、宮崎《みやざき》県の新田原基地に置かれるという。

他の戦闘機から移って来るパイロットの転換訓練も、新田原で行なわれる——

「知っての通り」

亘理は続けた。

「最新鋭のF35Bは、まだ導入されていない。飛行開発実験団において、運用評価試験が行なわれている最中だ。したがって実機も岐阜にしかない。教官もまだいない。岐阜では実験団のテストパイロットが君を教える。訓練を終え、資格を取ったら、君が新田原で教官になるのだ」

（下巻に続く）

著者注・この作品はフィクションであり、登場する人物および団体名は、実在するものといっさい関係ありません。

TACネーム アリス デビル501突入せよ 上

一〇〇字書評

切り取り線

購買動機（新聞、雑誌名を記入するか、あるいは○をつけてください）	
□（　　　　　　　　　　）の広告を見て	
□（　　　　　　　　　　）の書評を見て	
□ 知人のすすめで	□ タイトルに惹かれて
□ カバーが良かったから	□ 内容が面白そうだから
□ 好きな作家だから	□ 好きな分野の本だから

・最近、最も感銘を受けた作品名をお書き下さい

・あなたのお好きな作家名をお書き下さい

・その他、ご要望がありましたらお書き下さい

住所	〒				
氏名		職業		年齢	
Eメール	※携帯には配信できません	新刊情報等のメール配信を 希望する・しない			

この本の感想を、編集部までお寄せいただけたらありがたく存じます。今後の企画の参考にさせていただきます。Eメールでも結構です。

いただいた「一〇〇字書評」は、新聞・雑誌等に紹介させていただくことがあります。その場合はお礼として特製図書カードを差し上げます。

前ページの原稿用紙に書評をお書きの上、切り取り、左記までお送り下さい。宛先の住所は不要です。

なお、ご記入いただいたお名前、ご住所等は、書評紹介の事前了解、謝礼のお届けのためだけに利用し、そのほかの目的のために利用することはありません。

〒一〇一－八七〇一
祥伝社文庫編集長　清水寿明
電話　〇三（三二六五）二〇八〇

祥伝社ホームページの「ブックレビュー」からも、書き込めます。
www.shodensha.co.jp/
bookreview

祥伝社文庫

TAC《タック》ネーム アリス デビル501突入《とつにゅう》せよ 上

令和 5 年12月20日　初版第 1 刷発行

著　者　夏見正隆《なつみまさたか》
発行者　辻　浩明
発行所　祥伝社《しょうでんしゃ》
東京都千代田区神田神保町 3-3
〒 101-8701
電話　03（3265）2081（販売部）
電話　03（3265）2080（編集部）
電話　03（3265）3622（業務部）
www.shodensha.co.jp
印刷所　堀内印刷
製本所　ナショナル製本
カバーフォーマットデザイン　芥 陽子

本書の無断複写は著作権法上での例外を除き禁じられています。また、代行業者など購入者以外の第三者による電子データ化及び電子書籍化は、たとえ個人や家庭内での利用でも著作権法違反です。
造本には十分注意しておりますが、万一、落丁・乱丁などの不良品がありましたら、「業務部」あてにお送り下さい。送料小社負担にてお取り替えいたします。ただし、古書店で購入されたものについてはお取り替え出来ません。

Printed in Japan ©2023, Masataka Natsumi ISBN978-4-396-35027-7 C0193

祥伝社文庫　今月の新刊

門田泰明
重役たちの勲章
俺こそが次期社長だ！　信じられるのは己のみ。頂点を目指してのし上がる男たちの闘い。強烈な熱量、迫力で贈る傑作ビジネスサスペンス！

数多久遠
機巧のテロリスト
北のＳＬＢＭを阻止せよ
核ミサイルが四〇発黒潮に――日本を狙う悪魔の作戦か？　海自機雷処分ダイバー、特別警備隊が緊急出動する迫真の軍事アクション！

夏見正隆
デビル５０１突入せよ（上）
ＴＡＣネームアリス
アンノウンを撃墜せよ！　台湾諜報部からの情報によるスクランブル――。Ｆ15を駆る女性パイロットは山陰沖で謎の無人機と遭う。

夏見正隆
デビル５０１突入せよ（下）
ＴＡＣネームアリス
Ｆ35Ｂが敵地に進入する！　世界の命運は二機の最新鋭戦闘機に託された。対ステルス機に特化した、高性能防空網が待つ海へ。